「べ、別に、お兄ちゃんのことを見送りに来たワケじゃないんだからね！」
「こ、これ！」
「わ、わたしだと思って、大事にしなさいよね！」
ルリリア・イングリット

「ボクは認めない！
この剣で、ボクの努力が
正しいことを証明してやる！」
セイリア・レッドハウト

CONTENTS

序章

プロローグ

「――あなたが転生者に選ばれました？　なんだこれ？」

薄暗い部屋の中、ぼんやりと光るＰＣ画面に映ったあからさまに胡散臭《うさんくさ》いメールのタイトルに、俺は思わず眉をひそめた。

（いやスパムにしたってひどすぎだろ。いくらアニメとかゲームで転生モノが流行《はや》ってるからって、こんなん引っかかる奴《やつ》いんのかよ）

ダメ元なんだろうが、流石《さすが》にアホすぎる。

呆《あき》れ半分でため息をつき、そのままメールを迷惑メールフォルダに送ろうとして、その手がふと止まった。

「理想の世界製作委員会？　……あー」

よくよく見ると、そのメールの差出人の欄に書かれた団体名に、見覚えがあった。

脳の端っこにかろうじて引っかかる記憶を、何とか手繰《たぐ》り寄せる。

（そういや前にそんなアンケートに答えた……ような？）

その時は酒が入っていたのでもうよく思い出せないが、「皆さんの理想の世界を教えてください」とかいう怪しいアンケートを見つけて、面白半分で記入をした覚えがある。

確か、「自分はいくつもの世界を創ってるすごい偉い神様だが、マンネリ打破のためにフィクションの世界を再現したくなったから理想の世界を教えて」みたいなめちゃくちゃな内容のアンケートだったはずだ。

（神様名乗ってる割に、文体がよくあるネットアンケートのテンプレ感満載で笑っちゃったんだよな）

まあ要するに、神様からのアンケートというロールプレイで行われる、フィクション作品の人気調査なんだろう。

あまりにもバカらしい設定だと思ったが、バカさ加減もそこまで突き抜けられると嫌悪感も湧いてこなかった。

すっかり楽しくなってしまった当時の俺は、「必ずしも得票数が多い世界が創造されるとは限りません」「アンケートに答えた時点で転生に同意したとみなします」みたいなやたらと凝った注意事項を全部すっ飛ばして、酒の勢いもあって「アンケートに協力する」のボタンを秒で選択したんだ。

（……少しずつ思い出してきたぞ）

そこから、某男性俳優のホームページ並みの早さで出てきた入力フォームは意外としっかりとしていて、項目は「理想の世界」「なりたい人物」の二つ。

作品タイトルについては自分で入力して投票も出来るほか、過去に誰かが投票した作品が選択肢に追加される仕組みになっていて、そこから選ぶことも出来る、なんていう仕組みだった。

なんとなしに選択肢を眺めて、そこにある有名無名の映画やドラマ、小説やアニメの中に、昔やり込んだゲームのタイトルを見つけてしまって、つい魔が差してその魅力をアンケートフォームに書き込んで送信してしまったのが確か一ヶ月ほど前。

それから特に連絡も発表もなかったし、俺の中ではすっかり終わったものになっていたのだが……。

（転生者、ねぇ？）

確か、もっとも心動かされるアンケートを書いた人には特別に、「創った世界への転生権」をプレゼントするとかいうトンデモ設定だったはずだ。

流石にそんなもの用意出来ないだろうから、これも九十九パーセント詐欺か、よくても転生に無理矢理こじつけた粗品か何かだろうが……。

「んー。……まいっか」

迷った末に、俺は好奇心に負けてメールを開封した。

（ま、ウィルスチェックはしたし、なんかの詐欺でも怪しいリンク踏まなきゃ平気だろ）

そんな楽観的な考えのもと、最近利きの悪くなったマウスを動かして問題のメールを表示させる。

……いや、そうして予防線を張りつつ、心のどこかでは「本当に転生出来たら」なんて思っていたことも否定は出来ない。

だって、俺がアンケートに書いたゲーム〈フォースランドストーリー〉は本当に最高のゲームで、最高の世界だったから。

――〈フォースランドストーリー〉はいわゆるギャルゲ、つまりは恋愛要素のあるＲＰＧだ。

世界観はよくある剣と魔法のファンタジー世界で、ゲームシステムにもシナリオにも特に尖《とが》った特徴などはない。

だが、ギャルゲから真面目な戦略ＳＬＧまで幅広く手掛ける老舗会社が全力で作っただけはあって、とにかく完成度が凄《すさ》まじかった。

作り込まれた世界観、バランスが取れていながらもやりごたえのある戦闘と探索。

さらにストーリーとキャラクターが本当に秀逸で、盛り上がりや起伏に富んでいるのに話の展開やキャラの言動に不自然なところがなく、何よりキャラクターたちがそこに「生きて」いた。

俺が一番思い入れを持っていたのは主人公のアル（デフォルトネーム）だが、ヒロイン、脇役、敵役含めどのキャラも最高で、ゲームをクリアした頃には全てのキャラクターを好きになってしまっていた。

そのゲームに、いや、その「世界」にすっかり魅了された俺は、大した分岐もないゲームなのに本編を十周はして、実績のコンプリートはもちろん、全キャラの全てのサブイベントを見て、あらゆる台詞差分《せりふさぶん》や小ネタまで全て空で言えるほどに網羅した。

誰にも誇れるものじゃないが、正直〈フォースランドストーリー〉の知識量については世界一なんじゃないかと思う。

（ま、とはいえ、転生なんてバカな話、それこそある訳ないけどな）

第一、突然別の世界に転生します、なんて言われてもそりゃ困る。

正直この世界に大した未練なんてないが、そうは言っても仕事に穴が空いたら困る奴はいるし、突然行方不明になったら家族だって心配するだろう。

大人になると、しがらみというのは多くなるものなのだ。

そんな諦念とほんのわずかな期待と共に、俺はメールを開いた。

おめでとうございます！

あなたの推薦した「理想の世界」が創造され、あなたがその世界への「転生者」に選ばれました！

すでに転生については同意が済んでいますので、このメールの開封と同時に自動的に転生術式が開始されます。

術式が完成する五分後までにメールの内容に目を通すことをお勧めします。


その文面を目にした瞬間に、「それ」は始まった。

「……え？」

一人暮らしの部屋に突如現れた「それ」は、空中に描き出された魔法陣だった。

まるでホログラムのように、俺の身体《からだ》から数十センチのところに光で作られた魔法陣が浮かび上がり、まるで生きているようにクルクルと回転している。

思わず部屋を見回すが、こんなことが出来るような機械なんて当然うちにはない。

それでも何かしらのトリックかもしれないとおそるおそる空中の魔法陣に手を伸ばすと、「パチン」という小さな音とわずかな痛みと共に弾《はじ》かれた。

「……ま、ほう？」

口から、かすれた声が漏れる。

少なくとも俺には、こんな一瞬で何もない空中にホログラムを、それも「実体のある」ホログラムを描き出す技術になんて、心当たりはなかった。

まさに、「魔法」としか言いようのない、不可思議な現象。

（まさか、マジ……なのか？）

心臓の鼓動が、速くなる。

まるで、誰も知らない秘密を覗《のぞ》き見《み》てしまったような、恐怖と興奮がないまぜになった感覚に、指先が震える。

震える指を無理矢理に動かして、俺は画面をスクロールした。


【転生のルール】
・アンケートで答えていただいた「理想の世界」の「なりたい人物」に転生します
・転生が行われた瞬間、今の世界の記録や記憶からあなたの存在は抹消され、初めからいなかったことになります
・転生前の記憶や人格は転生後もそのまま保持されます

あまりにも信じがたいその内容。

だが、目の前、ほんの数十センチのところで回転する魔法陣の光が、悪戯《いたずら》や悪ふざけの可能性を奪い去る。

（この世界から存在が抹消、って、マジかよ）

だからこそ、そこに書かれた文章の重みに、心が震える。

だが、それでも……。

(――俺は、本当にあのゲームの世界に行けるのか!?)

この状況でまず感じたのは、圧倒的な期待と高揚だった。

我ながら、薄情な奴だとは思う。

これまでの生きてきた人生の全てが無に帰そうとしているのに喜ぶのは間違っていると、理性は言う。


――それでも俺は、あの世界に、〈フォースランドストーリー〉の世界に行きたかった。


リリサに、ミューラに、ナナイに、メルティーユ。

アッシュ、ギガロ、マイト、ディスティア、コロネ、フルミア。

払暁のサン、粉塵《ふんじん》のヨー、宵闇《よいやみ》のレクス、終焉《しゅうえん》のニルム。

宿屋のおっちゃん、デッドエンドサイトー、ティーカップ仮面マスクマン、ジーザス乳谷《ちちたに》……。

画面越しに長い時を共に過ごしたヒロインたちが、サブキャラたちが、敵キャラたちが、ネタキャラたちが、俺の記憶の中でまざまざと蘇《よみがえ》る。

何年が過ぎても俺の脳裏に色褪《いろあ》せずに残る〈フォースランドストーリー〉の珠玉のキャラクターたち。

彼らと会って話をすることを、共に戦うことを、時には恋することを妄想したことがないはずがなかった!

何度も夢に見たそれが、実現するかもしれない。

そんな状況で、興奮するなというのが無理な話だ。

(いや、そもそも……)

これを作ったのが本当に神だと言うのなら、俺みたいに全てをなげうってでも行きたい世界がある人間だけにアンケートを送りつけていたとしても不思議じゃない。

実際、俺の頭の中にはこの世界から抹消される悲嘆なんてもはや欠片《かけら》もない。それよりも、自分が〈フォースランドストーリー〉の世界に行ったら何をするかという妄想で頭がいっぱいだった。

（……落ち着け、落ち着け）

妄想だったら、転生してからいくらでも出来る。

それよりも今しか見られないであろう、このメールに向き合うべきだ。

【ゲームへの転生の場合のルール】

・基本的にはゲームのシナリオの通りのことが起きますが、あなたがゲームと違う行動を取れば歴史が変わる可能性があります

・戦闘におけるターン制や不自然な通行不能エリアなど、ゲーム的過ぎる要素は変更されていることがあります

・難易度選択があるゲームの場合は、そのゲームにおける標準の難易度（「ノーマル」や「普通」など）を元に世界が作られます

・要望多数により自分の成長の限界（いわゆるカンスト）は撤廃しましたので、好きなだけ強くなることが可能です

・ゲーム時のプレイ感覚を保持するため、ゲームプレイ時に表示されていたＵＩやメニューなどは転生してもある程度使用可能です

・セーブ・ロードに類するもの、ゲームオーバー時のリトライなどはなくなっているので、やり直しは出来ません
・転生後の世界やあなたにこちらから干渉したり監視したりすることはありませんので、自由に楽しんでください

（至れり尽くせりじゃないか！）

ゲームと同じようにメニューが使えるのは本当にありがたいし、成長限界の撤廃も嬉《うれ》しい。

〈フォースランドストーリー〉のレベル上限は99まであり、普通にゲームを進めているだけではほぼ到達することはない。

ただ、クリア後の隠しダンジョンでは敵もグッと強く、経験値も多くなるため、裏ボス撃破時にはレベル99になっていたというプレイヤーも少なくない。

むしろ、レベル上げ厨《ちゅう》だった俺にはカンストが早すぎて物足りなくなったくらいだった。

でも、「この世界」でならレベル１００を超えられるかもしれない。

（最高だ！　最高じゃないか！）

興奮が冷めやらぬまま、俺はメールの続きを読んで、

「……あ、れ？」

その一行を目にした瞬間に、その熱狂は一瞬で鎮火した。


では、〈フォールランドストーリー〉の世界で理想の人生を！

「……誤字、か？」

俺がやり込み、そして愛したあのゲームの名前は〈フォー「ス」ランドストーリー〉だ。

間違っても、〈フォー「ル」ランドストーリー〉なんかじゃ……。

（……いや、待てよ）

一ヶ月前と言えばちょうどマウスの調子が悪くなってきていた頃だ。

あの時の俺は酔っていたし、手が滑って一個ズレた項目を選んだとしたら……。

――ゲームの名前を、間違って入力したかもしれない。

最悪の想像に、ゾワリと背筋が寒くなる。

（ど、どうしよう。どうすれば……！）

最高が、一瞬にして最悪へと変わる。

血の気の引いた顔で、俺は打開策を考えようともう一度パソコンに向き直り、

「……え？」

だがそこで、最悪は積み重なった。

「ひ、光、が……」

時間切れを告げるように、俺の横を回っていた魔法陣の光が急速に強くなったのだ。

俺は慌ててパソコンにかじりつき、死に物狂いで転生をなかったことにしようとする。

「ま、間違いなんだ！　へ、変更！　キャンセル！　BBBBBBBBB!!」

だが、錯乱する俺に一切の容赦をすることなく、魔法陣は輝きを強め、

「ま、待っ――」

部屋中を白く染めるほどの光が、俺の意識を一瞬で世界から消し飛ばしたのだった。

第01章

ミリしら転生

MILLI SHIRA TENSEI GAMER | Vol.01 | CHAPTER 01

――前世の記憶が戻ったのは、本当に突然だった。

六歳の誕生日を迎えてしばらく経《た》ったある日、母親から、

「――こっちに来なさい、アルマ」


と名前を呼ばれたのだ。

特になんてことない、日常の一ページ。

その、はずだった。

でも、

（あれ？「俺」の名前って、「アルマ」じゃなくて「有馬《ありま》 悠斗《はると》」だったはずじゃ……）

そんな疑問が浮かんでからは、早かった。

押さえつけていた何かが一気にあふれ出すみたいに、なし崩しに前世の記憶が一気に脳に押し寄せてきて、そして、

「……きゅぅ」

ぼくはその場であっさりと気絶した。

◇ ◇ ◇

「あ、れ？　ぼく、いや、おれ、は……」

そうして次に目が覚めた時、俺は完全に前世の記憶を取り戻していた。

いや、正確に言うと、記憶自体は最初からあったけど、自分が転生者だということにその時気が付いた、という感じだろうか。

その、文字とか計算とかは最初から出来ていたし、日本人としての知識もたまに表に出てきてはいた。

ただ、脳が未熟でその記憶を全て受け止め切れていなかったというか、特に意識しないと前世の記憶を引き出せないような状態だったのだ。

「え、というか、マジ？　え、マジなのこれ？」

「有馬　悠斗」としての記憶は、これは異世界転生で、しかもなんかよく分からないゲームの世界に飛ばされてしまったのだ、と言っていた。

「……だ、大惨事じゃん」

転生直前の焦りを思い出して、冷や汗がだらだら出てくる。

（ま、待った！　まだだよ！　まだ早い！）

こんな「日本人の記憶」なんてただの「ぼく」の妄想かもしれないし、「俺」がゲームに転生したと思い込んでいるだけで、実は全く別の世界に転生したのかもしれない。

（そ、そうだよ。アンケートで異世界転生なんてアホなことある訳ないし、昔の自分が、酒のせいで死ぬほどやりつくしたゲームの題名を間違えるような間抜けだったなんて、そんなはず……）

必死に理論武装をしてつらい現実を遠ざけようとする努力は、だけど外から聞こえた声に打ち砕かれた。

「アルマ！　目が覚めたの!?」

「坊ちゃま！　大丈夫ですか、坊ちゃま！」

心の底から心配しているような母親とお手伝いさんの声がして、扉が開かれる。

そこから見えた、見慣れたはずのその人たちの姿を見て、ぼくは絶望した。

「あ、ぁ、ぁぁ……」

だって、だってさ……。

部屋に入ってきた、母さんも、使用人の人たちも、みんな……。

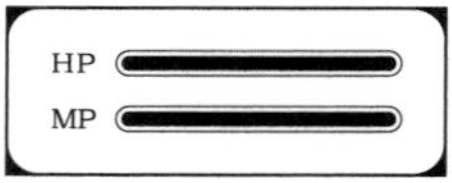

（――頭の上に、ＨＰとＭＰのゲージ出てんじゃんかああああ!!）

◇　◇　◇

ＨＰゲージを見た衝撃でぼくはまた気を失って、起きた時にはもう夕方になっていた。

めちゃくちゃ気遣ってくれる家族や使用人の人たちに心配ないと必死に元気アピールをして、夜になる頃にようやく一人の時間が取れたけれども、ぼくの胸にはいまだにあのＨＰゲージショックが根付いていた。

いや、むしろお前よくＨＰＭＰゲージに違和感覚えずにこれまで生きてこれたなと今までの自分に言ってやりたいが、まあ生まれた時から見えてたからね。

もう慣れてしまったというか、最初からあって当たり前のもんだろ、ってなってしまうのだ。

これで99・9％、ゲームの世界に転生したのは間違いないとは思ったものの、それでもぼくはあきらめきれなかった。

そう、まだワンチャン、ワンチャンくらいならあるかもしれない。

ゲームだっていうならメニュー画面が出るとかしないと……なんて考えてたら目の前にメニュー画面が出たので、ぼくは完全に抵抗をやめた。

(うん。やっぱこの世界ゲームだよね)

「アルマ」として「ぼく」の記憶をたどってみると、使われている言葉は思いっきり日本語で、見た目バリッバリの西洋人さんがネイティブ日本語で話しているという謎の状況だ。

おまけにゲームの定番である「魔法」や「モンスター」もしっかりと存在するっぽい。

これはもう決まりだろう。

そうなると、一番の問題は……。

部屋の隅、鏡の前に立つ。

そうして鏡の向こう、ぼくと全く同じ姿勢を取って、ぼくと同じようにこちらをにらみつけ……ているようでいて、いまひとつ迫力のない顔を、じっと見つめ返す。


「――俺は、誰なんだ？」


鏡の自分に、そう問いかける。

……ぼく、いや俺だって、前世では異世界転生モノと言われる作品をほどほどにたしなんできた。

ゲームへの転生モノはよくあるジャンルだったが、どのキャラクターに転生するかでその展開は百八十度変わる。

一番オーソドックスな「主人公転生」から、特に名前のないキャラに転生する「モブ転生」。

それから最初だけは無双出来てもすぐに役立たずになってしまう序盤の救済キャラとかに転生する「脇役転生」や、現在割と主流になりつつある、作中の嫌われ者に転生する「悪役転生」。

それぞれがそれぞれで、物語が始まってからの流れが違う。

(……うー、ん)

〈フォースランドストーリー〉の主人公、アル(デフォルトネーム)。

黒髪で眼《め》つきの鋭いやせぎすの少年で、孤児として生きていた時についた二つ名、鴉《からす》を意味する「クロウ」という異名から、物語後半で「クロフォード」という苗字をもらって「アル・クロフォード」を名乗るようになる(攻略Ｗｉｋｉより)。

名前変更は可能だが、選択肢によってキャラが変わるプレイヤーの分身タイプの主人公ではなく、きちんとキャラが立っていて要所要所できっちりフルボイスでしゃべるタイプの主人公で、好みは分かれるだろうがこれが俺には刺さった。

また、アルが凡百の主人公と違うのは、彼は最近流行りのチート主人公やら、生まれつき特別な運命を背負った主人公ではなく、純然たる努力型のキャラクターだったこと。

もちろん主人公が実は勇者の血筋だと判明して……なんてのはよくある展開だし〈フォースランドストーリー〉にもその要素はあったけれど、それはアルの本質とは無関係。

実際、アルは本編開始時の十五歳の時、学園では魔法が使えない落ちこぼれという扱いだった。

しかしそこからたゆまぬ努力と真摯な姿勢で難題を解決して仲間を増やし、最後までとってつけたような覚醒イベントや神様の干渉など全くなしに、最終的には世界を滅ぼそうとする魔王を倒すという偉業を成し遂げた。

特に五周目に達成したアルの魔王単騎撃破ルートでは、俺は数えきれないほど泣いた。

いや、難易度自体は正直周回前提でもきついというあたおかレベルだったけれど、アルの出自を含めて全ての要素が芸術的にピタリとハマっていて、「ああ、全てはこの時のためにあったんだ」「アルだからこそ、魔王を倒すことが出来たんだな」と素直に腑《ふ》に落ちる、控えめに言って最高のゲーム体験になった。

逆境を、勇気と根性で覆す。

彼こそが俺にとっての最高のキャラクターであり、最高のゲーム主人公なのだ！

というのが、アンケートにも書いた俺が「なりたい人物」の、「アル」の特徴なんだけど……。


——絶っっっ対、違うよね！


まず髪の色が黒ではなくて金色だし、鷹《たか》を思わせる鋭い眼つき、なんてのも欠片《かけら》も感じない。

太っているという訳ではないが、おいしい食事と恵まれた生活環境でぬくぬくと育ったため痩せていることも全くなく、顔のパーツ自体は整っていてイケメンと言えばイケメンなんだけど、どことなく間が抜けたぽわんとした顔つきは、もう鷹とか鴉とは対極にあるとすら言える。

（……それに、俺、貴族だよなぁ）

六歳なのであんまり意識しなかったが、住んでる屋敷の時点でもはや平民じゃないし、厳しい孤児スタートでゲームが始まったアルとはこれも対極にあると言える。

いや、地球のガチ貴族だったら六歳ともなれば社交界がーとか礼儀作法がーとかあるのかもしれないが、所詮ゲームのなんちゃって貴族。

割と伸び伸びとやらせてもらってるんだ。

それに、何より……。

(名前からして、もう違うんだよねぇ)

今世での俺の名前は、〈アルマ・レオハルト〉。

元の世界の名前である〈有馬　悠斗〉とニアピンしているのはともかく、〈アル・クロフォード〉とは似ても似つかない。

いやまあ、愛称として「アル」って呼ばれることはあるし、そりゃこのゲームで「アル」に転生させてくれってなったらぼくになるのは分かるんだけど、でも……。

(いやほんと、誰なんだよ君は)

鏡に向かって、もう一回問いかける。

鏡の中の自分はその問いに答えることはなく、ちょっと困ったような顔で首を傾《かし》げていたのだった。

◇　◇　◇

――主人公か、モブか、脇役か、悪役か、それが問題だ。

戯曲のような台詞《せりふ》を頭に浮かべながら、ぼくはまだ鏡を見ていた。

(正直、嫌われ者、ってことはないと思うんだよね)

自分で言うのもアレだが、鏡に映った自分は明らかな愛されフェイス。

これで悪役路線はちょっと信じられない。

じゃあ次は自分がどのくらいの重要人物なのか、ってことだけど……。

「……うーん」

顔は整っている方、だとは思うけど、ゲームの主役を張れるまでかは分からない。

そもそも、主人公はキャラ造形としてわざと没個性に作る場合もあるし、ぐぬぬぬぬ。

(自分がただのモブなのか、重要人物なのか、せめてそれだけでも分かるといいんだけどなー)

鏡の前で百面相を繰り返しているが、やっぱり決定的な証拠は出てこない。

自分のほっぺたをくにくにとやりながら、何か新しい事実はないかと探していると、

「アルマー！　ちょっといらっしゃーい！」

母さんがぼくを呼ぶ声が聞こえてきた。

「はーい！」

自然と子供っぽい声で返事をしながら、ぼくは部屋の外に歩いていく。

(これも、なんだか慣れないなぁ)

自分の中に、「アルマ」として育った子供の「ぼく」と、「有馬」として生きた日本人の「俺」が両方住んでいる感じ。

まあ別の人物に乗り移ったとかではなくて、どっちも最初から自分なので、これから成長していけば「ぼく」がゆっくりと「俺」に近付いて一つになるとは思うんだけど。

応接間にやってきたぼくに、母さんは優しく微笑《ほほえ》みかけた。

「あなたの六歳のお誕生日を祝いに、イングリット伯が来てくれているのよ。覚えてる？」

「えっと、あ、イングリットおじさん！」

「ぼく」の方の記憶を探ってみれば、すぐに思い出せた。

父さんや母さんと仲がいい同年代のおじさんで、ぼくも何度か話をしたことがある。

なんというか、「ぼく」にとっては「たまにお年玉をくれる親戚のおじさん」くらいの関係だ。

おそらく、「伯」とついているのだから、伯爵さま。

ちなみにうち、レオハルト家は公爵なので、たぶんめっちゃ偉い。

ただ、「騎士伯」とか「炎熱公」とか謎の単語を聞いたこともあるし、どうやらこの世界の貴族制度は独自の方式を取っているようだから、地球の知識そのままで考えるのは危険かもしれない。

いや、ほんとゲーム独自の貴族設定とかやめてよね。

覚えらんないからさ。

「本当はもっと早くに来るつもりだったらしいけど、体調を崩しちゃったみたいでね」

そう言われると、誕生日祝いにしてはちょっと遅いような気はする。

母さんが言う言葉を、ふーん、と適当に受け流しながら、

（あんな巌《いわお》みたいなおじさんでも、体調崩したりするんだな）

なんて失礼なことを考えていた。

いや、まあ人間だし病気くらいはするんだろうけどさ。

◇　◇　◇

やがて現れたイングリットおじさんは、ぼくが覚えていた通りの人だった。

身体《からだ》が大きくて気が優しくて、だけどちょっと荒っぽい。

「久しぶりだね、アルマくん。ちょっと遅れたけど、六歳の誕生日おめでとう」

そう言って、おじさんはぼくの頭をぐしゃぐしゃと撫《な》でる。

いやあんた貴族だろ、もうちょっと配慮とかしろよ、とうちなる「俺」が言っているけど、ぼくも俺もこの人のことは嫌いにはなれなかった。

ただ、予想外も一つだけ。

「……ほら、ルリリアも」

おじさんの後ろに、かわいいオマケがついてきていたのだ。

「う、うん」

イングリットおじさんの陰に隠れるようにしていたのは、小さな女の子。

年は……ぼくと同じか、ちょっと下くらいだろうか。

お人形さんのような、という言葉が似合うおとなしそうな彼女は、お菓子が入った包みを大切そうに両手で抱えていた。

「あ、あの、えっと……」

「えっ？　う、うん」

おじさんに促され、彼女はおっかなびっくりの様子でぼくに近づくと、

「――これ……あげる！」

まるで猛獣に餌でもやるように、お菓子の包みをぼくに押し付けたのだった。

◇　◇　◇

「ありがとう、ルリリアちゃん」

ちょっと面食らってしまったものの、女の子がせっかくプレゼントをくれたのだ。

ぼくはあわててお礼を言った。

すると、それで緊張が解けたのか、ルリリアちゃんが話し出す。

「あの！　それね！　ルナ焼きって言うの！」

「へぇ、そうなんだ。食べたことないなぁ」

少なくとも日本では聞いたことのないものだし、こっちに転生してからも聞いた記憶がない。

ぼくが首を傾げていると、ルリリアちゃんが攻勢を強めてきた。

「わたし、ルナ焼きだいすきで！　だから、おこづかいで買ったんだよ！」

お、おお。

どうやらこの子、ぼくにプレゼントをするために自腹を切ってこのお菓子を買ってくれたらしい。

しかし、「ルナ焼き」なんて、どんなお菓子なのか想像もつかないな、と思いながら袋を開けると、

（タマゴボー〇じゃん!!）


出てきたのは小さく丸い、ボロボロした感じのお菓子だった。

いや、元ネタよりは気持ち大きめな気もするけれども、完全なまん丸ではないところや、上の方がちょっと焼き色がついているところも、まんま同じだった。

「それね！　すっごくおいしいんだよ！」

純真そのものの目でぼくにそうアピールするルリリアちゃん。

だけどごめんね。

さすがに大人（？）になったらタマゴボー〇に感動はしないんだ。

ぼくは「あはは」と調子を合わせてから、そのタマゴボ……ルナ焼きを口に運んで、

「――――！！？！？！？！」


食べた瞬間、脳みそが沸騰した。

あまりの味覚の暴力に、思わず、

「う・ま・い・ぞおおおおおおおおおお！」

と叫びそうになる。

そんなぼくの反応に不安になったのか、ルリリアちゃんの顔が曇った。

「お、おいしくない？」

こんないたいけな子に悲しい表情をさせる訳にはいかないし、何よりも魂がこれをおいしいと叫んでいた。

「いや、おいしいよ！　今まで食べてきたお菓子の中で、ううん、今まで食べてきたものの中で一番おいしい！」

ぼくが即座に答えると、

「えへへ。やったぁ！　わたしもすきっ！」

ルリリアちゃんもぴょんと飛び跳ねて喜ぶ。

思わず反射的に「ぼくも好きだあああ！」と告白しそうになって、ギリギリのところで思いとどまった。

（あ、危ない。あやうく幼女に告白するところだったよ）

まあ自分もギリ幼児だが、そこはそれ、だ。

あまりにもおいしいものを食べて、テンションが完全におかしくなっていた。

（しかし……このおいしさは、やばいぞ。なんというか、こう、やばい!!）

脳だけでなく、語彙力すら粉砕するおいしさだった。

「あ、そうだ！　これ、母さんにもあげてもいい？」

「もちろん！」

プレゼントを褒められたおかげかルリリアちゃんはニッコニコ。

ぼくも当然ニッコニコだ。

そのおすそ分けをしようと、ぼくはルナ焼きを母さんに差し出した。

「母さん！　これ、すっごくおいしいよ！」

「そ、そう？　なら、いただこうかしら」

母さんはぼくのテンションについていけていないようだったが、それでもルナ焼きを手に取って、口に運ぶ。

さぁ、ふだんはおしとやかな母さんが、一体この味の爆弾に対してどんなリアクションを取ってくれるのか、ワクワクしながら見守っていると、

「えっと……おいしい、わね？」

どこか気を遣ったような、歯切れの悪い反応。

（あ、あれ？）

どうやら、母さんにとってはそれほどでもないらしい。

いや、まずいって反応ではないんだけど、まるで、そう、大人が普通のタマゴボー〇を食べた時のような反応だ。

「む、うぅ？」

もしや、この一見タマゴボー〇にしか見えないお菓子には何か秘密が隠されているんだろうか。

ぼくが目を凝らしてルナ焼きの愛らしいボディを眺めていると、

【ルナ焼き（食料）：庶民の間で人気の定番お菓子。ＨＰを１％回復し、満腹度が１上がる。】


「ふぎゃっ⁉」

いきなりウィンドウが出てきて、ぼくは思わずのけぞった。

（……し、心臓に悪い）

ただ、説明文を見る限りではやはりやばいものが入っているとかそういう訳でもないらしい。

まさかさっき食べたものが特別だったのかと、もう一個、口に運ぶ。

（うまあああああああ!!）

口に広がる圧倒的なおいしさ！

うまい、もう一個！

（うまあああああああ!!）

やっぱりルナ焼きは三個目でもおいしい！

おいしい、が、しかし、この謎のおいしさの秘密はやっぱり分からない。

（ただ、ぼくの好みなだけ？　でも、前世でもこんなやばいくらいおいしいもの、食べたことないしなぁ）

ぼくは四個目のルナ焼きをほおばりながら、うーんうーんと首をひねる。

しかし、その答えは意外なところからやってきた。

ぼくの様子を見たイングリットおじさんが、笑いながら言ったのだ。

「ははは！　どうやらアルマくんは、そのルナ焼きが好物みたいだな！」

そのおじさんの言葉に、ピンとくるものがあった。


（――これ、「ゲーム設定」だ！）

おそらく、ぼくの……「アルマ・レオハルト」の人物設定に「好きな物：ルナ焼き」と書いてあるんだろう。

そうじゃないと、こんな暴力的なうまみは説明出来ない。

（待った待った待った！　これは、すごい情報なのでは？）

だってそうなるとぼくは、少なくともキャラ設定が作られるほどの人物。

つまり……。

――〈アルマ・レオハルト〉は、この世界《ゲーム》の重要人物だ!!

◇　◇　◇

タマゴボ……ルナ焼きをおいしく食べたおかげで同志認定されたのか、ルリリアちゃんとの距離は一気に縮まった。

最初は父親の陰に隠れていたのが嘘《うそ》みたいに彼女はぼくになついてくれて、

「あ、あの！　お、おにいちゃん、って呼んでいい？」

上目遣いでそんなギャルゲみたいなことをお願いされるまでに仲良くなってしまった。

もちろん、ぼくがそんな可愛《かわい》いお願いを拒否するはずもなく、

「もちろんいいよ！」

と快諾。

ルリリアちゃんの顔にパッと笑顔の花が咲いた。

「あら、まあまあ」

「ははは、よかったな、ルリリア」

子供たちが仲良くしているのが嬉《うれ》しいのか、大人たちもご満悦だ。

……ただ、そこで楽しいだけで終わらないのが、色々と曲者《くせもの》なイングリットおじさんだった。

「まあ実際、昔はアルマくんがうちの家族になるって話も出てたしな」

「っ!?」

突然放り込まれた爆弾に、ぼくは思わず、「えっ!?」と反応しそうになって、あわてて取り繕う。

ぼくは「なにもわかってませんよー」という顔を繕ってはいたが、内心ではドッキドキだった。

(家族になるって……それは、そういうことだよね?)

この世界ではゲームの都合上なのか恋愛結婚も多いようだが、貴族同士、お互いの縁をつなぐ手段として政略結婚は一般的だ。

貴族社会のことはよく分からないものの、上に兄さんが一人いるからぼくは次男だし、仲のいい伯爵家というのは結婚相手として手ごろなようにも思える。

「ちょ、ちょっと！　その話はなかったことにしたって言ってるでしょ！」

ただ、母さんにとってはそうではなかったようだ。

肩を怒らせておじさんをにらみつけている。

「分かってる分かってる。とはいえ、ルリリアもなついてるようだし、こっちとしては今から本当にしても構わないけれどな」

「全然分かってないじゃないの！」

私の目の黒いうちはアルマを遠くにやったりしませんからね、と話す母さんに、なんだかちょっとくすぐったくなる。

ぼくはごまかすように鼻の頭をこすった。

「おにいちゃん？」

ただ、大人たちの会話に気を取られて、肝心のルリリアちゃんを置いてけぼりにしてしまったようだ。

不思議そうなルリリアちゃんの声に、あわてて振り返った。

「ん？　なんだい、ルリリアちゃん？」

「えへへへ。えっとね、呼んでみただけー」

なんだこの子、魔性の女かよ！

ぼくは戦慄した。

おじさんによると、ルリリアちゃんはぼくの一個下らしいので、まだ五歳。

五歳にしてこんな技を使いこなすなんて、末恐ろしいとしか言えない。

それに、彼女から「おにいちゃん」と呼ばれると、なんだか変な扉が開きそうな……ん？

「ル、ルリリアちゃん！」

「んぅ？」

その時ぼくが思いついたのは、悪魔的な発想だった。

いきなりきょとんとしているルリリアちゃんに詰め寄って、ぼくは頼んだ。

「あ、あのさ！　ちょっと、ちょっとだけでいいから、『お兄ちゃんのことなんて、別に好きじゃないいんだからね』、って言ってみてくれない？」

「へ……？」

きょとんを通り越して、ぽかーんとするルリリアちゃん。

そういう時は年相応の反応が出てかわいい……じゃなくて、ぼくは重ねて頼んだ。

「一回だけ、一回だけでいいんだ。ちょっと、『お兄ちゃんのことなんて、別に好きじゃないんだからね』って言ってみてほしいんだよ！　……ハッ!?」

必死で詰め寄るぼくに、背後から冷ややかな視線が突き刺さる。

「ア、アルマ……」

「アルマくん……」

母さんとイングリットさんが、なぜかかわいそうなものを見る目でこっちを見ていた。

い、いや、違うんだよ。

こんな小さな子に対して自分の性癖を押し付けようとしてるんじゃないんだよ母さん！

しかし、空気を読んだのか、それとも読めなかったのか、ぼくが弁明の言葉を口にしようとした瞬間に、
ルリリアちゃんが無邪気に「わかった！」とうなずいた。

それから、たどたどしくも口を開いて……。

「おにいちゃんのことなんて、べつに好きじゃない、からね？」

「違う！　もっと感情を込めて！」

「お、おにいちゃんのことなんて、べつに好きじゃないんだからね！」

「惜しい！　もっとツンツンした感じで！」

何度ものリテイクを重ね、ルリリアちゃんの演技（?）の質は飛躍的に上昇していく。

そして、ついに……。


「――おにいちゃんのことなんて、別に好きじゃないんだからね!!」


完璧だ。

そして同時にぼくは、完全に理解した。

ルリリアちゃんは、ヒロインか、それに準じる重要キャラで間違いない。

だって……。


――ルリリアちゃんの声優《こえ》、絶対に釘野　桜《ツンデレのひと》さんだから！

◇　◇　◇

――〈フォースランドストーリー〉には、四人のヒロインがいた。

いつも元気で明るいリリサ。

物静かで理知的なミューラ。

気が強いが心優しいナナイ。

悠久の時を生きる死神であり「千年時計の調律者」の異名を持つ元兎族《うさぎぞく》の戦士で、その全ての力を解放した最終非定理魔術形態《エンド・ジ・エンド》を身に纏《まと》った時の戦闘力は銀河最強の一角にも数えられるが、その代償として定命の人間と運命を交わらせることが出来ないと予言されているためその反動として強い母性を持っているというごくごく自然で何の違和感もない設定によって合法的にバブみを感じてオギャることが出来るのはもちろんのこと、好きな人にウサギの耳を触られると一瞬で力が抜けてしまうというあまりにも露骨な弱点によって攻守逆転シチュへの希望も大きな胸と一緒にバインバインに詰め込んだその姿はまさに人類史に残る発明と言うしかない今世紀最強の超国宝級ヒロイン……のメルティーユ。

彼女たちはそれぞれがそれぞれに個性的で、誰か一人を選べと言われたらコンマ一秒は迷ってしまうほど甲乙つけがたい魅力を持っていたが、そんな彼女たちの魅力を支えるのが、やはり声優さんの演技だった。

彼女たちの演技が、声が、魅力的なヒロインたちに魂を吹き込み、血を通わせ、その存在をもっとずっと身近で確かなものに変えてくれた。

そしてちょうどその中の一人、ちょっとツンデレ気質のあるナナイの声優さんが、「釘野《くぎの》　桜《さくら》」さんだったのだ。

一部界隈《かいわい》で「釘野病」と言われるほどの熱狂的なファンを生み出した彼女の声は実に個性的。

ゲーム世界が現実になったこの世界でも、その存在感は健在だった。

（あの「ないんだからね！」の響きは、間違いない。性格は全然違うのに、あの一瞬だけルリリアちゃんとナナイがダブって見えた）

もはや、ルリリアちゃんがヒロインポジションなのは確定的に明らか。

ただ、ほかの人については今のところよく分からなかった。

特に、自分の、アルマの声が声優さんのものか分かれば、それはもう直接的なヒントになったんだけど……。

（うーん。自分の声って音が違って聞こえるし、そもそも声変わり前だしなぁ）

正直、「俺」はそんなに声優に詳しい訳じゃなかった。

釘野さんが分かったのは特徴的な声で、さらには〈フォースランドストーリー〉に出ていたから調べたことがあっただけだし、そこそこ以上に有名な人でも声を聴き分けろとなるとちょっと自信がない。

少なくともこの場にいるルリリア以外の人たち、ぼくと母さん、イングリットおじさんについては、声優さんが声を当ててるのかどうかちょっと判別はつかなかった。

（いい切り口だと思ったんだけど、仕方ないな）

結局そこから大した進展はなく、ちょっと前までは体調を崩していたというルリリアちゃんの身体を気遣って、それからすぐにお別れすることになった。

ルリリアちゃんはこれでしばらく会えなくなると知って寂しそうにしていたが、そこは素直なルリリアちゃんだ。

屋敷から帰る時はぼくに笑顔を見せて、

「あ、あの、おにいちゃん！　……わたし、つぎはもっとがんばるから！」

そんな宣言をしたかと思うと、顔を隠すようにしてイングリットおじさんの方へ走っていった。

もっとがんばる、というのはちょっとよく分からなかったけど、もしかして花嫁修業かなにかだろうか。

だとしたら、ちょっと照れくさいけど、嬉しい。

ぼくは遠くなっていくルリリアちゃんとイングリットおじさんに手を振りながら、

——幼馴染《おさななじみ》ヒロインもいいよね。

なんてことを思ったのだった。

◇　◇　◇

これまで分かったことをまとめると……。

ぼくには「好きな物」が設定されていることから、ゲームではある程度重要な人物の可能性が高い。

ぼくの幼馴染（?）であるルリリアちゃんの声優が有名な人なので、ゲームでは重要な役の可能性が高い。

（これは……もしかすると、もしかするな）

ぼくがゲームの主人公で、ルリリアちゃんがゲームのヒロイン。

そんな可能性が出てきたんではなかろうか。

（あるいはこの世界はイチャイチャ系ギャルゲの世界で、ルリリアちゃんとの同棲《どうせい》生活が始まったり……）

なんてちょっとキモイ妄想を頭の中で繰り広げていると、知らず知らずのうちに自分の部屋を通り過ぎてしまっていた。

「あれは……」

ただ、そこで窓越しに知っている人の姿を見つけたぼくは、これ幸いとそちらに向かって駆け出した。

「――レイヴァン兄さん！」


庭の魔法練習場では、ぼくの二つ年上の兄が、一人で魔法の鍛錬をしていた。

ぼくが声をかけると、真剣な顔をして一心不乱に魔法に打ち込んでいた兄さんが、振り返る。

「アルマ！　イングリット伯とのお話は、もう終わったのかい？」

見ただけで性格までいいと分かるさわやかな顔がぼくを捉え、ぼくの姿を認めた途端、すぐに笑顔になる。

その完全無欠なイケメンフェイスから繰り出されたちょっとハスキーな感じの声を聴いた瞬間、ぼくは気付いた。


（――兄さんの声、「石影《いしかげ》　明《あきら》」さんじゃん！）


ぼくも聞いたことがあるくらいに有名で、演じられるキャラの幅が広いことで有名な人だ。

主役も当然のようにこなすほか、物語の黒幕役なんかをやることも多くて……。

「ハッ！　に、兄さんは大丈夫だよね？　裏切らない方の『石影　明』だよね？」

思わず聞いたら、「なに言ってんだこいつ」って顔をされたけど、まあ普段は兄さんとぼくはすごく仲がいい。

というのも、昔のレイヴァン兄さんは魔法の才能がありすぎたのか、自分の魔力がうまく制御出来なくて人を傷つけてしまうことがあったそうだ。

そんな中、孤立しがちな自分にこっそり会いに来て、自分の魔法を見て「すげー!!」と素直に喜んでくれるぼくに救われたんだとか。

いやまあうん。

さすがに物心つく前のことは「ぼく」もそこまで覚えてないんだけど、すごく小さい頃からぼんやりとだけど日本人としての記憶があったせいか、普通の子供よりはものが分かってたし、魔法にはすごい憧れがあったっぽいんだよね。

当時は病弱であんまり外に出してもらえなかったこともあって、隙を見つけては兄さんのところに遊びに行っていた、っておぼろげな記憶が確かにあった。

ただ……。

「せっかくだし、アルマも一緒に練習していかないか？　初級魔法、まだ使えてないんだろ？」

「う……」

魔法に憧れていたのは過去のこと。

どれだけ練習しても芽が出ないので幼いアルマくんはすっかり魔法練習嫌いになってしまって、今はサボりがちだ。

い、一応言い訳をしておくと、まだ八歳なのにここまで魔法を使える兄さんがすごいのであって、ぼくが特別ダメな奴《やつ》という訳ではない……はずだ。

しかも、兄さんはただ魔法が使えるだけじゃなくて、勉学や運動も完璧だ。

いや、流石《さすが》に数学とかだったら前世の記憶を全活用したぼくの方が出来ると思うけど、歴史とか礼儀作法とか、前世アドバンテージがない部分ではすでに完敗している。

もはや、どっちが転生者なのか分からない完全無欠っぷり。

（と、いうか……）

あらためて、兄さんを見る。

さわやかなイケメンな上にCV石影　明で、有力貴族の長男だけど偉ぶるところもなく、勉学にも運動にもずば抜けた才能を持ち、弱冠八歳で四属性全ての魔法を操る天才にしてCV石影　明（二度目）。


――これもう、どう考えても兄さんの方が主人公なのでは!?


自分で言うのもなんだけど、ぼくとスペックがあまりにも違いすぎる。

（ってことは、ルリリアちゃんは兄さんのヒロイン!?　ぼくの方が先に、好きだったのに!!）

と頭の中でバカなことを考えていると、

「アルマ……」

兄さんが「こいつ、また発作が……」みたいな残念なものを見る目でぼくを見ていた。

ちょっと苦笑いしてから、兄さんはぼくの頭に手を置いた。

「アルマは僕にとって自慢の弟だし、みんなにもアルマがすごいってこと、分かってほしいんだよ。だから、アルマにはもう少し頑張ってほしいんだ」

「うぐっ!?」

ルリリアちゃんとはまた違った意味で澄んだ瞳が、ぼくを貫いた。

「それに、しばらくしたら学園に通うための勉強が始まるだろ。僕も、アルマと一緒に通いたいし……」

さらに追い打ちをかけてくる兄さん。

そうは言っても、成果の出ない努力ほどつらいものはないと言うし……。

(あ、そうだ)

ぼくは思いついて、最近ご無沙汰だったメニュー画面を呼び出した。

(魔法の項目は……あった！)

ステータスを端から端まで眺めていると、【魔法適性】というそのものズバリの項目が存在していた。

どうやらどの魔法に素質があるのか、アルファベットで示してくれているらしい。

(うおおおお！　神様、ありがとう！)

今まで全く進展のなかった魔法関連にようやく希望が見出《みいだ》せたことで、ぼくのテンションも上がっていた。

地味だけどこれが転生チートという奴だ！

ぼくはニッコニコで自分の【魔法適性】の項目に目をやって、

「……へ？」

それを目にした瞬間、思わず口から間抜けな声がこぼれた。

(いや、え？　……え？)

今まで、どうしてぼくがなかなか魔法を使えなかったかは分かった。

分かったけど、そんなことはもはやどうでもいいくらいに、そこに書かれていた内容は衝撃的で、

魔法適性	
火	E
水	E
土	E
風	E
闇	E
光	S

——こんなの、もう主人公じゃん!!

◇　◇　◇

どうしよう……。

ほんのついさっきまで、魔法もまだ使えないぼくより天才の兄の方が主人公の可能性が高いと思っていた。

でもこんな魔法適性を見てしまえば、話は変わってくる。

今のぼくを客観的に表すと、こうだ。

——四属性の魔法を使いこなす天才の兄（CV石影　明）を持つ、ほか全ての魔法適性が最低値だが光の魔法の適性だけはずば抜けた弟。

（めっっっっっっちゃ、主人公っぽい!!）

こいつが主人公じゃなければ誰が主人公なんだよと言いたくなるくらい主人公っぽい。

兄がCV石影　明なところなんて特に！

（いいや、落ち着け！　落ち着くんだぼく！）

そんな風に期待して裏切られたから、ぼくは今こんなミリしらな世界にやってきているんだ。

実は「光S」の適性だってめずらしくもなんともないのかもしれない。

ぼくはまず、情報を集めることに決めた。

◇　◇　◇

「めずらしいな。アルマが自分からここに来るなんて」

ということでやってきたのが、執務室。

そして執務室の椅子に腰かける、若々しくも迫力のある貴族の男性。

――レオハルト公爵家当主、〈レイモンド・レオハルト〉。


それが、ぼくの父さんだ。

あ、ちなみに母さんの名前はルシール。

レオハルト家、ラ行多すぎ問題だ。

「それで、聞きたいことってなんなんだい？」

ぼくが父さんに会いに来たのは、魔法について質問をするため。

ただ、いきなり「光魔法の適性Sってめずらしいの？」なんて聞いてもポカンとされるだけだろう。

話の運び方は、考える必要があった。

「え、っと、ぼくに本当に魔法の才能があるのか、心配になって……」

まず、魔法の適性は普通どうやって知るものなのかすら、ぼくには分からない。

とりあえず様子見の言葉を投げかけてみる。

「大丈夫。お前たちは私たちの自慢の息子だ。何があっても、決して手放したりなんてしないさ」

父さんはそう言い切って、似合わない仕種《しぐさ》でドンと胸を叩《たた》いてみせるが、

(父さん！　それ完全にぼくが魔法使えない前提で話してるよ!!)

息子的には大幅な減点！

アルマくんの繊細なハートに30のダメージだ！

「ぼくにどんな魔法が合ってるのか、道具とかで分かったりしないの？」

そう尋ねると、父さんはちょっと困ったような顔をした。

「残念だが、そういうものはないんだ。ただ、魔法を練習しているうちに、自然と自分が得意な属性が分かってくるさ」

父さんもそうだったからね、と言ってくれたが、目が泳いでいる。

あ、これぼくに才能あるって絶対信じてないな。

それならもう少し突っ込んで話しても大丈夫だろう。

「じゃあ、ぼくもすごい魔法の才能があるかもしれないんだね！　ほら、光とか闇と――」

「――アルマ」


静かな、声だった。

決して声を張り上げた訳ではないし、怒気が含まれていた訳でもない。

でも、その声で確実に空気が変わった。

「よく、聞きなさい」

顔をあげる。

正面から見た父の姿は、いつもとはまるで違っていた。

「……ぁ」

その姿からにじむのは、圧倒的な威厳と風格。

いつもの優しい父でも、余裕のある大人でもない、〈レイモンド・レオハルト〉という一人の「貴族」がそこにはいた。

優しく穏やかな口調のままで、けれどそこに不動の意志を乗せて、父は話す。

「闇は、かつて魔王が使っていたとされる属性で、光は伝説に語られる英雄が使ったとされる属性だ。冗談であっても、軽々しく『使える』なんて言ってはいけないよ」

諭すように話す父さんの言葉に、ぼくはキツツキのようにうんうんとうなずくしかなかった。

「……ただ、そうだね」

父さんはそこで、ふっと圧を弱めた。

「勉強を始めるなら早い方がいい。アルマもそろそろ決めなければいけない時期かもしれないね」

「決める？」

そういえば、兄さんにも似たようなことを言われたような……。

「魔物の脅威から民を守ることこそが貴族の役割であり、矜持《きょうじ》だ。だから帝国の貴族は、十五歳になると学園に、〈帝立第一英雄学園〉に通う『義務』が生じる」

英雄学園……。

たびたび聞いた名前だけど、きちんと話を聞いたのは初めてだ。

なんとなく大変そうな場所だというイメージはあったけど、十五歳というのが遠すぎて、あまり真剣に聞いてはいなかった。

というか……。

「それまでは、学校に行かないの？」

「ん？　ああ、市井のものは、小さいうちから学校に通うことはあるみたいだね。しかし、帝国貴族は英雄学園に通うため、十五歳まで自領で鍛錬を積むことが多い」

なんだそれは、と思ったが、すぐにこれが「ゲーム設定」だと気付く。

まあ、ほら、あれだ。

やっぱりゲームの主人公となると高校生くらいの年代が多いし、実際の貴族とかがどうなのかは知らないが、ずっと学校で知り合いでした、よりは十五歳でいきなり初対面をやった方がストーリー的には劇的だしね。

「それに、〈精霊の儀〉は十五歳にならないと受けられない。だから本格的な教練は、それ以降の方がいいんだよ」

と、父さん!?

ここに来て新しい用語をぶっこむのはやめて!!

収拾がつかなくなるから!

「とにかく、だ。英雄学園は実力主義で、実際に魔物や人と刃《やいば》を交えることもある。生半可な実力で挑めば、卒業が出来ないどころか、命を落とすことさえあるんだ」

ごくり、とつばを飲んだ。

現代日本人の感覚とは、あまりにもかけ離れすぎていた。

「が、学園に通わなかったら、どうなるの?」

ぼくがこわごわと尋ねると、父さんはちょっと表情を緩めた。

「別に、命を取られるという訳じゃないさ。ただ、学園を卒業しなければ貴族の位を相続することは出来ないし、国の要職につくことも出来ない」

「そ、そうなんだ、よかった」

徴兵制とかそういうものではないみたいで、ちょっと安心。

かなり殺伐とはしてるけれど、学歴の延長ではあるのかもしれない。

「……ただ、入学するなら、アルマはレイヴァン以上の覚悟をしないといけないかもしれないね」

父さんの言葉に、また背筋がびりびりと震える。

ジェットコースターじゃないんだから、そうやって上げ下げしてぼくの心をもてあそぶのはやめてほしい。

「アルマの学年は、異常なんだ」

「いじょう……」

もう聞きたくない。

そう思っても、父さんの言葉は止まらなかった。

「剣聖や将軍、魔法公に宰相。そして……皇帝陛下。アルマと同じ年に、この国の重要人物の子供が集合しているんだよ」

父さんの言葉を聞いて、ぼくはついに天を仰いだ。

ここまで条件がそろえば、いくらぼくでも否定はしきれない。


――主人公は、兄さんじゃなくて、ぼくだ。


執務室の天井に、ドンマイ、と手を振る兄さんの幻影が見える。

ゆっくりと息を吐きだして、ぼくは父さんに向き直った。

「……父さん」

そして、ぼくは……。


「――やっぱりぼく、魔法はいいかな」

ゲーム本編からどうやって逃げるかを、すでに考え始めていたのだった。

◇
◇
◇

ぼくが事実上の学園行かない宣言をすると、あんまりにもあっさりと決めすぎたせいか、父さんもちょっと動揺した様子を見せた。

「そ、そうかい？　ま、まあまだ時間はあるんだ。よく考えてから、後悔のない選択をしてほしい」

しかし、そこは大貴族にして人格者。

すぐにいつもの優しい表情に戻って、

「何度も言うけれど、アルマがどんな選択をしたとしても、お前が私の大切な息子なのは変わらないんだから、ね」

と締めくくって、今日の執務室訪問は終了した。

（うーん。学園、ねぇ……）

廊下を自室へと歩きながら、ぼくは首をひねっていた。

そりゃ、英雄学園とかいうところが、この世界《ゲーム》の舞台だろうってのは分かるし、そこに行けばゲーム本編が開始されるんだろうとは思う。

ただ、なぁ……。

（――それ、わざわざ行く必要ある？）

そりゃあこのゲームがどんなゲームなのかは分かってはいないが、ヒロインっぽいルリリアちゃんが出てきたから恋愛要素はありそうだし、魔法だの魔物だのがいるんだから戦闘はありそうだ。

学園に行けば、個性豊かな面々との恋愛やら、ファンタジックなモンスターたちとの熱いバトルが繰り広げられるんじゃないかなーと想像はしている。

している、けれど……。

（そんなの、命の危険を覚悟してまでやることか、ってのが本音なんだよね）

例えば、恋愛がメインのはずの〈フォースランドストーリー〉でも、たまに起きるイベントなどでは普通に生徒が死んでいたし、当然ながら主人公たちだって戦闘で負ければ殺されてしまっていた。

現代日本人としての感覚が戻ってきた今、そんなサツバツとした学園にわざわざ向かう気力は湧いてこなかった。

（ぼく、次男だしなぁ）

幸いにも、と言っていいのか、兄さんは怖いくらいに優秀だ。

家を継ぐ継がないの話は、元から考えなくていい。

となると、ぼくがどうにか手に職をつけられるなら、学園に行くメリットはそこまで大きくないように思える。

（学園に通わないのが、貴族にとってどの程度不名誉なことなのか分からないのが怖いけど……）

ドロップアウト組扱いされるのはまあいいとして、家族に迷惑がかかるほどだと流石にちょっと考えてしまう。

（まあ、いいや）

とりあえず、学園に通うのは十五歳になってから。

それまで、時間はたっぷりある。

学園についてはゆっくりと調べてみればいいだろう。

それよりも……。

（魔法！　光魔法の実践だ！）

◇　◇　◇

ということで、自室にこもって内側から鍵をかける。

この時間は誰も訪ねてはこないと思うが、念のためだ。

——光の魔法は、どうやらめちゃくちゃレアらしい。

まだ今後の方針が決まらないうちは、軽々しく使わない方がいいのかな、とも思うが、今までずっと憧れ続けた魔法だ。

子供の「ぼく」は「細かいことはどうでもいいから試したい！」と叫んでいて、大人の「俺」は用心深く、「光魔法なんて試すのはやばいぜ！　……ちゃんと誰にも見られてないとこでやらないと！」と言っている。

……うん、まあどっちも自分だし、結局魔法を使いたい欲に人は勝てないのだった。

それでもせめてもの安全対策として、頭から布団をかぶりながら実験開始だ。

「あれ？　光の魔法って、どうやって使えばいいんだ？」

ただ、実験は開始二秒で行き詰まった。

まあ元がゲームなんだから当たり前だけれど、この世界での魔法は「魔力操作とイメージでなんでも好きに出来る！」とかって訳ではなく、割とかっちりと型が決まったタイプだ。

魔法はキーワードによって発動され、その威力や消費魔力は術者のイメージには左右されずに毎回同じものが出る。

つまり、キーワードが分からないと使いようがない訳だが、現在使い手のいない光魔法の魔法名なんて知っているはずがない。

「あ、そうだ」

しかし、そんなぼくには心強い味方がいた。

「今回も頼みますよ、っと」

もはやおなじみとなったメニュー画面を呼び出す。

これはどうやらぼくの視界に直接浮かび上がっているようで、狭い場所でも暗い場所でもいつも同じように見えるという便利設計だ。

（これも不思議なんだよね）

他人に見えないのは確認済みだし、原理的に魔法によって表示されているというのでもなさそうだ。

どうもこれは神様が「ぼく」を転生させる時に身体に直接埋め込んだ機能らしく、意識するだけで操作が出来るし、「俺」の部屋のパソコンのようにマウスの利きが悪くなって誤操作をすることもない。

まさに神のインターフェイスだ。

（落ち着いたら、このメニューも検証していかないと）

とは思うが、今の興味は完全に魔法一択。

それっぽそうなところを勘で探っていると、やがて【魔法】の項目に行き当たる。

（あ、あれ……!?）

そこに表示された内容に、ぼくは思わず自分の目を疑った。

【魔法】項目は属性別に分かれていたのだが、ぼくが今まで何度やっても使えなかった火などの項目にも、すでに一個だけ魔法名が記されていたのだ。

しかもそこに書かれた〈トーチ〉という魔法の名前は、ぼくが何度試しても発動しなかった火の魔法のもので間違いがない。

（ここにあるってことは、もう習得したってことじゃないのか？　じゃあ、なんで使えなかったんだろ）

そんな疑問の答えは、〈トーチ〉の項目に意識を集中させるとすぐに判明した。

（こ、こりゃひどいや）

なんと〈トーチ〉の魔法、魔法成功率が０％になっていたのだ。

魔法の成功率は、その属性に適性があったり、魔法を発動させると習熟してだんだん上がっていくようだが……。

（一回も魔法が成功しないのに、どうやって熟練度上げろって言うのさ）

そりゃ成功しない訳だ、とぼくは肩を落とした。

そして、肝心の光魔法。

そこにもちゃんと〈ライト〉という魔法が書かれていて、その成功率は、堂々の１００％。

（すさまじい格差を感じる……）

これはメニュー使えなかったら落ちこぼれ確定だったなぁ、とアルマくんに同情しながらライトの魔法を見ていると、〈ライト〉の項目をもう一度選択出来ることに気付いた。

もしかしてさらに追加情報でもあるんだろうか、とボタンを押すようなイメージで〈ライト〉にさらに注目すると、

「みぎゃっ!?」

突然、布団の中で光が爆発した。

それが〈ライト〉の魔法の発露だということも分からず、もちろん初めての魔法成功を喜ぶ余裕なんて欠片もないまま、ぼくは、

「目がぁあ！　目がぁあああああ！」

と小声で叫びながら、ベッドの上を転げまわったのだった。

◇　◇　◇

「――そっか、こうすればよかったんだ！」

ぼくは布団に右手だけを突っ込み、〈ライト〉を発動させる。

どうやらメニューから魔法を使うと右手の開いた方向に魔法が発動するようで、布団の中がぼわっと明るくなるのが分かった。

これなら目立たないし、ぼくもまぶしくない。

完璧な解法だ。

（それにしても、このメニューから魔法発動出来るの、かなりチートなんじゃないか）

ぶっ壊れ性能という意味でも、元のズルという意味でもチート感がある。

今まで発動はさせられなかったものの、一応魔法を使おうとしたことはあるので、魔法発動の大変さは知っている。

ゲームに準拠しているので、魔力操作とかイメージで威力は変わったりしないし、キーワードを口にするのが大事というのはそうだけど、じゃあ〈トーチ〉って口にするだけで〈トーチ〉の魔法が使えるかっていうとそこまで簡単でもない。

魔力をちゃんと手に集めないといけないし、その状態で正しい魔法名を口にして、さらに集めた魔力が暴走しないように制御する必要もあるとかなんとか。

（それが上手《うま》く出来るかが、この「魔法の成功率」になるのかな？）

それとも完璧に魔法を制御してなお、成功率に出ている確率でしか成功しないのか、その辺はちょっと検証してみないと分からない。

まあとにかく、集中しないといけないのが戦闘中などにはネックになりそうだ。

ただその点、ぼくのメニューならその辺の余計な手間はゼロ。

なんなら念じるだけで発動するので、相手に魔法名が分からないのもいい感じ。

（そうだ！）

普通の魔法と違って、この方式での魔法発動なら準備時間がない。

連打してみたら、一気に魔法がたくさん撃てるんじゃないだろうか。

思いついたら、試さずにはいられなかった。

「ほいほいほい、っと」

名人になった気分で、僕は手の方向を微妙に変えながら、メニューから〈ライト〉を三連打する。

だが……。

「あー、こりゃダメ、か？　あ、れ……？」

残念ながら、連打しても〈ライト〉は最後に放ったものしか発動しなかった。

でも、それよりも、

（な、ん……これ、や、ば――）

急速に、本当に突然に、身体から力が抜けていく。

「……ぁ」

助けを呼ぼうにも、声が出ない。

もう座っていることすら出来ず、ぼくは前に身体を投げ出すように倒れこみ、

「――！」

ベッドにほおがついた衝撃で、かろうじて意識が繋《つな》ぎ止《と》められた。

「――っは！」

短く、息を吸い込む。

ほんの少しだけ力が戻ってきて、ぼくは最後の力を振り絞って、ゴロンと身体を転がして仰向《あおむ》けになった。

「……はぁ、はぁ、はぁ」

自分の荒い息遣いだけが、部屋に響く。

突然すぎる危機に、身体の震えが止まらない。

（なんだったんだ、今の？）

今までに感じたことのない種類の脱力感。

これまでの人生、いや、前世を合わせても、さっきのような感覚を味わうことはなかった。

思い当たることがあるとしたら、あの魔法の連打。

連打がダメだったのか、あるいは……。

（そうだ、ＭＰ！）

よく転生モノの小説で、最初に魔法を使った時に、ＭＰを使いすぎて気絶する描写がある。

しかもＭＰを使い切ると最大ＭＰが成長したり……っていうのは、ゲームだからないだろうけど。

（確か、前見た時はＨＰが54／54でＭＰは６／６だったかな）

これが多いのか少ないのかは比較対象がないから分からないけれど、ＭＰがＨＰの十分の一程度しかないと考えると、「アルマ」のＭＰはかなり少ないように思える。

最初の二回も加えると〈ライト〉を五回も使ったんだから、〈ライト〉の消費ＭＰが２以上だったらＭＰが足りなくなるはず。

ＭＰがないのに無理に魔法を使おうとしたなら、気分が悪くなったというのも分かる。

（さすがにちょっと、舞い上がりすぎたかぁ）

せめて、消費ＭＰを確認してから魔法を使うべきだった。

反省をしながらも、ぼくはなんだか解決したような気分になって、自分のステータスを開き、

「――なん、だこれ」

そこに表示された数値を見て、絶句した。

HP	14	／	14
MP	0	／	6

（どういう、ことだ、これ）

6だったはずのMPが0になっている。

これは、別にいい。例えば、〈ライト〉の消費MPが2だったなら、消費MPは合計で10。

6全部使っても足りない計算になるからおかしくはない。

問題は、HP。最大HPの数値が赤くなって、前に見た時よりも大幅に下がっている。

（間違いなく最大HPは54だったはず）

一体どうして？　魔法の使いすぎ？　連打のせい？

何か攻撃を受けた？　まさか毒をもられた？

思考があふれて、止まらない。

（ああ、もう！）

初めて、「知らないこと」の怖さを思い知る。

ぼくは今まで、事を甘く見すぎていたのかもしれない。

学園になんて行かなくたって、この世界は人の命を容易に奪うだけの力を持っているんだ。


（――情報！　とにかく情報が必要だ！）


もうなりふりなんて構ってはいられない。

ぼくは弱った身体をふらつかせながら、情報を求めて部屋の外に飛び出した。

◇
◇
◇

「あむ、あむあむあむ……おかわり！」

「アルマ、今日はずいぶんと食べるのね……？」

ぼくが空にしたお皿を見て、母さんが目を丸くする。

（お行儀悪くてごめん。でも、死活問題なんだ……）

ぼくは頭の中で母さんに謝りながら、給仕の人が持ってきてくれたご飯に食いついた。

あ、ちなみに家族での食事では礼儀作法なんかはそこまで厳しくはないが、給仕は全部使用人がやってくれている。

数少ないうちの貴族ポイントだ。

(うぐぐ。たくさん食べるってのも、なかなか大変だな)

あれからぼくは父さんに頼んで書斎に入れてもらい、魔法を使って具合が悪くなる症状を中心に、色んな本を読んだ。

そこで、それっぽい記述を見つけたのだ。

普通、魔力が切れてもそんなに具合は悪くならないし、魔力切れだと当然魔法は使えない。

ただ、熟練の戦士が死地に遭った時や、復讐に燃える騎士が自分の命を燃やして仇《かたき》を討とうとする時、寿命や生命力を燃やして魔法やスキルを使う、という描写があった。

生命力……つまりはHPのことだろう。

あの時のぼくはMPが6、最大HPが40減っていた。

〈ライト〉の消費MPが仮に2だとすると、消費MPは合計10。

足りなくなった4MPを、その十倍の生命力、40最大HPで肩代わりした、と考えると数字的にはしっくりくる。

問題は、生命力を燃やして魔法を使うなんて、歴戦の戦士が刺し違える覚悟で捨て身の攻撃を仕掛ける時くらいしか描写がなかったこと。

そんな真似《まね》をぼくがどうして出来たのか、って疑問は生まれるけど、それについては推測はつく。

（ぼくにとって、魔法を使うのが「簡単すぎた」んだ）

ぼくはあの時、手動ではなくメニュー画面から魔法を使った。

だから魔力切れで魔法を使うという状況に対する違和感も覚えなかったし、生命力を燃やして魔法を使うなんて高等技術をシステムが代行してしまって、自覚なく危険な真似をしてしまった、という訳だ。

（チートもいいことだけじゃない、ってことだよな）

便利だからこそハマる落とし穴もある。

今回のことは、ぼくにとっていい教訓になった。

それで、肝心の回復方法……失った最大ＨＰをどうやって回復するかについては、「栄養のある食事を取るか、ゆっくりと睡眠を取って回復するしかない」と本には書いてあった。

だから慌てて回復効果のあるお菓子を食べてみると、10％のＨＰが回復するお菓子で、その半分の５％分だけ最大ＨＰが回復した。

だからこそ、今回の食事で無理にでもおなかに物を詰め込んでいる、という訳だ。

こっそりと、メニューから自分のＨＰを確認する。

（最大ＨＰ34。だいぶ回復はしたけど、もう食べられないや……）

食事と睡眠で最大ＨＰは回復出来る、という話らしいけど、あくまで食事は応急処置。

現実的には、睡眠で治すのが基本になりそうだ。

（まあ、最大ＨＰが戻せるって分かっただけでも安心だな）

数値的にも、とりあえず危険域は脱したとみていいだろう。

ぼくはおなかをさすってひと心地ついた。

ついでに言うと、前にもらったルナ焼きも食べてはみたんだけど、どうやら1未満の端数は切り捨てになるようで、いくら食べても効果がなかった。

妙なところでゲーム的というか、この世界はなかなかにぼくに厳しい……。

（厳しい、と言えば……）

魔法で最大ＨＰを削るのはレアでも、一時的に最大ＨＰが減ること自体はこの世界では特にめずらしいことではないらしい。

魔物の攻撃を受けると防御力に応じてＨＰが減っていくが、その際に生命力の限界値、つまり最大ＨＰも少しずつ減ってしまうんだとか。

この仕様は、ＨＰ回復手段によって無限に探索が続けられるのを妨げるシステムだと思う。

ダメージを受けることがより危険になり、探索が長期化するとそれだけリスクも高まっていく。

だとすると、

（――このゲーム、かなり「ガチ」なＲＰＧの世界みたいだ）

こんなある意味で意地の悪いシステムを組み込むということは、それだけ戦闘部分に力を入れているということ。

恋愛がメインで、戦闘はたまに修学旅行で大仏や鹿と戦ったり、突然現れた宇宙人と戦ったりするフレーバー要素でしかない、みたいな可能性は消えたと考えていいだろう。

「ごちそうさまでした」

ここだけは行儀よく頭を下げて、ぼくは自室に戻る。

その足取りは、少しだけ重い。

（逃げる訳には、いかないよな）

さっきまでは動揺していてそこに思い至らなかったが、ぼくが一番に情報収集しなければいけない対象が、まだ残っている。

それは、ぼくにしかない情報源で、「ゲーム」としてのこの世界の本質に、おそらく一番近いであろうモノ。

——さぁて、鬼が出るか、蛇が出るか。

ぼくはドキドキと早鐘を打つ心臓を押さえながら、メニューを呼び出した。

メニューからの魔法使用のように、もしかするとぼくの知らない落とし穴が、まだメニューには隠れているかもしれない。

そんな警戒をしながら、ぼくは今まで調べていなかったメニューの項目を一つずつ確認していったのだが、結果から言うと「若干期待外れ」という結果だった。

情報源として一番期待していた「ヘルプ」の項目と「図鑑」の項目が、グレーアウトしていて選択出来なかったのだ。

（まだ、本編が開始されてないから、かなぁ）

仕様の理解が重要だと分かった以上、特にヘルプは読みたかったのだけど、残念だ。

ただ、思いがけない場所から収穫があった。

コンフィグを眺めていたら、「ＭＰ切れの時、最大ＨＰを消費してスキルや魔法を使う前に警告を表示する」というチェックボックスがあったのだ。

(これで、確定だな)

やはり、あの時の体調不良は最大HPを燃やして無理に魔法を使ったせいだった。

ぼくは二度とMP切れの状態で魔法は使わないことを誓って、警告表示もオンにしておく。

◇ ◇ ◇

すでに何度も見たステータス欄やら魔法欄やらは飛ばしていったため、メニューの探索は意外とすぐに終わった。

(あと、調べていないのは……)

残った項目は、一つ。

「プレイヤーメモ」という、効果も存在意義も謎な項目だけ。

(名前からすると、備忘録的なものだと思うけど……。うーん、戦績か、ストーリーやクエストの履歴、とかかなぁ)

期待半分、不安半分に「プレイヤーメモ」を開く。

(あれ、これって……)

そこには、見覚えのある文字列が躍っていた。

一番上にあったのは、「あなたが転生者に選ばれました」という見覚えのありすぎる一文。

開いてみると、案の定だった。

(これ、「俺」に届いたメールだ！)

どうやら、転生後も条件のチェックが出来るように、神様がゲームメニューを利用して控えを転送してくれていたらしい。

(神様有能！　神様有能！)

転生ルールはあとで見返したいとずっと思っていた。

これは素直に嬉しい。

(……問題は、もう一件か)

これには見出しがなく、内容は想像も出来ない。

ぼくは何があっても驚かない覚悟を決めて、二つ目のメモをチェックした。

有馬　悠斗　アンケート内容
理想の世界　：　フォールランドストーリー
なりたい人物　：　アル

(う、うわあああああああああ!!)

声を出さずにその場で転げまわる。

これは間違いなく、「俺」が書いたアンケート。

そして間違いなく、「俺」は全世界最高クラスの大バカ野郎だ。

(やっぱタイトル間違えてるじゃんかあああああああ!!)

このミスさえなければぼくはこんなミリしらな世界に来ることはなかったし、今頃はメルティーユとキャッキャウフフしていたはずなのだ！

いや、転生ということは赤ちゃんスタートだったんだから、頑張ればリアル赤ちゃんプレイだって……!!

「ふぅぅぅ……」

意識的に深呼吸をして、気を落ち着ける。

やってしまったものはしょうがない。

とにかく今は内容の確認だ。

そう思ってアンケートの残りに目を落とすが……。

（なんだこのクソ長文……）

はっきり言って読む気が失《う》せる。

それでも仕方なく、最後の方だけ目を通した。


その中でも、一番好きになれたのがアルだというのは、すでに答えた通り。

ただ、俺がアルのことを一番好きになれた理由はちょっと変わっていて、彼が「最初から最強な主人公」などではなく、「プレイヤーと一緒に最強になっていく」タイプのキャラクターだったことが、案外決め手になったのだと思う。

主人公が実は勇者の血筋だと判明して……なんてのはよくある展開だし、この作品にもその要素はあったけれど、それはアルの本質とは無関係。

実際、アルはその恵まれた血筋とは裏腹に、本編開始時の十五歳の時には「落ちこぼれ」だった。

優秀な者たちが集う学園の中で、碌《ろく》に魔法も使えない彼はステータス的にも物語的にも「弱者」だったのだ。

だが、だからこそ成長した時が映えるし、育ててやりたいという気概も湧く。

――「最弱」から「最強」になる。

言葉にすれば陳腐なそれを、ゲームのUIを、コントローラーを通して、ほかならぬ自分自身の手で成し遂げられるからこそ、アルというキャラクターは「特別」なのだ。

その道のりは決して平坦ではなかったけれど、だからこそ数多《あまた》の初見殺しを駆け抜け、少しでも効率的な成長を模索してアルを極限まで鍛え上げ、五周目にやっと魔王を一対一で討ち果たすことが出来た時は、数えきれないほど泣いた。

いや、難易度自体は正直周回前提でもきついというあたおかレベルだったけれど、アルの出自を含めて全ての要素が芸術的にピタリとハマっていて、「ああ、全てはこの時のためにあったんだ」「アルだからこそ、魔王を倒すことが出来たんだな」と素直に腑に落ちる、控えめに言って最高のゲーム体験になった。

落ちこぼれと言われていた彼が、自分（プレイヤー）の手腕によって少しずつ努力を重ねていき、最後までとってつけたような覚醒イベントや神様の干渉など全くなしに、最終的には世界を滅ぼそうとする魔王を倒すという偉業を成し遂げた。

これ以上に泣けるエンディングが、ほかにあるだろうか？

逆境を、勇気と根性で覆す。

彼こそが俺にとっての最高のキャラクターであり、最高の主人公なのだ！

（は、はずいいいいいい!!　このテンション、完全に酔っ払いだあああああ!!）

なんであの日に限ってあんなに酒を飲んでしまったのか。

というか酒飲んだ日になんでパソコンでネットサーフィンなんてしてしまったのか。

今となっては全てが恥ずかしい。

「うがああああああ!!　うわあああああああああ!!」

ぼくはもう一度、ベッドの上を転がりまわった。

「……はぁ、はぁ、はぁ」

落ち着いてから、また自分のアンケートを見る。

あいかわらずのキモイ文章だったが、ふと思ったことがあった。

――〈フォースランドストーリー〉と〈フォォールランドストーリー〉って、案外似てるんだな。

名前が似ているせいだろうか。

このアンケートに書いた内容だって、十五歳で学園に行くとか、アルが魔法を使えない（本当は使えるけど）とか、〈フォォールランドストーリー〉に置き換えても当てはまることが多い。


「――あてはま、る？」


そこで……不意に。

ぼくの頭に天啓とも言えるような閃《ひらめ》きが下りた。

「俺」がもらった「転生権」は、神様が「もっとも心動かされるアンケートを書いた人」に渡すものだ。

ただ、神様は転生権を与える世界を自分で作ったのだから、その世界を、そのゲームのことを、隅々まで知っていたはずだ。

それなのに、神様はどうして「俺」の書いたアンケートに「心を動かされた」んだ？

――普通に考えれば、間違った作品について書かれた的外れな中身のアンケートなんかに、心を動かされるはずがない。

なら実は、神様は自動で世界を作れるからその作品のことは詳しく知らなかった？

それとも、アンケートを選んだのは神様とは別の人物だった？

それとも、それとも……。

——もしかして、〈フォースランドストーリー〉のことを書いた「俺」のアンケートが、奇跡的に〈フォールランドストーリー〉とも一致した、とか？

「いやぁ、ない。ないない。絶対にない」

あえて口に出して、否定する。

別ゲーのことを書いたアンケートが、ほかのゲームにも一致する確率ってどんなもんよ？

そんなんあったらもう偶然超えて奇跡だよ。

……そりゃ、まあ確かに？

初見の人間に説明するつもりで、酔っぱらった中でも可能な限り固有名詞出さないようにして、アル以外の人物名も地名も技名も出さなかったよ？

だけど、だからって……ね？

…………。

…………。

…………。

…………。

……いや、ないとは思う。

ないとは思うけど、万が一、億が一、いや、兆が一、そんなことが起こったとして。

――この状況、やばくね？

例えば、このアンケートの「五周目にやっと魔王を一対一で討ち果たすことが出来た」って部分。

いや、違うんだよ！

これだと「激ムズ難易度がデフォルトで、四周もバッドエンドを見続けて引き継ぎ五周目でようやく初めて魔王を倒せた」みたいに見えるけど、完全に誤解なんだよ！

ノーマルエンドは普通にみんなで魔王を倒していい感じにエンディングになるんだけど、周回前提難易度の「主人公単独魔王撃破ルート」って隠し分岐があっただけ！

それはそれで普段とはちょっと違うストーリー展開だしアルくんが最高に主人公してて最高の中の最高ヒャッハーだったんだけど、そうじゃないんだ！

その、つまり……。

――この感想を違和感なく受け入れられてしまったのだとしたら、もしかしたら〈フォールランドストーリー〉の難易度、かなりやばいのでは？

特に、後半の数行がやばい。

もうさっきから冷や汗が滝みたいに出るレベルでやばい。

だって、だってさ？

これがもし、本当だとしたら……。

——「世界を滅ぼそうとする魔王」って書いてあるんだから、何もしなければ世界は滅ぶし。

——「全ての要素が芸術的にピタリとハマって」魔王を倒せたなら、イベントをこなさないと詰みになるし。

——「アルだからこそ、魔王を倒すことが出来た」のなら、ぼく以外には魔王は倒せない、んじゃね？


ガタガタ、ガタガタと、音がする。

何事だろうと下を見たら、ぼくの膝が震えていた。

身体の震えが、止まらない。

前世で「やらかし」てしまった時と、作品の名前を間違って記入したことに気付いた時と全く同じ悪寒が、全身を襲っていた。

「ダメだ。やるしか。やるしか……ない」

そして、ぼくはこの日から……。


——「絶対原作守護《まも》るマン」に、なったのだった。

第02章

絶対原作守護るマン

「――そろそろ時間、か」

視界の端に映ったメニュー画面で現在時刻を知った「僕」は、ゆっくりと立ち上がった。

そのままなんとはなしに視線を落とすと、そこには子供の手とは言えない大きさの自分の手が映る。

（僕も、大きくなったなぁ）

あらためてそんな感慨がこみあげてきて、少しだけおかしくなる。

（ついに始まる、んだよな）

早いもので、全てが変わったあの「決意の日」からもう九年の月日が過ぎた。

それはつまり、僕が十五歳になり、学園への入学資格を得たということだ。

ただ、その事実に晴れがましさを感じることはない。

ひたすらに透徹した純粋な使命感だけが、僕の心に満ちていた。


（――守護《まも》るんだ、絶対に！）

あれからもこの世界とアンケートに書いた内容の差異を探したが、それらは全て失敗に終わった。

もはや原作を守護る以外に、僕が、そしてこの世界が存続する道はない。

それまでの準備期間でどうするか。

僕は悩んだが、ひたすら自己強化に努めることに決めた。

気になるのは、ゲーム転生のルールの一番目。

・基本的にはゲームのシナリオの通りのことが起きますが、あなたがゲームと違う行動を取れば歴史が変わる可能性があります

ゲームスタート時の「アル」が落ちこぼれだったのは確定しているから、僕が自己研鑽《じこけんさん》に励むことで歴史が変わってしまう可能性は否定出来ない。

しかし、そのリスクを理解した上で、僕は自分を鍛えることを選んだ。

僕は〈フォールランドストーリー〉は知らないが、〈フォースランドストーリー〉についてはよく知っているし、そのつもりでアンケートを書いた。

だから、確信があったのだ。


——あの難易度で普通に初見攻略してたら死ぬでしょ、という確信が。

……いや、まあ、その、ね。

もちろん〈フォースランドストーリー〉は名作だ。

戦闘もやりごたえがあって、バランスが取れていて、決して理不尽じゃない。

……「リセットを許容する」という前提なら。

だってあのゲーム、とりあえず全滅してから戦術を練るのが前提になっているというか、あからさまにリトライが簡単なのはもうそういうことだろう。

そして最悪なのは、「俺」がアンケートにその通りのことを書いてしまったということ。

――つまり、この世界もリセゲー並みの難易度を誇る可能性が高いのだ。

だったらもう、こっちは自分をバチバチに強化して、初見の罠《わな》をパワーでごり押ししてなんとかしていく以外に生き残る手段は思いつかなかった。

(だけど、大丈夫だ)

希望はある。

このゲームには二周目以降があることも、それによって戦力自体が強化出来ることも、すでに自分の書いたアンケートが証明していた。

ならば、多少は初期キャラを逸脱した性能で入学しても、イベントの流れがおかしくなることはない……はずだ。

「……ぁ」

物思いにふけりながら歩いていると、あっという間に目的地に着いてしまった。

九年前から利用するようになった、レオハルト家の秘密の練習場。

二年前に兄さんが「学園」に旅立ってからは、ほとんど僕専用の場所となっていたそこに、今は二人の先客がいた。

――レオハルト公爵家当主〈レイモンド・レオハルト〉と、その妻〈ルシール・レオハルト〉。

つまりは僕の父さんと母さんがその先客であり、今日の「試験官」だ。

「よく来たな、アルマ。果たしてお前に英雄学園に名を連ねるに足る実力があるか、私たちに示してみろ！」

実力もなく英雄学園に籍を置くのは、貴族の名折れ。

もし今回の「お披露目」で実力が足りないと判断されたら、僕は〈帝立第一英雄学園〉はあきらめ、国外にある、身分問わずに入学出来る学校に行き先を変えろと言われている。

(たぶん、これも愛……なんだろうね)

「まるで貴族の体面のため」のように言っているが、おそらくはそれこそが建前だ。

話を聞く限り、英雄学園は決して甘い場所じゃない。

もし生半可な実力でその門をくぐったならば、命を落とす危険性もある。

見込みがないと思ったのなら、向かわせないことが本人のためだというのは僕にも分かる。

「アルマ……」

母さんの、僕を呼ぶ小さな声が、耳に届く。

最近は練習場を使う機会も減ってきたからか、母さんが僕を心配そうに見る機会も増えた。

前世の記憶のせいで変わったことばかりする子供を、ここまで愛情深く育ててくれた両親には、感謝しかない。

（だけど……）

どんな危険が待ち構えていたとしても、僕はあきらめる訳にはいかない。

英雄学園に入り、そして、「原作を守護る」ために！

（――大丈夫。僕は強くなった）

身体《からだ》の大きさだけじゃなく、ここ九年間、原作を守護るために毎日たゆまずに訓練を重ねた。

一番分かりやすいところでは、六歳の時は1だったレベルを、この九年間で25まで引き上げた。

ゲームにもよるが、これは序盤の終わりから中盤程度の能力になるはず。

主人公がレベル25から始まる学園物ＲＰＧなんて前代未聞だと思うが、生存のためだ。

見逃してほしい。

むしろ25を超えてレベルを上げることも検討したが、イベント条件にレベルがあったら困るということと、あまりにも目立ちすぎるということ。

さらには、入学後に行われる〈精霊の儀〉を行うことでその後のレベルアップ時の成長に補正がかかるという情報を重視して、泣く泣く中断した。

スタートダッシュばかりにかまけて、最終的な強さをないがしろにしてはそれはそれで危険だ。

いくら「成長に上限がない」と神に明言されているとはいえ、そもそもこのゲームのカンストさえ知らない以上、そのメリットを生かせる作りになっているかも分からない。

ただ、レベル上げをそこで止めた代わりに、僕は「自分にしか出来ない方法」で強くなった。

（ここから、だ）

派手な訓練はこの練習場を使っていたから、両親さえ今の僕の力を知らない。

果たしてその訓練が、僕の努力が、これまでの九年間が、本当に意味のあるものだったかどうか――

――その成果が今日、試される！

◇　◇　◇

僕は少しだけ緊張をしながらも、訓練用の木剣を手に取って、

――いよいよ、か。


「――待ちなさい」


そこで、父さんに止められた。

何事かとそちらを見ると、父さんが厳かに口を開いた。

「確かに、武技も戦士にとっては重要だろう。だが、貴族である以上、『魔法が使えません』では品位を疑われる」

僕にとっては寝耳に水と言ってもいい台詞《せりふ》。

だが、父さんの言っていることは一面の真実を言い当てていた。

もちろん武器による攻撃も、魔法による攻撃も、どちらにもそれぞれの利点がある。

だが、範囲が広く見た目も派手な魔法の方が「戦闘における華」であるのは確かで、特に魔法によって今の地位を築いてきた帝国貴族たちにとって、魔法とは血筋の証明であり、矜持《きょうじ》だ。

——どれだけ強くても、魔法が使えなければ「一人前」とは認められない。

魔法至上主義とも言えるようなそんな風潮が、帝国にあるというのは僕も知識としては聞いたことがあった。

「私も、アルマが魔法を苦手にしているのは知っている。だが、もしお前が学園に、〈帝立第一英雄学園〉に行くと言うのなら——」

父さんの瞳が、すっと細くなる。

「家族」としての父さんと、「貴族」としての父さん、二つの父の視線がしっかりと僕を捉え、

「——今ここで、魔法の力を示してみなさい」

「アルマ」にとってはあまりにも酷な、そんな課題を突きつけた。

予想外の事態に、僕は頭の中をリセットする。

ゆっくり深呼吸をして、僕は父さんに向き直った。

「準備をするので、少し、待ってください」

魔法は、近接戦闘以上にごまかしが利かない。

僕はちらりと横目にメニューを見る。

（……HPが少し減っているな）

この程度なら問題ないとは思うが、念のためだ。

僕はルナ焼きを取り出すと、一個ほおばる。

（うまぁあああぁ！）

あ、ちなみにこのルナ焼きは、ルリリアちゃん、いや、ルリリアが僕の十五歳の誕生日に贈ってくれた手作りのもの。

……いや、誕生日に手作りのタマゴボー〇って割と意味が分からないが、嬉《うれ》しいことに九年経《た》ってもルリリアとの親交は続いているのだ。

初めて会ったあの日から彼女はお菓子作りに目覚めてしまったのか、あれから時々、いや頻繁に、むしろ毎日、僕に手作りのお菓子を届けてくれた。

ただ、それはいくらなんでも流石《さすが》に怖……申し訳ない。

イングリットおじさんを間に入れて話し合って、差し入れは月に一回、食事に差《さ》し支《つか》えない程度を上限として、その代わり定期的に会うことを約束した。

その代わり誕生日だけは制限なしで、と言ったらタガが外れてしまったのか、「工場から直送されたのかな？」ってくらいの量のタマゴボー〇が屋敷の玄関を埋め尽くした時は、流石の僕もくらくらしたもんだ。

（……とはいえ、ありがたい）

お菓子は好きだし、中でもルナ焼きはもう僕の生きる希望そのものだ。

ルリリアには感謝しかない。

（それに、成長したことで食べ物の回復効果のありがたみもかなり分かってきたしね）

食料アイテムの効果量は割合かつ小数点以下切り捨て。

例えば「ＨＰを１％回復する」ルナ焼きなら、ＨＰが54の時に食べてもＨＰ回復量が０・54にしかならないため、ＨＰは回復しない。

だが、ＨＰが１０００ともなれば、その回復量は10。

ルナ焼きの大きさ的に一気に何個でも食べられることを思うと、なかなかに優秀な回復アイテムへと変わるのだ。

（……ＨＰＭＰ全快、これで問題なしだ）

余計なことを考えている間に、僕の準備も整った。

考えていた流れは白紙になってしまったが、もともと魔法も見せる予定だった。

何も問題はない。

「行きます」

そう宣言して、僕は「木人《ぼくじん》」と名前のついた木製の案山子《かかし》に向き直る。

この木人は一定時間で勝手に修復される謎の標的用設置物で、それぞれに強度の違いがある。

反撃もしないので、遠慮は要らない。

これまでの九年間の成果、その口火を切る一発目は、これだ！


「――〈フレイムランス〉！」


あえて口に出して、魔法を呼び出す。

手のひらから生み出された炎の槍《やり》が木人にぶつかり、わずかに木人に焦げ跡を残す。

「ほう……」

背後からは、感嘆の声。

感触は悪くない。

――魔法には、段階《レベル》がある。

魔法には系統ごとに熟練度があり、その熟練度を一定値まで上げることによって、次の魔法を覚える。〈トーチ〉のように最初から使える魔法を「第零階位《だいぜろかいい》」として、そこから第一階位魔法の〈ファイア〉、第二階位魔法の〈ファイアアロー〉、第三階位魔法の〈ヒート〉、第四階位魔法の〈フレイムランス〉……とだんだんに威力や範囲が上がっていく。

また、第二階位で覚えるのはどの属性も必ずアロー系というように、偶数階位で覚えるのは属性を問わず共通の性質を持っていて、奇数階位で覚えるのはその属性独自のもの、というのが魔法のルールだ。

今使った第四階位の魔法はもうきちんとした「魔法」であり、少なくとも「落ちこぼれ」に使えるようなものじゃない。

（……でも、僕には光の適性とメニューがある）

九年前のあの日。

最大ＨＰが減ったことに驚いて確認をしていなかったが、落ち着いてから火の魔法の欄を見ると、〈トーチ〉の成功確率が１％になっていた。

何が原因かと頭をひねると、〈魔法詠唱〉そのものにも熟練度があってそれが全ての魔法の成功率に影響することが。

つまり系統によらずに魔法を成功させ続ければ、少しずつでもほかの属性の魔法の成功率も上げられることが分かったのだ。

あとはもう、簡単だ。

僕は属性魔法の適性は壊滅的だが、光魔法だけは１００％成功出来るだけの適性を持っている。

光魔法を他人に見せることは出来ないが、こっそり使うだけなら別に問題ない。

僕はメニュー画面から光魔法を使い続け、〈魔法詠唱〉の熟練度を上げ、少しずつ少しずつ、魔法全体の成功率を底上げし続けた。

そして、〈トーチ〉の成功率が二割程度にでもなれば、もうあとは簡単だ。

二割は高い確率とは言えないが、一度成功させてしまえば火属性と〈トーチ〉そのものの熟練度が上がるため、成功率は加速度的に上昇していく。

僕が〈トーチ〉を成功確率１００％で使えるようになるまで、一ヶ月もかからなかった。

そこからは、ただもう繰り返し。

〈トーチ〉を足掛かりに〈ファイア〉を、〈ファイア〉を足掛かりに〈ファイアアロー〉を、じっくりと育てていけばいいだけ。

どうせ僕はメニューからぽちっとボタンを押す感覚で魔法が使えるんだ。

最大ＨＰが削られて瀕死《ひんし》にでもならなければ、大した苦でもない。

――そしてもちろん、それだけじゃない。

僕は続けざまに手を差し出し、今度はこう叫んだ。

「――〈ウォーターボール〉！」

第六階位、水の範囲魔法が、案山子を揺らす。

当然ながら、〈魔法詠唱〉の恩恵は火属性以外の属性にも及ぶ。

二系統を育てたことで〈魔法詠唱〉はさらに育っていて、水属性を育てるのは火属性よりもさらに簡単になった。


「――〈アーススパイク〉！」


お次は土。

第八階位、土の大威力魔法がそれまで目立った傷のなかった木人を大きく削る。

「なっ!?」

ここまでくればもう、父さんが漏らす言葉は、感心ではすまなかった。

本だけの知識ではあるが、スパイク系の魔法が使えるのは優れた魔法使いの証《あかし》。

おそらくこの時点で、学園入学前の子供の標準は超えている。

だが当然、まだ終わらない。


「――〈ウィンドバースト〉」


静かに唱えた呪文。

風の第十階位、大威力範囲魔法が、スパイクによって傾いた木人をズタズタにする。

……僕には、時間があった。

研鑽を重ねるには、あまりにも十分すぎる時間が。

だって、ゲームの主人公には、学園で過ごす三年間しかない。

けれど僕には、九年があったのだ。

その全てを自己鍛錬に費やしたのなら、この程度当然のこと。


「な、なるほど。アルマ、お前の努力は見せてもらっ――」

「まだです！」


だから、ここで「試験」を打ち切ろうとする父を、僕は鋭い声で止めた。

――ここまでは、ただの前座。

ちょっと優秀な魔法使いなら当然のように出来ることで、「僕にしか出来ない」ことじゃない。

だから、今から見せるのが、本当の僕のとっておき！

（ＭＰは……問題ない！）

魔力は、まだ十分にある。

そしてこの魔法に、それほどの魔力は必要ない。

わずかな高揚と、心地よい緊張。

僕はボロボロになった木人に引導を渡すように、右の手のひらを突きつけて、

「――消し、飛べぇ!!」

叫びと共に、魔法を解き放つ。

今までとは比べ物にならない熱量が、魔力がうねり、そして次の瞬間、

――爆発！

一拍遅れて届くのは、耳をつんざくような轟音《ごうおん》。

それから熱が一気に押し寄せ、術者である僕さえ、一瞬だけ視界を遮られる。

そして、その熱波が収まった時……。


……木人の上半身は、完全に消滅していた。


これが、今の僕が二人に見せられる全力。

「なん、と……」

父さんの、乾いた言葉が耳に届く。

流石の父さんも、目の前の光景に驚きを隠せないようだった。

しばらくの沈黙のあと、重々しい父さんの声が訓練場に響く。

「その、火力……。今のはまさか、失われた伝説の魔法〈ファルゾーラ〉か？」

耳にその言葉が飛び込んだ瞬間、僕は天を仰いだ。

視界に、涙がにじむ。

（……あぁ。その言葉が聞けたなら、僕の九年間は無駄じゃなかった）

潤む瞳に気付かれぬように、僕は父さんの方を振り向き、ゆっくりと首を横に振る。

そして、僕は九年前からずっと用意していた台詞を、言い放つ。

すなわち、

「――今のは〈ファルゾーラ〉ではありません。〈ファイア〉です」

……と。

◇　◇　◇

「――合格、だ」

厳かに口にされた父さんの言葉に、僕は全身の力を抜いた。

「はぁぁぁ。よかったぁ」

大きく息を吐くと同時に、あらたまっていた口調も崩す。

ここからは、「貴族の当主とその息子」ではなく、単なる「父と子」の時間だ。

「心配性だな、アルマは。あれだけの魔法を見せられて、私が帝都行きを反対すると思ったのかい？」

「そりゃあ、十中八九大丈夫だろうとは思ってたけど」

この選択に、世界の運命がかかっているんだ。

そりゃ、心配にもなる。

「それよりも、さっきの〈ファイア〉はどうやったんだい？　私の知る限り、魔法の威力を上げるような魔法や技能なんて、なかったはずなんだがね」

冗談めかしたような中に、ちょっとだけ本気の色をにじませながら、父さんが僕に問いかける。

確かにそりゃ不思議だろう。

この世界のルールとして、魔法の威力を術者が能動的に調整することは出来ない。

なのに、僕の撃った第一階位の魔法である〈ファイア〉は、それより前に撃った〈フレイムランス〉よりも、いや、属性違いとはいえ、第十階位の魔法である〈ウィンドバースト〉よりも強かったんだから。

ただ、その答えなら簡単だ。

「それは、たくさん〈ファイア〉の練習をしたからだよ」

「う、う一ん。いや、確かに魔法は使えば使うほど慣れて強くなるとは聞いているよ？　だけど、それにしたってあの威力は……」

なおも食い下がってくる父さんに、

「めちゃくちゃたくさん練習したからだよ！」

笑顔と共にそう言って、それ以上の質問を封殺する。

「そ、そうか。めちゃくちゃたくさん、そうかぁ……」

父さんはまだ何か言いたげに口元をひくつかせていたが、一応は納得した様子を見せてくれた。

（――まあ、実際その通りだしね）

あの〈ファイア〉には、正真正銘なんの種も仕掛けもない。

あれに〈フレイムランス〉を超える威力がこもっていたのは、ただひたすらに〈ファイア〉を撃ちまくって、〈ファイア〉の熟練度を上げまくっただけなのだ。

魔法を使うと、全部の魔法に関わる〈魔法詠唱〉と、その〈魔法系統〉と、さらにその〈魔法単体〉の熟練度が上がる。

例えば〈ファイア〉を使うと、〈魔法詠唱〉と〈火属性魔法〉、それから〈ファイア〉自体の熟練度が上がるという感じだ。

ぶっちゃけると〈魔法詠唱〉や〈魔法系統〉の熟練度上げ効率は上位の魔法の方がいいから第一階位の魔法なんてわざわざ使う意味はないのだが、火属性だけはひたすら〈ファイア〉ばかりを使っていたのだ。

え、なんでそんなことしたかって？

だって第十階位より強い第一階位魔法とかかっこいいじゃん？

……というだけでなく、僕はＨＰと比べるとＭＰが少ないから、念のため消費が少なくて強い魔法を一つ持っておきたかったというのもある。

それに、イベントやダンジョンギミックであんまり高いレベルの魔法が使えない状況なんてのもあるかもしれないし、備えあれば憂いなし。

僕は原作を守護るためなら妥協しない男なのだ。

ちなみに、だったら第一階位より第零階位を上げれば、って思ったりもしたのだけれど、第零階位魔法だけは威力が固定で、どれだけ使っても強くならなかった。

まあ、明かりを灯《とも》すだけの魔法で威力が数十倍とかになっても逆に不便というか、家が燃えたりしたら困るしね。

「アルマ……」

そんな余計なことを考えてにやついていると、今まで一言も発さずに僕のことをじっと見ていた母さんが、歩み寄ってきた。

ただ、やはりその表情は曇ったまま。

憂いを帯びた表情で、母さんは口を開いた。

「やっぱりわたしは、心配だわ。あなたが学園に行くなんて……」

「母さん……」

僕がここまでやったのは、母さんの不安を払拭するためでもある。

だけど、どうやらこれだけじゃ不十分だったらしい。

僕がどうやって母さんを安心させようか悩んでいると、不意に、僕の身体が引き寄せられた。

「でも、すごいわ。……がんばったわね、アルマ」

気付けば、僕は母さんに抱きすくめられていた。

もう身長は追い越したはずなのに、二度目の人生でそんなものは卒業したと思っていたのに、母さんのぬくもりと匂いに安心させられてしまう。

「……行ってきます、母さん」

優しいぬくもりに抱かれながら、僕はその時ようやく、「ああ、僕は故郷を旅立つんだな」と今更ながらに自覚したのだった。

◇　◇　◇

「……じゃあ、行ってくるよ」

翌日。

僕は両親や使用人の人たちに見送られ、帝都へと旅立とうとしていた。

あ、ちなみに僕は別に内政チートとか移動チートとかは持ってないので、えっちらおっちらと馬車旅だ。

「くれぐれも、気を付けて行動するのよ」

「分かってるよ、母さん」

母さんがまだ心配そうに声をかけてくれるが、昨日のことがあって目が合わせられなかった。

それに、その母さんの懸念は、流石に無用の心配というもの。

何しろ僕は絶対原作守護るマン。

むしろ帝都にだって僕以上に用心深く行動する人間なんていないだろうと断言出来る。

すると、今度は父さんが僕に近付いてきて、そっと僕の手に小さな包みを握らせた。

「アルマ、これは私からの餞別《せんべつ》だ。旅の間の暇つぶしにでも使うといい」

「わ。ありがとう、父さん」

どうやら、僕の旅立ちのために準備をしていたらしい。

昨日まではそんな素振り一切見せなかったくせに、全く粋な人だ。

「お前なら学園でもやっていけると信じているよ、元気で」

「うん、頑張るよ」

父さんらしい短い激励の言葉にうなずいて、

「……それじゃあ」

名残惜しいが、別れはもう昨日済ませた。

僕が馬車に乗り込もうとしたところで、

「――おにいちゃーん！」


そこには小柄な影があった。

「ルリリア、来てくれたんだ！」

僕が喜んで駆け寄ると、ルリリアは一瞬だけ嬉しそうな顔をして、すぐにプイ、と横を向いた。

「べ、別に、お兄ちゃんのことを見送りに来たワケじゃないんだからね！　ぐ、偶然！　偶然だから！」

「あ、うん」

えっ、じゃあ君何しにここまで来たの、とは聞かない。

なんというか、色々個性的な子なのだ。

それに、わざわざ僕のことを見送りに来てくれたのは嬉しい。

こんな時でもいつも通りの彼女に、僕が少し表情を緩めていると、

「こ、これ！」

父から贈り物をもらったのとは別の手に、何かが押し付けられる。

「わ、わたしだと思って、大事にしなさいよね！」

手作りだろうか。

個性的だが、どこか愛嬌を感じる顔をしたくまのぬいぐるみが、僕の手に握らされていた。

「ありがとう、大切にするよ」

「う、うん……」

僕が礼を言うと、ルリリアは照れ隠しの言葉を言うのも忘れたように、顔を赤らめてうなずいた。

妹のように思っていたルリリアも、もう十四歳。

可愛《かわい》らしく頬を染めるその姿は、年相応の少女のようにも見えた。

「じゃあ、また、ね」

もう少し話していたい気持ちはあったけれど、これ以上は未練になる。

思いがけない贈り物ももらったところで、僕があらためて出発のため馬車に向かおうとすると、

「ま、待って！　そ、それと、こっちは道中のおやつで、あとこっちは酔い止め、それから、それから……」

「え、えぇぇ……」

出るわ出るわ、どこにそんなもの持ってたの、と言いたくなるくらいの量の小物が、ルリリアの手から押し付けられる。

君、僕の見送りに来た訳じゃないって建前なんだよね、みたいな言葉が流石に喉のところまで出かかったが、僕はなんとかこらえた。

その全部を馬車に押し込んでから、さらに何かを取り出そうとするルリリアの手を、僕は無理矢理に握った。

「ありがとう。……僕も最後にルリリアに会えて、嬉しかったよ」

「……ぁ」

ルリリアが硬直している間に僕は踵《きびす》を返して、馬車に乗り込んだ。

これ以上いると、別れにくくなってしまいそうだ。

「出してください」

僕がそう言うと、馬車は静かに動き出した。

流れていく故郷の景色と、小さくなっていく両親とルリリアの姿。

馬車はそれらを置いて、遥《はる》か帝都までの道を意気揚々と進み出し、

「――さ、最後じゃないから！　わたしもすぐに、帝都に行くから！　だから、だから……」

だんだんと遠ざかっていくルリリアの声を出発の狼煙《のろし》として、僕は学園へと旅立ったのだった。

✦ ✦ ✦

遠ざかっていく馬車の音を見送って、レオハルト公爵家当主、レイモンドは深く息を吐いた。

「……行って、しまったね」

彼にしては珍しい、気の抜けたような声。

吐き出した息には、安堵《あんど》と同量の寂寥《せきりょう》が込められているようだった。

「ええ」

対して、その隣に立つ妻、ルシールの声はいまだに硬かった。

「まだ、心配なのかい？」

レイモンドの言葉は妻を思いやる真心から来たものだったが、その不用意な問いかけが、ルシールを激発させた。

「そんなの、当たり前でしょう！」

普段、声を荒らげることなどない妻の、怒声にも似た叫び。

それは、レイモンドを少なからず驚かせた。

燃えるような妻の瞳は、「あなたは心配じゃないの？」と雄弁に問いかけている。

しかし、レイモンドは首を横に振った。

「だけど、あの子は力を示したよ。少しいびつだったけれど、攻撃魔法を見事に操ってみせた」

「だからよ！　やっぱりあの子の成長はおかしいわ！　十五歳なのにあんな位階《レベル》で、あそこまで魔法を使いこなすなんて……」

妻の予想外の言葉に、レイモンドは眉根を寄せた。

「待ってくれ。それの何が問題なんだい？　君は、何を心配しているんだ？」

「え？　だから、つまり、その……」

ルシールは何度も言葉に詰まり、しかしついに、夫にその胸の内を明かす。

「――あの子が行ったら、学園が大混乱してしまうんじゃないか、って」

レイモンドはしばらく、その言葉の意味を咀嚼《そしゃく》するように黙り込んでいたが、

「ぷっ、ふふ！　あはははははは!!」

唐突に、周りの使用人たちがぎょっと目を見開くほどの声量で、口を大きく開けて笑い始めた。

久しく見たことのない、レイモンドの本気の笑い声。

その姿を見て、温厚で知られるルシールも流石に眉尻を吊《つ》り上《あ》げた。

「も、もう、笑うなんてひどいわ、あなた！」

けれど、レイモンドはいまだにおなかを抱えたまま、それでも必死に笑いの衝動をこらえて、妻に弁明する。

「い、いや、すまない。でも、まさか君が、ずっとそんなことを気にしていたなんて……」

「だ、だって……」

なおもふくれるルシールに、レイモンドは目尻の涙を拭い取って、あっさりと答えた。

「それこそ、無用な心配というものだよ。君は、もっとあの子たちを信じてあげてもいいんじゃないかな？」

「あなた……」

それでも不安そうなルシールに、レイモンドは優しく語りかける。

「色々なことはあったけれど、結果としてあの子たちは私たちの思惑を超えて、私たちが思うよりずっとたくましく、ずっと強く、そしてずっと正しく育ってくれた。だから、ね」

そうして……。

遠き帝都の方角を見つめながら、偉大なる公爵である彼は、力強く言い切った。

「――もし学園が潰れちゃったりしても、あの子たちなら大丈夫さ！」

ルシールは夫の言葉にしばらく目をぱちくりとさせていたが、

「……まあ！　それもそうね！」

すぐに花開くようないつもの笑みを取り戻し、二人は楽しげに笑い合ったのだった。

✦ ✦ ✦

馬車は快速で帝都への道を駆けていく。

整備されてない道じゃ揺れが、とか中世の馬車は速度が、なんて心配をしていたが、ここはファンタジー世界で僕は仮にも公爵家の息子だ。

乗っている馬車も重量軽減だの浮遊だのの魔道具が使われている上に、引っ張る馬も強靱《きょうじん》な特別仕様。

乗り心地も悪くない上に、夜のうちには帝都についてしまうというお手軽さだった。

しばらくは窓を流れる景色を眺めていたが、そんなものも十数分もすれば飽きてくる。

だから僕が言いつけ通りに馬車の中で父さんからの餞別を開けてみると、

「お、おお！　これは……」

そこに入っていたのは小さなモノクルだった。

なんだか突拍子もない贈り物に見えるけれど、これは僕がずっと欲しいと考えていたものだ。

探偵のモノクル（装飾品）：これを通して相手を見ると、図鑑に登録されていない相手でもレベルが分かる

目を凝らして説明文を読むと、その内容は僕の期待していた通りのもの。

（これ、これだよ！）

かけると相手の強さがなんとなく分かるようになるモノクルがある、というのは噂《うわさ》で聞いていた。

学園に通うにあたって、戦う相手のレベルだけでも分かればずいぶんと違うはずだ。

（これは嬉しい！　……けど、「図鑑」ってのがあいかわらず謎なんだよなぁ）

あれから九年が経っても、メニュー上の「図鑑」の項目が解放されることはなかった。

ただ、「図鑑」がどういうものかはなんとなく輪郭が見えてきている。

アイテムやモンスターの説明を見た時、たまに「閉じた本」のマークが端に表示されることがあるのだ。

初めはなんなのか、全く見当もつかなかったんだけど……。

（あれはたぶん、「図鑑」に登録可能なアイテムやモンスターなんだ）

さらに言うのであれば、原作〈フォールランドストーリー〉に登場していたアイテムか、そうでないか。

例えば、大陸全土で食べられているらしい〈ルナ焼き〉には図鑑マークがあったが、この地域のご当地お菓子、父の名が冠された〈レイモンド揚げ〉は効果自体は見れるのに、図鑑マークがなかった。

要するに〈レイモンド揚げ〉のような図鑑マークがないものは原作にはアイテムとして存在していなく

て、それをゲームを現実化するにあたって、神様が気を利かせて説明や効果を加えてくれたんだと思う。

（図鑑登録に必要っぽいアイテムはもう手に入れてはいるんだけど）

僕が入手したのは〈おてがルーペ〉とかいうふざけた名前のアイテム。

試しに近くに出没するモンスターに使うと、おなじみの頭の上のＨＰＭＰゲージの下に「ＬＶ　攻撃　防御　魔攻　魔防　敏捷《びんしょう》」の主要ステが表示されるという優れものだったのだが、残念ながら使い捨て。

地元にはあまり流通していないようで、数個しか手に入らなかった。

無駄遣いをする訳にはいかないから、いつも狩りをする場所の魔物の強さを記録するのに使ったが、一度ルーペを使っても魔物の「閉じた本」マークが変化することはなかった。

これだけだと、「図鑑」に登録される条件を満たしていないということだろう。

（機能解放の条件が、全く分からないんだよなぁ）

学園に通った瞬間に解放される、ならいいんだけど、少しだけ不安だ。


……まあ、今はそんなことはおいといて。

せっかくだからと僕はさっそくモノクルを片方の目にかけてみた。

（見える！　見えるぞッ！）

試しに御者さんに視線を向けると、

ＬＶ
12

おなじみのＨＰＭＰゲージの下に、ぴょこんとＬＶの表記が追加されていた。

ルーぺの簡易版といったところだけど、壊れる様子はない。

普段使い出来るのならば、これでも十分に役に立つ。

しかし12レベルというのはなんともコメントに困るレベルだ。

一般人にしては強い気がするし、かと言ってモンスターが出た時に十分に戦えるかというと、ちょっと心もとない気もする。

試しに僕が、モンスターが出た時にどうするかと尋ねると、

「はっはっは！　大丈夫ですよ坊ちゃん。この街道周辺の危険な魔物は間引かれてますし、この馬車は公爵家仕様の特別製！　魔物くらいなんてことありませんって！」

そんな風に笑うが、僕にはフラグにしか聞こえなかった。

何しろ僕はゲームの主人公！

こういう時はチュートリアル戦闘が始まるって、相場が決まっているからね！

「……来た」

そんな風に考えたのが、本当にフラグになったのか。

五分ほどすると、道の前方に緑の影が見えた。


――ゴブリン。

全地域に生息するレベル５の雑魚《ざこ》モンスターで、当然図鑑マークもある魔物だ。

何度も倒してきた相手だが、旅立ち後のチュートリアル戦の相手にこれ以上ふさわしい奴《やつ》もいないだろう。

身を乗り出し、剣を手に取る。

「おじさん、僕が……」

そして御者台に顔を出し、おじさんに声をかけようとした時だった。

——ボグシャア!!

馬車は全く速度を緩めることなく直進し、ゴブリンたちを撥《は》ね飛《と》ばしてしまった。

「え、えぇぇ……」

慌てて背後を見ると、回転しながら吹っ飛ばされ、血まみれで地面に倒れ伏すゴブリン。

当然、即死だ。

「ん？　坊ちゃん、そんなところに顔を出してると危ないですぜ」

しかも、今まさにモンスターを轢き殺したというのに、おじさんは何事もなかったかのように馬車を走らせていた。

あまりの状況に、頭がくらくらしてくる。

（なにこれ！　というかあの馬もおかしいでしょ！）

思わず苛立《いらだ》ちの混じった気持ちで、馬たちにモノクルを向けると、

LV 77

……僕は無言で、剣をしまった。

◇　◇　◇

公爵家の馬はやばかった。

並みいる魔物共をちぎっては投げちぎっては投げ……はしなかったけど、たまーに出てくる雑魚モンスターなんて一撃で粉砕して、普通の馬ではありえない速度でほぼ休みなく走り続け、あっさりと帝都に辿《たど》り着《つ》いてしまった。

「……本当に、何事もなく着いちゃったなぁ」

いいことではあるのだが、絶対原作守護るマンとしては何かイベントの取りこぼしがなかったかだけが不安だ。

とはいえ、過ぎたことはしょうがない。

その日は事前に予約を取ってもらっていた高級そうな宿に一泊して、学園の試験に挑む。

◇　◇　◇

翌日。

この日だけは学園行きの乗り合い馬車が宿の前まで寄ってきてくれるらしく、僕はそれを利用することにした。

(ここで道に迷ったなんてことになったら馬鹿らしいしなぁ)

宿の前で、いつものルナ焼きを食べながらぼーっと待つ。

と、その時不意に、僕の視界に影が差す。

同時に、やかましい声も一緒に降ってきた。

「──おいお前！　うまそうなもの食べてるじゃないか！」

振り向くと、そこにはとんでもない大きさの肉の塊、いや、巨漢がいた。

「……え、だれ？」

思わず、素の言葉が出る。

いくらなんでも、こんな肉だるまみたいな人を見たら忘れないはずだ。

明らかに初対面だと思うのだけれど。

「はぁぁぁ。お前、ここで待ってるってことは学園入学組だろ？　それなのにボクを知らないってのはね。はぁぁぁぁ……」

これ見よがしにため息をついている様子に、僕もようやく頭が働いてくる。

よく見ると身体のサイズがやばいだけで、どうやら彼は僕と同世代。

だとすると学園の新入生ということで、さらに言うとこのいかにもな特徴的なしゃべり方。

(――もしかして、イベント!?)

そう思うと俄《にわ》かにやる気が湧いてくる。

ただ、向こうにしてみると僕の変化なんてどうでもいいようで、

「ふん、とりあえず授業料だな。ほら、それ寄越《よこ》せよ」

なんて言いながら、僕のルナ焼きに手を伸ばそうとしてくる。

「……悪いけど」

ほんの少しだけ迷ったけれど、これはルリリアが僕のために作ってくれたものだ。

たとえトラック一台分くらい納入……プレゼントされていて消費が追いつかなくなっていたとしても、これを他人にあげる訳にはいかない。

僕がそう言ってルナ焼きを抱え込むと、彼はプルプルと震え出した。

「ふ、ふふ。まさか、スイーツ魔法伯の嫡男、このマイン・スイーツ様に逆らうバカがいようとはね！」

「あ、マインくんって言うんだね。よろしく」

なんかよく分からないが、勝手に話を進めてくれて助かる。

これはどんなイベントなんだろうか、僕がワクワクしながらマインくんを見ていると、

「だ、誰が勝手に名前を呼んでいいって言ったよ！　もう許さないぞ！　名前を名乗れ！」

まん丸い顔を真っ赤に膨れ上がらせたマインくんが、僕に指を突きつけて叫ぶ。

この流れ、もしかするとライバルイベントだろうか。

とにかくここでしくじる訳にはいかない。

物語の主人公らしい好人物をイメージして、笑顔と共に全力の自己紹介を決める。

「――僕はアルマ・レオハルト。レオハルト公爵家の次男なんだ」

けれど……。

「レ、レオ、ハルト……？」

僕の言葉に、マインくんの顔色が変わった。

その無駄に血色のよかった丸っこい顔から、どんどんと血の気が引いていく。

「あ、あの、まさかとは思うけど、学園にきょ、兄弟がいたりとか……」

「レイヴァン兄さんのこと？　兄さんなら……」

その言葉を、最後まで言い切ることすら出来なかった。

「エ、エ、エレメンタルマスターの弟!!　しゅみませんでしたぁぁあああああ!!」

まるで特大の地雷を踏んでしまったとばかりに奇声をあげて突然謝りだしたと思ったら、一目散に駆け出してしまった。

「あ、ちょっ……」

止める暇も何もなかった。

体格に似合わぬ素早さで、あっという間に見えなくなってしまう。

あの子馬車に乗らなくていいのかな、とか、あっち学園とは反対方向じゃないかな、とか、色々と思うところはある。

ただ、とりあえず……。

（……兄さん、一体学園で何やってんのさ）

一人になった宿の前で、僕は二年ぶりに会う兄の顔を頭に思い浮かべ、大きなため息をついたのだった。

◇　◇　◇

結局、マインくんは二度と宿の前に戻ってはこなかった。

（あれは、イベント……だったのかなぁ）

本当にイベントだったのか、イベントだとしたらあれが本当に規定路線だったのか。

全てにおいて不完全燃焼感は否めないものの、考え込んで遅刻したら目も当てられない。

やがてやってきた馬車に一人で乗り込んで、街並みを眺める。

（あの子はレベル2。あっちはレベル8か。あの兵士っぽい人は……レベル31!?　すごいな）

乗り合い馬車と言いながら、乗客は僕一人だった。

先ほどの鬱憤を晴らすため、というほどでもないが、暇つぶしがてらにモノクルを使って街を眺めていると、色んな人がいて面白い。

あ、ちなみにこの馬車の馬のレベルは8だった。

よかった、普通だな！

（逆に言うと、そんなものを用意出来るくらい公爵家ってすごいんだな。父さんたちのレベルも見ておき

たかったけど)

公爵家にいた頃はあまり戦いに関わるものについては見ることが出来なかったから、情報があまりないのだ。

異世界転生モノなんだから鑑定チートがあってもよかったのになぁ、なんて甘えたことを考えながら、街の人たちのレベルを覗《のぞ》き続《つづ》ける。

(レベル4、レベル7、レベル9。レベル24、23、24)

こうして見ると、戦闘員とそうでない人で明確にレベルが分かれているのが分かる。

レベルが高めなのは兵士っぽい人と、あとはやっぱり冒険者っぽい服装の人だった。

(レベル18、14、15。まだ駆け出しかな。んー。じゃああっちの強面《こわもて》の人は……えっ!? レベル76!?)

今まで見た中で……あ、いや。

今まで見た「人」の中では群を抜いて強い!

(まさか、原作キャラ!?)

もちろんミリしらな身の上では判別はつかない。

だが、今後シナリオで関わることがあるかもしれないから、せめて特徴だけでも目に焼きつけようと、僕が窓から身を乗り出した直後、

「——お客さん、そろそろ見えますぜ」

丸っきりはしゃいでいる子供を見る目をした御者さんが、笑いを堪《こら》えるような声でそう言った。

「……はい」

流石に恥の気持ちが勝った僕は、モノクルを外して身体を馬車の中に戻し、前を見た。

窓の向こうに小さく覗くのは、いかにもゲームに出てきそうなレンガ造りの校舎。

「――あれが、〈帝立第一英雄学園〉」


転生してから、十五年。

転生に気付いてから、九年。

僕はようやく、ゲームの舞台《スタートライン》に足を踏み出したのだった。

◇　◇　◇

「これから試験なんだろ。気張っていけよ」

「ありがとう！」

乗り合い馬車の御者さんから思わぬ激励をもらって、僕は試験会場に降り立った。

時間が早めのせいか、思ったほどの人数じゃない。

（いや、こんなもんなのかな）

主要貴族の子女と、それから超有望な平民だけしか入れない学校だ。

前世の学校を基準に考えるのがおかしいんだろう。

（早く到着出来て、よかったな）

今日の僕は、「イベント絶対見逃さないマン」だ。

入学試験でイベントと来たら、決まってる！

――「平民が気に入らない貴族」イベントだ!!

このゲームはベタな展開が多いらしいし、どこかですぐ平民に絡む貴族が出てくるはず！

絶対に介入のタイミングは逃さない！

僕はそそくさと受付を済ませると、全体が見える場所に移動して、会場全体を監視していたのだが……。

（……イベント、起こらないなぁ）

特に何事も起こる様子はない。

もしや、あの逃げ出してしまったマインくんがイベントキャラだったりとかしないだろうか。

というか、マインくんは大丈夫だったんだろうか。

（……うーん、暇だ）

イベントが起こらないなら、早く来すぎてしまったかもしれない。

（あ、そうだ。周りの人のレベルを見よう）

マナー的にはあまりよくないことかもしれないが、好奇心には勝てなかった。

僕はこっそりとモノクルを身に着けると、怪しまれないようにポーズを取って、その間にレベルを測定していく。

（ええと、まずは……）

一人目は、僕の目の前を緊張で吐きそうな顔で歩いている女の子。

モノクル越しにレベルを見ると……おお、26！

すごい！

ストーリーの都合ガン無視で鍛えてきた僕よりも、まさか1だけとはいえレベルが高いとは！

（人は見かけによらないなぁ……）

じゃあ次はその奥を死にそうな顔で歩いているひょろひょろした男の子を……。

と見てみると、レベル28。

その近くにいたいかにも弱そうな小柄な女の子……レベル33。

さらにその近くにいたルリリアとちょっと似ている子……レベル36。

お、おおっと!?

これはもしかすると、隠れた強者が潜んでいる当たりゾーンを引き当ててしまったか？

「すぅ……はぁぁぁぁぁ」

特に意味はないけどポーズを解いて伸びをして、大きく深呼吸。

なぜだか理由の全く分からない冷や汗が出てきたけど、全く問題はないので大丈夫。

「偶然。ただの偶然だよ、偶然」

特に意味はないけどそうつぶやいて心を落ち着かせる。

もちろん偶然なので、今度はサンプルが偏ってそんな偶然が起きないように、さっきとは逆の方にモノクルを向ける。

シャキッとした態度で風を切って歩いてる少年はレベル38。

その隣で軽薄そうにしゃべっている友達がレベル37。
……その近くを通りかかった少女がレベル44。
……少女とすれ違ったガタイのいい少年がレベル59。
……その少年と肩のぶつかった眼鏡の少年がレベル47。

(あ、あれ？　なんか……あれ？)

……レベル35。
……レベル51。
……レベル48。
………レベル68。

いつしか自分よりも弱い奴を求めて、必死でモノクルを動かしていた。
もう失礼がなんだとかそんな余裕は頭から消え去っている。
なのに……。

あ、あそこにうずくまっているいかにも逃げ出しそうな男の子は……レベル29。
ぐっ、ならあっちで笑っている争いとは無縁そうな女の子……レベル70!?
ならなら、逆に大穴を狙って引率しているっぽい上級生……レベル67。

ならならなら、いっそそこにいる先生っぽい人とか……レベル84。

初心に帰って、あっちの吹けば飛んじゃいそうな体型の少年……レベル58。


「……はぁ、はぁ」

いつの間にか、息が切れていた。

だが、そんなことを気にする余裕すらなかった。


(——僕、弱くない？)


ぐるぐると、視界が回転する。

何を、どうして間違ってしまったのか、そんな考えが頭を回って、回って……。

その時、俄かに入口の方が騒がしくなる。

「……来た」

「あの方たちが？」

「ファイブスターズだ」

さざめきのように潜めた声が広がって、会場の空気が一変する。

聞いたことは、ある。


——ファイブスターズ。

奇跡の世代の代名詞。

それぞれ国をしょって立つ五人の要人の子供。

そんなことを考えていたせいだろうか。

わっ、と密《ひそ》やかな歓声が上がった瞬間、僕は反射的に振り向いた。

振り向いて、しまった。


——それは、本当に奇跡のような偶然だったと思う。


振り向いた「僕」と、顔を上げた「彼女」。

奇跡的に、一瞬だけその五人の中心にいた「彼女」と完璧に目が合った。

「あ……」

「え?」

見えたのは、輝くような銀髪と、底知れない深みを持った瞳。

ファイブスターズの中心、帝国に輝く一番星〈皇女フィルレシア〉。

まさに瞬《まばた》きするほどの間だけの、奇跡。

けれど、その一瞬だけで僕には十分だった。

「……っひゅ」

一瞬で、皇女の情報が目に飛び込んで、

LV 250

僕は死んだ。

◇ ◇ ◇

「──大丈夫ですか？」

僕を呼ぶ優しい声に、正気を取り戻す。

「っは!?」

皇女様のあまりにショッキングなレベルに、ちょっと意識を失っていたみたいだ。

「ありがとうござ……え？」

僕は声をかけてくれた親切な人にお礼を言おうと口を開き、そこで目を剝《む》いた。

「皇女殿下!?」

「はい。フィルレシアと申します。よしなに」

目の前にいたのは、当の皇女本人だった。

完璧な笑みで、こちらに小さく礼をしてくる。

学園は実力主義。

「ある程度」なら身分差も考慮しなくていいらしいが、皇族への対応なんて考えていない。

だが、皇女様はこちらの動揺など気にしていなかった。

「あ、これは……」

そう言って彼女がその細い指でつまみあげたのは、放心していた時に落としていたのであろう、モノクル。

(勝手にレベルを見ていたのがバレた……！)

顔から血の気がさーっと引いていく。

ただ、皇女様はまるでそんなことは気にしていない様子でモノクルを手に取って微笑《ほほえ》むと、

「なるほど。……これでもう一度、私を見ていただけますか？」

そう言って、手ずから僕の顔にモノクルをかけた。

その瞬間、目に飛び込んできたのは、皇女様のレベル。

ＬＶ　98

「あれ？」

しかしそれは、さっき見たものとは、まるで違っていた。

もちろん、レベル98だってめちゃくちゃ高い。

今日見た中では、ナンバーワンだ。

ただ、レベル250という規格外の数値を見たあとでは、なんとかなるような気さえしてしまう。

「やっぱり。貴方《あなた》は、私の精霊を見てしまったみたいですね」

「精霊!?」

精霊とは、〈精霊の儀〉で〈精霊の儀〉を行うことで仲間になる相棒的な存在。

ただ、その〈精霊の御所〉は帝国では学園にしか存在せず、学園入学前には獲得出来ないはず。

僕の動揺を見て、彼女はくすりと上品に笑う。

「王家には、独自の〈精霊の御所〉がありますから」

……そうか。

学園でしか〈精霊の儀〉が出来ないというのは、あくまで一般レベルでの話。

確かに王宮のどこかにもう一つの御所があるという情報は、どこかで目にした記憶がある。

僕が一人で納得していると、そんな僕の様子を、彼女の深い深い色を湛《たた》えた瞳がじっと見つめているのに気付いた。

思わず、鼻白む。

「ごめんなさい。貴方のお兄様からお話を聞いて、ずっとお会いしたかったんです」

「兄さんと、知り合いなの？」

とっさに出た僕の言葉に、皇女様は微笑んだ。

「……貴方のお兄様と私は『同じ』ですから」

「おな、じ？」

知らないことが次から次へと出てきて、混乱しそうになる。

目の前の皇女様とレイヴァン兄さん。その共通点がまるで思いつかなかった。

「ですがもちろん、全部が同じという訳ではなくて、そうですね」

そこで彼女は、愉快な悪戯《いたずら》を思いついたかのようにくすりと笑う。

そして、「これ、本当は誰にも言ってはいけない秘密なのですけれど」と、僕の耳元に密やかに唇を近付けて、

「――私、〈デュアル〉なんです」

そんなささやきを残して、去っていったのだった。

◇　◇　◇

皇女様が離れていっても、僕はしばらく呆然《ぼうぜん》とそこに立ち尽くしていたけれど、

（って、そんな場合じゃない！）

ぶんぶんと、頭を振って雑念を追い出す。

――今は、皇女様のことは忘れよう。

あんなのはもう、序盤で思わせぶりな言動を取るけど、その意味が理解出来るのは中盤以降になる強キャラのムーブだ。

今まともに考えても答えが出るような予感がしない。

それよりも、今は会場全体のレベルの方が問題だ。

(レベル上げが、足りなかった……!)

ざっと見た感じ、会場全体の平均レベルは30半ば。

これからのクラス分けで最上位クラスに入ろうと思えば、レベル50は最低でも必要になってくるだろう。

だけど、言い訳させてほしい。

(――平均レベル50がスタートラインのゲームとか、普通ないじゃん!!)

実際、街の兵士やら冒険者やらはせいぜいが30平均。

僕が大人顔負けの、それも訓練を受けた大人顔負けのレベルになっているのは、間違いない。

だから見誤っていたのは、貴族とそれ以外の差。

――まさか、全員入学前にあんなに「仕上げて」きてるなんて。

貴族の戦いにかける本気度を、ちょっと甘く見ていた。

僕は元のゲームは知らないが、本を読んだり、周りの人から話を聞いたことで、この世界の貴族の在り方が、現実の世界とはまるで違うことは頭では分かっていたつもりだった。

――この世界では、貴族は統治者であるより先に戦闘者であることを求められる。

それはこの世界が絶えず魔物の脅威に晒《さら》されているからであり、この世界に魔法や位階《レベル》なんてものがあるからでもある。

魔物は常に押し寄せてくるため人間同士で争っている暇はなく、また魔法によって嘘《うそ》や罪を暴くことが出来るために犯罪、特に汚職の類が非常に少ない。

だから人にはよるが、貴族は統治は大体代官に丸投げというのも多く、それでも不正が生まれることは少ないのだ。

そしてもう一つ。

なぜ貴族がわざわざ戦いに出るかというと、それは魔法と位階のせい。

例えば元の世界なら、英雄が一人いるよりはそこそこ訓練された兵士や装備を百人、いや十人でも集めた方が大体の場合は効率的だろう。

だけどこの世界の場合、レベル10の兵士が千人いても、レベル50の英雄一人に全く敵《かな》わない。

もちろん一人では限界があるから兵士や軍は存在するものの、基本的に戦力の大きさを決めるのは数ではなく質になる。

――だからこそ、血統として魔法に秀で、戦闘に対する時間と心構えが出来ている貴族が戦闘のスペシャリストとして君臨するのが、この世界における貴族制なのだ。

んな設定作りこまなくていいんだよ!

なんでこんな世界で恋愛させようと思った!!

とは思うが、今さらそこを悩んでも仕方ない。

現実問題として、ほかの生徒たちのレベルが想定より高すぎるのはどうあっても変わらない。

(……それに、考えてみるとそこまで悲観するような状況じゃないかもしれない)

混乱していた時は、今までの僕の努力が無駄になってしまったと思ったが、冷静になるとたぶんそうじゃない。

(……これ、たぶん「原作通り」だ)

正直原作での「アルマ」がどんな訓練をしていたかなんて分からない。

ただ、「俺」は確かに書いていた。

アルはその恵まれた血筋とは裏腹に、本編開始時の十五歳の時には「落ちこぼれ」だった。

優秀な者たちが集う学園の中で、碌《ろく》に魔法も使えない彼はステータス的にも物語的にも「弱者」だったのだ。

僕がレベル上げを25で「止めた」なんて余裕ぶっていられるのは、魔法をメニューから使い放題だったから。

つまり原作アルマくんは魔法もないし、僕みたいにメニューを使ったりも出来ない状態で訓練していたはずで、その状態で果たしてレベルを30だの40だのまで上げられただろうか？

……答えは否。

メニューから色んな情報を見れることや、転生者であることによる補正、ゲーム仕様と現実のズレなんかをうまく利用して、僕は強くなった。

原作アルマくんがただ漫然と戦うだけで、同じだけの強さを得られたとは思えない。

いや、まあ、たかがゲームの初期能力設定にそこまでの意味を見出《みいだ》すかはともかく、僕は、いや「俺」はもう予言している。

――アルマは「『最弱』から『最強』になる」と。

――それから「逆境を、勇気と根性で覆す」とも。

この記述が真実だとしたら、アルマくんのスタートラインは今の僕よりももっとひどかった可能性すらある。

うん、いや、その……。

(――どんだけの逆境に押し込まれてんだよ、原作アルマくん!!)

製作者はなんの恨みがあって、原作アルマくんにここまでの仕打ちをしたのか。

製作スタッフの方々を小一時間問い詰めたいところだが、今はそれはいい。

要するに、持っていたと思ったアドバンテージが、思ったよりも少なかっただけ。

プラマイゼロになっただけで、まだマイナスじゃない。

(そうだ! それに僕にはまだ、魔法がある! 兄さんや父さんだって褒めてくれた、魔法が!)

これからの試験も、模擬戦や魔法の使い方を見るんだったらまだ挽回《ばんかい》のチャンスはあるはず!

僕は決意も新たに立ち上がり、

「――では、これより筆記試験と、能力測定《ステータス》を行う!」

秒でその場に崩れ落ちた。

◇　◇　◇

——終わった。

筆記試験と能力測定を終わらせた僕は、燃え尽きたようにしてその場に佇《たたず》んでいた。

いや、実際に燃え尽きてしまえたらどんなに楽か、とばかりに黄昏《たそがれ》ていた。

……筆記試験については、まあいい。

当然対策してきたし、僕には日本の知識というチート能力がある訳で、正直満点取れてもおかしくない程度の出来だった。

問題は、ステータスの測定の方。

実技試験の内容については一応は秘密ということになっていて、父さんや兄さんに聞いても、「どのみち対策は意味がないから、実力をつけるしかない」と言われていた。

（こういうことだったなんて……）

能力測定の名の通り、この試験で測るのは本当に原始的な能力。

それぞれの能力に関わるような行動を、一つの項目につき二種類程度行って、その平均値で基礎能力を割り出すらしい。

——測るのは、〈おてがルーペ〉で調べられる「攻撃　防御　魔攻　魔防　敏捷」の五項目。

しかも「魔力」であれば「測定用の魔道具に本気で魔力を込める」のように、技術があまり関連しないような単純作業で、魔法熟練度や詠唱の熟練度が役に立つ余地がない。

（う……。まずい、まずいぞ）

試験官は個人情報保護法なんて知ったことかとばかりにその場で結果を叫ぶのだが、これがきつい。

当然ながら僕のレベルは底辺を行っているので、悪目立ちするくらいに基礎能力も低かった。

特に、敏捷。

僕と同時に敏捷試験をやった生徒が服の上に防具を着込んだ気合の入った女の子で、彼女の敏捷が146だったのに対して、僕の敏捷はたったの22。

その時の女の子の、驚愕《きょうがく》と侮蔑がブレンドされた視線が忘れられない。

（うああああああ！　思い出すだけで、うわああああああああ!!）

……幸いなのは、この試験が「合否」を判定する試験じゃなくて、「クラス分け」をする試験だということ。

父さんが「学園に通うのは貴族の義務」と言っていた通り、この試験ではまず「落ちる」ということはない。

「貴族である」という最低要件さえ満たせば、不合格ということはまずないそうだ。

そして、その最低要件とは「魔力がある」ことと、「〈精霊の儀〉を成功させる」こと。

基本的に不合格を言い渡されることはまずないとはいえ、このどちらかに失敗した人だけ数件、落とされた例が過去に存在しているとか。

（……ただ、クラス分けも重要なんだよね）

学園は実力主義。

入学時の試験によって生徒はA、B、Cの三つのクラスに分けられ、クラスによって受けられる授業が違うとか。

よくあるアニメや小説なんかのように、クラスによって露骨に対応が違う……かはともかく、特にごく少数しか選ばれないAクラスになることは貴族子女の憧れで、英雄学園のAクラスだからか、このクラスは「英雄クラス」なんて呼ばれているらしい。

「非常に優れた能力を持っている」か、もしくは「ほかと比べて特に秀でた能力がある」場合にしか選ばれることはなく、ゲームによくいる一点突破系ヒロインとかならこういうのでAクラスになるだろうというのが容易に想像出来る。

(実際、このゲームのヒロインが所属するとしたら圧倒的にAクラスなんだよなぁ)

少なくとも、皇女をはじめとする例の「ファイブスター」とか呼ばれている人たちは、おそらく全員、Aクラスに行くだろう。

(落ちこぼれのアルマくんがCクラス以外に行けたとは思えないけど、これ周回出来るゲームだし、ううん……)

Cでも詰みにはならないと思うけど、ヒロインとのイベントが多くなるのであれば、上のクラスに行くメリットは十分にある。

クラスの昇格というシステムはあるが、これは当然のように年に一回。

しかも飛び級はないようなので、Cクラスに決まってしまったら、Aに上がるのは三年目になってしまう。

(……さぁて、どうしようかな)

試験も終わったのに何を悩んでいるのか、というと、〈精霊の儀〉についてだ。

〈精霊の儀〉も試験の一環として、このあとすぐに行われる。

自分にどの精霊がつくか、は今後の成長に大きく影響する。そこで手を抜くなんてことはしたくないけど……。

（上を狙うか、それとも合格を第一目標にするか）

〈精霊の儀〉では、自分が持ち込んだ触媒を使い、精霊と契約する。この際に使う触媒というのが問題なのだ。

（うーん、どっちの触媒を使おう）

僕が用意してきたのは、父さんが伝手《つて》を辿って用意してくれた〈炎竜《えんりゅう》の牙〉と、領地近くの道具屋で投げ売りされていた〈妖精の羽根〉の二種類。

もちろん触媒のランクとしては圧倒的に牙の方が高いんだけど、これには落とし穴もある。身の丈に合わない触媒を用意すると、契約に失敗することもある……らしいのだ。

その点〈妖精の羽根〉は精霊初心者御用達《ごようたし》のアイテムで、こいつで出てくるのはほぼ百パーセント、妖精族の基本精霊〈ピクシー〉だけ。

これならいくらなんでも失敗はありえない。

つまりは、ＳＲ以上確定ガチャチケと、Ｒ確定ガチャチケみたいなもんだろうか。

ただ、ＳＲ精霊と契約する力が今の僕になかったら、最悪入学出来ない可能性がある、と。

「……決めた」

ここで物語の主人公だったら牙に賭けるんだろうけど、僕にそんなリスクは取れない。

今は入学を優先して〈妖精の羽根〉を選ぼう。

（まあ、〈ピクシー〉もそこまで悪い精霊って訳じゃないしね）

あまり強くないから人気はないけれど、簡単な傷の治療と、ほんのちょっとだけだけど、敏捷にボーナスが入る。

女の子にあんな目を向けられるくらい鈍足だった僕にはちょうどいいとも言える。

それに、これもクラス分けと一緒で、〈精霊の儀〉も二回、三回と受けて契約精霊を更新することが出来る。

一年のロスは痛いけど、挽回のチャンスは必ずあるはずだ。

僕は腹を決めると、ようやく視線を前に寄越す。

「わ、わあ！　〈サラマンダー〉だ、やったー！」

すると今まさに〈精霊の儀〉に挑んだ生徒が、精霊を呼び出したところだった。

（……いいなぁ）

〈サラマンダー〉は中級の火属性精霊で、おそらく当たりの部類。

女の子が喜ぶのも無理はない。

精霊にもランクがあり、「基礎、下級、中級、上級、超級」のように分かれている。

当然〈ピクシー〉は一番下の「基礎精霊」だ。

その上にさらに「大精霊」とか「神霊」とかもいるらしいけど、流石にここでそんなものにお目にかかることはないと思う。

「ミリア・レミルトン……Bクラス！」

〈精霊の儀〉が終わったものからクラス分けをその場で発表されるようで、サラマンダーを呼び出した少女は、Bクラスに選ばれて飛び跳ねて喜んでいた。

それからも、生徒たちの喜びと嘆きを乗せて、〈精霊の儀〉は続いていく。

「――セイリア・レッドハウト……Ａクラス！」

おおー、という歓声。

僕と一緒に敏捷試験を受けた女の子は、Ａクラスに選ばれていた。

すごい視線を向けられたのはまあアレだけど、それを理由に他人の幸福を祝えないような人にはなりたくない。

周りの生徒たちに交じって、拍手を送っておく。

そして……。

（ようやく、か）

僕は〈精霊の御所〉に向かうと、そこに取り出した触媒、〈妖精の羽根〉をセットする。

出てくるものが決まっているとはいえ、ちょっと緊張する。

（大丈夫、だよね？　変な主人公補正が入って、何も呼び出せない、とかないよね？）

そんな不安を押し隠して、引率の先生に従って両手を合わせて祈る。

その、瞬間……。

「…………へ？」

今まで見たことのないほどにすさまじい光が、〈精霊の御所〉から溢《あふ》れ出《だ》した。

◇　◇　◇

すさまじい光に、視界が塗り潰される。

そして、光が収まった時、

「……んあ？　なによもー！　せっかく気持ちよく寝てたのにぃ！」


そこには輝く羽を備えた、十五センチほどの大きさの少女が浮かんでいた。

（妖精!?　でも……）

話に聞いていた〈ピクシー〉とはちょっと違う気がする。

〈ピクシー〉は人型をしているものの、知能は人間の幼児程度。

ちょっとしたイタズラをしてクスクスと笑うくらいが関の山で、ちゃんとした会話は出来ないと聞いていた。

一方で、僕が呼び出した妖精は、ペラペラと人間のように、いや下手な人間より流暢《りゅうちょう》に言葉を操っているし……。

「分かったわ！　さてはアンタが召喚者ね！」

「うわっ？」

近くに飛んできたのを見て、あらためて感じる。

煌《きら》めくような金色の髪と、好奇心に輝く同色の瞳。

服は可愛らしいヒラヒラが多くついた豪奢《ごうしゃ》なもので、背中には光そのもので出来たような羽と、なんというか風格が違う。

言い方は悪いが、〈ピクシー〉のデザインをRのキャラクターだとすると、この子は確実にSSR以上の作りこみが見て取れた。

「ふぅーん。いいわ！　アタシを使役できるなんてうぬぼれちゃった身のほど知らずの実力、アタシが見極めて……」

名も知らないその妖精は僕の正面で仁王立ちになると、腕を組んで胸を張った姿勢でそう宣言した。

それから、可愛らしい目を細めて僕を見て、

「ん、んー……んぅ？」

しかし、その表情がだんだんと困惑の色を強くしていく。

それから、しばらく僕の周りをぐるぐると回ったあと、

「ア、アンタ、なんか…………めちゃ弱くない!?」

そんな失礼なことを、大声で叫び出した。

僕が何か反論をする前に、彼女は僕の肩や腕をペタペタと触りながら、まくしたててくる。

「ね、ねえ、そんなに弱くて大丈夫なの？　強い風に吹かれたら死んじゃったりしない？」

「だ、大丈夫だよ」

精霊目線だと、僕ってそんな扱いなのか。

かろうじてそう返すが、金の妖精はそれでは納得していないようだった。

「ほ、ほんと？ でもニンゲンって、ちょっと刺されたり真っ二つにされたりするだけで死んじゃうんでしょ？ ゼッタイおうちから出ちゃダメよ！ アンタみたいに弱っちいの、散歩してる獄炎竜《ごくえんりゅう》にでもあったらイチコロなんだから！」

「い、いや、その……えぇぇ？」

呼び出した精霊に反発されたらどうすればいいか、なんてことは考えてはいたが、こんな状況は想定外だった。

僕が返答に困っていると、妖精の方もそれで少し落ち着いたらしかった。

「ま、まあいいわ。ええと……コホン。さて、不遜にもアタシを呼び出したニンゲンよ。我に何を望む？」

すぐに威厳を取り繕って、両腕を組んで目をつぶりながらそんなことを問いかけてくる。

ただ、時々こっちの様子を窺《うかが》うように薄目でチラッと僕を見ているのが、緊張感をなくしてしまう。

まあそれでも、精霊を呼び出したらやってもらいたいこと、なら決まっていた。

「えっと、僕は足が遅いから、出来れば素早くなるような魔法が使えるならお願いしたいんだけど……」

〈ピクシー〉じゃないから無理かもしれない。

そんな風に思って僕が尋ねると、案の定彼女はムッとしたようだった。

「えー、なにそれ!? そんなことのためにアタシを呼んだの!?」

そう叫ぶと、すっかりへそを曲げたようなジト目でこっちをにらんでくる。

迫力はなかったけれど、僕は素直に謝ることにした。

「ご、ごめんごめん。ほんとは、ええと……き、君みたいな可愛い子が来る予定じゃなかったんだよ」

「ふ、ふぅーん」

素直に〈ピクシー〉呼ぶ予定でした、なんて言ったらさらに機嫌を悪くするかもしれない。

ちょっとお世辞交じりだけど褒め言葉を混ぜてそう弁解すると、彼女もまんざらでもない顔をした。

チョロいなぁ、なんて内心思いながら、僕はこの子の正体をもう半ば確信していた。


(――この子、絶対主人公の相方の賑《にぎ》やかし枠だよね!)


どう考えても、普通の安物触媒で呼び出せる子にしては、キャラが立ちすぎている。

たぶんツッコミ担当で、主人公が変な選択肢を選んだ時に「○○ちゃんキーック!」とかやるタイプの相棒キャラだ。

いきなり光があふれた時は色んな意味でビビったけど、これがイベントの規定路線なら安心出来る。

(マスコット枠なら戦闘能力は期待出来ないかもしれないけど……)

何か秘めた力があるのかもしれないし、最悪でも契約してくれるなら、入学は問題ない。

(それに……)

僕はこの短いやりとりだけで、このハチャメチャだけど心優しい妖精のことを、なんだか気に入ってしまっていた。

……案外、チョロいのは僕の方なのかもしれない。

「素早さの魔法はその精霊にやってもらう予定だったってだけだから、難しいなら別に、一緒にいて話し相手になってくれるだけでも……」

僕がそこまで言うと、彼女はもう一度、むぅ、と頬をふくらませた。

「もう、出来ないなんて誰も言ってないじゃん！」

彼女は僕の言葉を打ち切ると、その小さな手を振る。

そして、

「――風よ!!」


彼女が一声かけると、無風だった〈精霊の御所〉に突風が吹き荒れ、それが僕にまとわりつくように形を取った。

「え、これって〈シルフィードダンス〉!?」

精霊についての文献を読んでいる時に見たことがある。

高位の風の精霊だけが使える能力で、風を身に纏《まと》った者の速度を大きく上げる精霊術。

（ま、待って!?　これが、使えるってことは……）

本で読んだ限り、妖精族で風の属性を持つ精霊なんて、一つだけ。

基本精霊の〈ピクシー〉ではもちろんない。

それどころか下級精霊の〈フェアリー〉でも、中級精霊の〈シルキー〉でもない。

その、さらに上……。

「――まさか君は、風の上級精霊〈シルフ〉なの⁉」

僕が言うと、彼女はニマァ、と唇を持ち上げた。

「ふふん！　やぁっとアタシのスゴさに気付いたみたいね！　ま、ちょっと褒められ方は気に入らないけど、いいわ。アタシがこんなことしてあげるなんて滅多にない……というか初めて……なんだから、感謝しなさいよね！」

ふんぞり返りすぎて後ろにひっくり返りそうになっている妖精の言葉にうなずきながら、僕は身体を動かす。

――は、速い！

軽くシャドーボクシングの真似事《まねごと》をしただけで、普段の二倍、いや三倍くらいの速度が出ている気がする。

僕が感動に打ち震えていると、

「――決めたわ！　アンタってクソ雑魚の割に見どころありそうだし、このアタシが鍛えてあげる！」

彼女の中でどんな葛藤があったのか、目の前の妖精様はいきなりそんなことを言い出した。

「あ、はは……」

クソ雑魚って……。

でも、きっと悪気はないんだろうなぁ。

唐突な心境の変化には戸惑ってしまうが、彼女の力を見たあとなら、なおさら願ってもない話だ。

「よろしく頼むよ。僕はアルマ。アルマ・レオハルトって言うんだ」

「アルマ、ね！　アタシのコトは、特別にティータって呼んでいいわよ！」

種族名だけでなく、固有名《ネームドである》を持っていることには驚いたけれど、イベントの特別な精霊、しかも上級となれば、そういうこともあるだろう。

「──よろしく、ティータ！」

僕は人差し指でティータと握手をして、無事（?）に〈精霊の儀〉を乗り切ったのだった。

◇　◇　◇

「いーい？　アタシと契約したからにはアタシの言うことをよく聞いて……って、こ、こら、危ないから階段の途中で余所見《よそみ》しないの！　転んで死んじゃったらどうするの！　アタシを未亡精霊にするつもりなの!?」

早速師匠面（?）をして何やら耳元で叫んでいるティータを余所に、僕は口元がにやけてしまうのを抑えられなかった。

〈やった！　やったぞ！〉

これまでの生徒たちを見ていても、ほとんどの人たちの契約相手は下級か、よくても中級。

主人公補正のおかげとはいえ、上級精霊と契約出来た意味は大きい。

〈それだけじゃ、流石にトップ層に食らいつくなんて無理だろうけど、これならCクラスでやっていくくらいなら……〉

そう考えて、僕が拳を握りしめた時だった。

「……ぁ」

〈精霊の御所〉から降りたところで、引率の先生が待ち構えていた。

彼は渋みのある顔に一瞬だけ笑みをにじませると、会場中に通るほどの声で宣告した。

「アルマ・レオハルト……Aクラス!!」

えぇ……なんでぇ？

✦　✦　✦

――「それ」が顕現した瞬間、大気が……いや、世界が震えた。

今までに見たことのないほどの光と、濃密すぎる魔力。

離れていてなお、よろめいてしまうほどの閃光《せんこう》に、その場にいた全員が、反射的にその方向を見つめた。

光と同時に押し寄せる、思わず震えが走るほどの魔力。

だが、それ以上に、

「まさか……」

隣から聞こえた姫様の声に、私は少なからず驚いた。


——誰にでも優しく英明で、誰より魔法の才に溢れ、十五歳になったその日のうちに〈光の大精霊〉と契約をした完全無欠の皇女。


彼女の言葉に、確かな動揺を感じ取ったからだ。

しかし、その光のあとに現れたのは、小さな妖精。

妖精は自分の召喚者の方へ飛んでいくと、コミカルな動きで周りのものの緊張を弛緩《しかん》させた。

そして見せた、風の精霊術。

寒気がするほどの魔力量と、精密すぎる魔力の移動。

「す、すごい……」

「もしかしてあれ〈シルフ〉?」

周りからそんなざわめきが聞こえ、近くに立っていたセイリアがこわばった顔をしたのが分かった。

おそらくは、大して強そうでもない、いや、はっきり言ってその場の誰よりも弱いと思われた少年が、いきなり上級精霊を呼び出したという事実が、認めがたいのだろう。

……なぜなら、彼女が呼び出した精霊は、火属性中級精霊の〈サラマンダー〉。

「当たり」と言われる部類の精霊ではあるが、この学園に籍を置く者ならそうめずらしくもない精霊で、
何より「ファイブスターズ」の中では、ただ一人の中級精霊だ。

その顔が悔しさに歪《ゆが》むのも、理解出来ないことではなかった。

——でも、違う。

魔力を肌で感じ取れる私には、分かった。

「あれ」が上級精霊だなんて、ありえない。

あれは……あれはもっと、すさまじいもの。


——人知を超えた「何か」だ。


そこで、試験を担当していた教師のもとへ、慌てた様子で別の教師が駆け寄るのが見えた。

何を話しているかは、流石に分からない。

ただ、二人の表情は険しく、そこにはある種の緊張が感じられた。

(……よかった)

少なくとも、彼らはあれを〈シルフ〉などと勘違いしているのではないと、その表情から読み取れた。

……確かに、風の精霊術を使う妖精は、図鑑には〈シルフ〉しか記録されていない。

けれどそもそもとして、私は〈シルフ〉を見たことがある。

もう一見するだけで、分かる。

存在感、装飾、魔力濃度。

全てが「あれ」とは似ても似つかないものだ、と。

そして、風の精霊術を使う妖精が図鑑に記載がないなら、間違いなくあれは「未知の精霊」。

おそらくは、超級、いや、もっと上の……。


「アルマ・レオハルト……Aクラス！」


考えを巡らせている間に、先ほどの教師によって、「あれ」を呼び出した少年のAクラス入りが宣告された。

あれだけのものを呼び出しておいてなぜ言われた本人が驚いた顔をしているのかは謎だが、まあいい。

同じクラスに配属となれば、あとで話をする機会もあるだろう。

「……っく！」

押し殺した声に振り返れば、一人の少女が悔しそうな顔で踵を返し、その場を後にするのが見えた。

「セイリア……」

何か声をかけるかは迷ったが、もとよりそこまで親しい訳でもない。

それに、このような葛藤を乗り越えるのは、自分の力以外にないだろう。

私は一度首を振ると、反対側を振り返る。

「姫様、私たちも……」

そう声をかけた一瞬。

本当に一瞬だけ、私は見た。

完全無欠であるはずの彼女が、いつも笑みを絶やさぬ〈帝国の至宝〉が、呪いさえ込められているほどの視線で、あの少年と精霊を、にらみつけていたのを。

「ひめ、さま……?」

けれどそれは本当に刹那のこと。

姫様は私の視線に気が付くと、一瞬で柔和な笑みを浮かべ、

「あぁ、ごめんなさい。思わず、見惚《みと》れてしまっていました。……参りましょうか」

いつもと変わらない穏やかな声で、私に返答する。

「い、いえ」

そこにはさっき見せた憎しみの色など、もはや微塵《みじん》もない。

姫様に付き従って移動しながら、私は先ほどの姫様の変貌を思った。

(気の、せい……?)

光の加減か、はたまた精霊の悪戯か。

単なる見間違いだったと片付けるのが、もっとも簡単だ。

だが……。

だが、私には見えたのだ。

憎々しげに少年を見つめていた彼女の唇。

それが小さく、こんな言葉を紡いでいたのを……。

「――光の神霊〈ティターニア〉」

✦✦✦

クラス分け試験が終わると、あとはガイダンス。

各クラスに案内されて今後について軽く説明を受けたところで、初日は終了した。

（……濃い、一日だったなぁ）

英雄学園は全寮制。

クラスによって部屋のグレードが違って、とかそういうこともなく、こちらは特に問題なく入寮を済ませることが出来た。

トラブルっぽいことと言えば、寮の部屋に入った途端、僕の契約精霊のティータが興奮して、

「へー！　ニンゲンって区切った箱の中で暮らすって聞いたけどほんとなのね！　ふしぎ!!」

と騒ぎ立て、

「なっ、こ、これ！　アタシの攻撃を跳ね返したわよ！　新種のスライムかしら！　ね、ねえ！　アンタも加勢しなさいよ！」

とベッドに行っては跳ね回り、

「ぴゃっ！　み、水！　水が出たわ！　さてはこれ、人工精霊って奴よね！　な、生意気な！　この光のし……あわわわわ、す、すごいえらい精霊のアタシに逆らおうなんて、百億光年はや……うにゃああ

あ!!」

魔道具のシャワーと格闘してはずぶぬれになり、とまるでテンプレのような暴れっぷり。

まあ最終的には、枕に格闘戦を挑んだティータが、

「くっ！　これじゃあアタシの威厳が……。こ、こうなったらあのスライムだけでも、えい、えいっえいっ！　う、こ、この！　なによ、なめらかな肌触りしちゃって！　い、いくらふんわり感触だからって、アタシはアンタなんかに負けな……スヤァ」

という感じで即落ち二コマして眠り込んだので、ようやく静かになった。

(枕、もう一個買わなきゃなぁ)

気持ちよさそうに枕に埋もれて眠るティータに布団をかけて、僕もその隣にゴロンと横になった。

(はぁ、癒やされる……)

行儀が悪いのを承知で、そのままだらんと脱力する。

寮生活なんてしたことがなかったので不安もあったが、ぶっちゃけかなり快適だ。

学園自体が少人数だからか、寮の部屋数には余裕もあり、希望すれば一人部屋を選べるというから、僕は当然一人を選んだ。

ちなみに男女は建物こそ同じだが別棟。

上から見るとHのような形をした構造で、左右の両翼に男子女子それぞれの個室があり、真ん中の横棒部分が食堂などの共用スペースという、「ふーん、エッチじゃん」と言いたくなる造りをしている。

……いやまあ、エッチかはともかく、男女の個室は直線距離ではそんなに離れてはいないので、何かしらのイベントの温床になりそうな感じはある。

（にしても、こう、ちょっと快適すぎて寮暮らしって感じがしないんだよね）

部屋は下手をすれば日本の一人暮らし用のアパートなんかよりも断然広く、おまけに魔道具によって冷暖房風呂完備。

食事は専用の食堂や購買部にデリバリーサービスまであるし、掃除や洗濯も魔道具でこなせるほか、ベッドメイクや洗濯などはコンシェルジュ的な人に頼めば乾燥からアイロンまで完璧にこなして戻してくれるサービスがあるらしく、寮というより高級ホテルかなってくらいに色々と手厚い。

（まあでも、分からなくもないか）

国内に競合相手はおらず、入学者はほぼ全員貴族だから当然資金は潤沢。

学園の思惑としても、使用人に傅《かしず》かれていちいち世話を焼かれなきゃ何も出来ない者にはなってもらいたくないが、それはそれとして、生活に時間を取られて戦闘訓練に集中出来ないのも本末転倒といったところなんだろう。

（修羅の国みたいな学園だもんなぁ）

何しろ、僕以外で一番レベルが低かった子でも、レベル26。

その時点で数百匹単位で魔物をぶっ殺してるのは確定な訳で、学園物によくいる甘ったれた貴族の子供みたいな奴は最初からほとんど入ってこないのかもしれない。

（そういえばマインくん、大丈夫だったかなぁ）

馬車の待合所で見た、あの太っちょボディを思い出す。

レベルを見たりはしなかったが、ああ見えて実はめちゃくちゃ強かったりしたんだろうか。

（あそこでトラブルがなければAクラスになってた……とか）

なんて想像して少し笑ったあと、すぐに憂鬱になる。

（はぁ、まさか僕がAクラスに入っちゃうなんてなぁ……）

初めはAクラスを狙っていたはずなのに、いざ選ばれてしまうと周りとのレベル差にちょっと気おくれしてしまう。

「あの女の子、すっごいにらんできてたしなぁ……」

名前は……ええと、セリカ、じゃなくて、セシル、でもなくて……。

ああ、確かセシリアとかいう、僕と一緒に敏捷試験を受けた鎧《よろい》の子だ。

鎧つけたままですごい速度で動いていたからただものではないと思っていたけれど、あとで周りの人が話しているのをそれとなく聞いていると、どうも彼女も「ファイブスター」……この国の要人の子供の一人だそうだ。

あ、ちなみに人によって「ファイブスターズ」って言ったり「ファイブスター」とか言ったりするのは、一応五人まとめて呼ぶ時は「ファイブスターズ」で、五人のうち一人のことを示す時は「ファイブスター」という使い分けがあるかららしい。

（……あの子とも、仲良く出来るといいけど）

友好的な雰囲気の欠片《かけら》もなく、路上にひっくり返ったセミでも見るようなまなざしで僕をにらんでいたあの目を思い出すと、流石に心がくじけそうにもなるけれど、僕には希望もあった。

（たぶんこれ、原作の既定路線だよね）

世に知られていない光の属性だけを備えた魔法適性。

ほかの学生と比べてまるで足りない能力値。

自分の実力を超えた精霊との契約。

そして、身の丈に合わないクラスへの編入。

その全てに散々振り回されては来たけれど、こうして振り返ってまとめてみると、お手本のような巻き込まれ系主人公のテンプレだ。


——だとするならば、ここから逆転する道筋は、必ず用意されているということ。


いや、まあゲームの知識は1ミリもないだとか、セーブもロードも出来ないだとか、難易度は鬼畜級だとか、そういう不安要素もあるにはあるけれど、活路があるのは間違いないんだ。

……たぶん。

「ふあぁぁ……」

もう少し今後のことを考えようと思っていたのに、ぐっすりと眠るティータにあてられたのか、僕にも眠気が襲ってきた。

まあ、とにかく全ては明日から。

今だけは全部を忘れて、この睡魔に身を任せよう。

「おやすみ、ティータ」

そう声をかけて、明かりの魔道具を消す。

そうして訪れた、月明がりだけが辺りを照らす薄闇の中で、

「……ん。おやしゅみ、アルミヤぁ」

夢うつつどころか夢八割くらいのティータの言葉に目を細め、僕はやっと激動の一日目を終えたのだった。

第03章

剣聖の娘

いよいよ初登校。

寝ぼけ眼のティータを連れて寮の入口にやってくると、なぜだかその一角に、妙な人込みが出来ているのが見えた。

「あれ？　そこにいるのって……」

僕が思わず声をあげると、人込みの中心にいた金髪の美丈夫が振り返る。

「ああ、よかった。入れ違いになったかと思ったよ」

「兄さん!!」

一目見ただけですさまじくモテるだろうことが容易に想像出来る甘いマスクと、実年齢よりも落ち着きのあるこの態度。

そして何よりも、聞いただけで耳を痺《しび》れさせるほどの石影《いしかげ》明《あきら》ボイスを間違えるはずがない。

寮の入口に立っていたのは、二年前に僕より一足先に学園に向かった、レイヴァン兄さんだった。

「兄さん、どうしてここに？」

僕が駆け寄って尋ねると、人込みから脱出した兄さんは、苦笑を浮かべて答えた。

「なんで、って。アルマを待っていたに決まっているだろう？」

「僕を……？」

きょとんとした顔をしていると、兄さんはまったくとばかりにため息をついた。

「流石《さすが》に、二年も離れていた家族に声もかけないほど僕は薄情じゃないよ。誰かさんと違って、ね」

「あ、あははは……」

言外に兄さんのことを忘れていたことを責められて、僕は言葉に窮した。

「本当は、昨日のうちに会いに行こうかとも考えたんだけど、アルマも昨日は『色々と』あったみたいだから、ね」

こう見えて気を遣ったんだよ、なんて追撃のような言葉をかけられてしまえば、僕は愛想笑いでお茶を濁すほかなかった。

兄さんはそんな僕の様子にまた苦笑を浮かべたあと、

「なんにせよ、入学おめでとう。アルマと一緒に学園に通う夢が叶《かな》って、僕も嬉《うれ》しいよ」

今度は屈託ない笑みで、僕の入学を祝福してくれた。

「う、うん。ありがとう、兄さん」

兄さんにここまで素直に祝われると、流石の僕も照れくさくなってしまう。

(こんなの女の子なら絶対落ちちゃうって！)

これがすごいのは、兄さんがその場だけのリップサービスでこんなことを言っていないということ。何しろ九年前から言ってきたことだ、言葉の重みが違う。

「そういえば、上級の精霊と契約出来たんだって？」

「う、うん。まあ、あくまでも上級だから、兄さんのニクスほどじゃないけど」

兄さんが契約しているのは上級よりさらに上。

大精霊だの神霊だのが伝説の存在だから、実質的な最上位の精霊になる火の超級精霊〈フェニックス〉。ニクスという名前をつけて、可愛《かわい》がっていると聞いた。

しかし、兄さんは嫌味ない態度で首を振った。

「そんなことはないよ。アルマは魔法はすごいのに、位階はまだそこまで高くなさそうだったからね。それで上級精霊と契約出来るなんて、流石だと思うよ」

「あ、ありがとう、兄さん」

僕はうなずいたが、今度は素直には喜べなかった。

(兄さんも、僕のステータスが低いの気付いてたんじゃないか！)

だったら言ってくれればいいのに、と思ったが、兄さんは昔から僕に甘いというか、僕を何かと過大評価する癖があった。

あるいは僕が分かっていてレベルを上げてないと勘違いでもしていたのかもしれない。

場合によっては「謀ったな、兄さん！　僕の気持ちを裏切ったんだ！」と包丁片手に部屋に押し入る必要があるかと思っていたから、まあこれはよしとしとこう。

「でも、まさか風の〈シルフ〉とはね。触媒には〈炎竜《えんりゅう》の牙〉を使ったんだろう？」

「え？　あ、ううん。途中で気が変わって羽根の方に切り替えたんだよ」

僕が答えると、兄さんはぎょっと目を丸くした。

「羽根って……妖精の羽根!?　もしかして、おじいさんの道具屋の隅でしなびてた、アレ？」

「しなび……まあ、そう、かな？」

でも、しなびてたってほどしなびては……。

いや、ちょっと元気はなかったけどさ。

そんな弁解を口の中でもごもごとするが、兄さんはそれどころではなかったらしい。

疲れたように額を押さえると、

「……あいかわらずだね、アルマは。いいかい？　そのことは、誰にも話しちゃいけないよ」

とわざわざ声を潜めて忠告してきた。

別にそこまで小声で話さなくても誰も聞いてないのに、と思ったけれど、周りに気を配ると、

「ねー。あの子だれ？」

「知らない子ね。レイヴァン様のお知り合いかしら？」

「弟じゃねえか？　ほら、新入生で……」

なんて感じで、登校前の生徒たちがこそこそと話をしているのが耳に入ってくる。

（あいかわらず、兄さんはすごい人気だなぁ……）

でもまあ、それも無理はない。

九年前はまだ幼さを残していたが、十七歳になった今、兄さんはＣＶ石影　明の声が似合う腹黒系イケ

メンに成長していた。

こんなイケメンに、耳元でCV石影　明ASMRでもされた日には、全人類の七割くらいはコロっていってしまっても不思議はない。

（って、そうだ！）

僕の方も、兄さんに追及しておきたいことがあるのを思い出した。

「兄さんこそ、一体何をやったのさ！」

「うん？」

いちいち様になる仕種《しぐさ》で首を傾《かし》げる兄さんに、僕は勢い込んで尋ねる。

「昨日新入生の子に名前を聞かれて名乗ったら、兄さんのこと怖がって逃げてったんだけど？」

「僕のことを？」

そこまで言っても不思議そうにしている兄さんにさらに詳しい状況を話すと、得心がいったとばかりにうなずいた。

「……なるほど、ね。マイン・スイーツということは、スイーツ家の子か」

「知ってるの？」

僕の言葉に、兄さんは苦笑した。

「前にアルマにも話しただろう？　僕は二年次から、風紀委員をやっているんだ。その関係で少し、ね」

「あー……」

兄さんは確かに見た目はストーリー終盤で裏切ってきそうな気配を醸しているし、突然「歌はいいね」とか返しにくい話題を振ってきそうな浮世離れした雰囲気のある人だけど、実際には優しくて頼りがいがあるし、正義感だって人一倍強い。

風紀委員というのなら、一部のヤンチャをするグループには恐れられていると言われてもおかしくはなかった。

「あと、エレメンタルマスターとかって呼ばれてるって聞いたんだけど……」

そう尋ねた途端、兄さんの笑顔が凍った。

「兄さん？」

僕がもう一度声をかけると、兄さんはわざとらしく時計を見た。

「少し、話しすぎてしまったようだね。続きはまた今度にしよう」

あからさまな話題逸《そ》らしだったけど、時間が押しているのも確かだった。

ただでさえ悪目立ちしているのに、初日から遅刻なんてしたくはない。

「今日はアルマの元気な姿を見られて安心したよ。それじゃあ、また時間を取ってゆっくり話そう！」

そんな逃げ口上と共に足早に歩き去っていく兄さんを、僕は見送ろうとして……。

「あ、待った、兄さん！」

直前で思い直して、呼び止める。

怪訝《けげん》な顔で立ち止まった兄さんを前に、僕はモノクルを取り出して片方の目にあてた。

すると……。

ＬＶ　１２５

兄さん……。

兄さんはやっぱり、エレメンタルマスターだよ。

◇　◇　◇

「もう！　お兄さんと会ってたならアタシに言いなさいよね！　アンタの兄にふさわしいか、しっかりと見極めてやったのに！」

プンスカと怒りながら僕の周りを飛び回るのは、寝起き状態から復活したティータ。

ただ、その声が周りを驚かせる、なんてことはない。

精霊というのは契約すると基本契約者以外には見えなくなり、声も聞こえなくなるようなので、僕以外には見えないし聞こえないのだ。

「ごめんごめん。でも、兄さんはすごい人だからね。そんな心配は要らないよ」

何しろエレメンタルマスターだからね。

……まあ、どういう意味かは分からないんだけど。

そんな風に飛び回るティータと話しながら校舎を歩いていると、

「あ、『1-A』って書いてあるわよ。ここじゃないの？」

目的地には、あっという間に着いてしまった。

よくある横開きの教室の戸の上には、「1-A」と書かれた札が貼りつけられている。

世界観は完全にファンタジーなのに、学校の要所要所に日本が感じられるのはいまだにちょっと違和感だ。

(でもまあ、〈フォースランドストーリー〉もそんな感じだったしな)

あまりなじみのない教室を投げつけられても困るし、ゲームスタンダードなのかもしれない。

それよりも、心の準備が出来ていない方が問題だ。

(近いのは、いいことなんだけど)

寮から学園までは目と鼻の先で、Aクラスの教室は学年の中で一番手前に位置している。

登校が楽なのはありがたいが、今日に限ってはちょっと困りものだ。

(……ここが、正真正銘原作の舞台か)

そう思うと、なんだかちょっと緊張してしまう。

でも、こんなことで臆してはいられない。

——なんたって僕はこのゲームの主人公、原作絶対守護《まも》るマンなのだから!

そう自分を鼓舞して、意を決して戸を開けようとした瞬間に、期せずして内側から戸が開く。

「あ」

「あ」

中から出ようとした人と目が合って、思わずお互いに驚いた。

そこにいたのは、因縁の鎧少女《よろいしょうじょ》。

確かセシリアという名前の彼女が、呆《ほう》けた顔で僕を見ていたのだ。

「お、お前！」

しかし、そんな驚きも一瞬、彼女は立ち直るなり、僕をすごい目つきでにらみつけてくる。

そして、僕に向かって指を突きつけると、

「――アルマ・レオハルト！　お前がAクラスなんて、絶対に認めない！」


と、なんだかイベントっぽい言い回しで僕に向かってそんな宣言をしてきたのだ。

（お、おお？　この子も「ファイブスター」らしいし、やっぱりネームドキャラかな）

そう思って彼女を眺めると、いかにもギャルゲに出てきそうな赤いショートカットの髪に、小柄で細身だけれど凛《りん》とした雰囲気。

鎧はキャラ付け的にちょっと過剰な気はするけれども、なくても十二分に可愛い。

あと声も……ちょっと声優とかは分からないが、アニメなんかでよく聞いている声な気がしてきた。

（しまったなぁ。こんなことなら日本にいた時に声優についてもうちょっと調べておけばよかった）

芸は身を助けるとは言うけれど、まさかダメな方向の絶対音感がこの世界を生き抜くカギになるなんて流石にちょっと予想出来なかった。

なんて、考え込んでいたのがよくなかった。

「……お前は、ここまで言われて言い返すことも出来ないのか？」

何も言わずに黙り込んでいる僕に、セシリアの表情がさらに険しくなる。

まさかセシリアも、僕が日本の声優業界に思いをはせていたとは想像出来ていないだろうけど、話したらもっと機嫌が悪くなりそうだ。

（こ、困ったな。選択肢さえ出ればなんとかなるんだけど）

なんてないものねだりをしてしまうほど、僕の対人コミュニケーション能力は低いし、原作がどういう方向性の作品なのか分からないから、主人公が言いそうな台詞《せりふ》も思いつかない。

とはいえ、これ以上黙っていても状況は好転しないようなので、とりあえず適当に話し出すことにした。

「ええと……セシリア・レッドハート、さん？」

だけど、ただ名前を呼んだだけなのに、彼女の顔がみるみるうちに真っ赤になって、

「――ボクの名前は、〈セイリア・レッドハウト〉だ!!」

叫ぶなり、バンと音を立てて戸が閉められた。

やっちまった、と思っても、もう遅い。

まるで彼女の心の扉のように固く閉ざされたドアを前に、

「……ボクっ娘《こ》だったのかぁ」

僕は呆然《ぼうぜん》とそうつぶやき、ティータが「ねー、遅れるわよー」と僕の肩をツンツンするまで、教室の前で固まっていたのだった。

◇　◇　◇

——今年のAクラスの人数は、僕を入れて十九人らしい。

日本の学校に慣れている僕としては少ないと感じてしまったけれど、もともとが少人数を想定していて、基準を満たす生徒がいないとクラスが成立しないことすらあるAクラスとしては、今年は例年に比べて異例の多さだとか。

それに、いつもなら女子より男子の方が多いのが通例なのに、今年は女子が十人に対して、男子が僕を入れて九人しかいないのもまた、異例のことらしい。

（普通に考えれば、「ファイブスターズ」の影響なんだろうけど……）

この世界の基になっているのはギャルゲーだ。

男よりも女キャラの方が需要があると判断された結果の人数比、と考えればまあ納得は出来る。

（どうせなら、ぴったり二十人にすればよかったのに、とも思っちゃうけどね）

しかし、キャラを一人作るのにもコストがかかる。

あんまり無駄なキャラを増やして余計なお金をかける訳にもいかなかったんだろう。

ただ、そんな事情もあってか僕の両隣の席は女の子。

特に右隣の子はかなりぐいぐい来るタイプで、お互いに軽く自己紹介を済ませると、

「よろしくねー、レオっちー！」

なんていきなりあだ名で呼んでくるほどに気さくな子だった。

（そっか。学園は、実力主義だから……）

流石に初対面でこれはちょっと面食らってしまったけれど、十五年も貴族の子供として同年代とほぼ触れ合わずに暮らしてきた僕にとっては、こういうノリも久しぶりで楽しい。

席自体も後ろの方の目立たないところを確保出来たし、環境としてはなかなかの当たりと言っていいんじゃないだろうか。

(……座学も、全然問題なさそうだ)

この学園では、基本的に午前中に座学、昼休みを挟んで午後には実技を学ぶ。

しかも、どうもこの学校は実学……というか戦闘訓練を最優先。

座学なんて入学前に済ませとけ、みたいなスタンスが割と見え隠れしていて、座学については試験を受けて単位認定されれば、以後は午前中も実技の時間に使えるらしい。

日本じゃありえないシステムだけど、ここには学習指導要領も教育法もない。

個々の教師の裁量がかなり大きいらしく、そこはやっぱりファンタジーだな、というところ。

(でもまあ、好都合と言えば好都合かなぁ)

幸いなのは、この世界の学力レベルが元の世界と比べると控えめだということ。

いかにこのゲームが高難易度とは言っても、流石に学園で高校数学だのをやらせるつもりは製作側にもなかったようだ。

そうなると、元の世界になかった社会系科目がネックになるかなと思っていたんだけど……。

(社会は、なんかテキストがうっすいんだよね)

入学試験の時にも感じたことだけど、この世界の教育は、不自然なほどに社会系科目の難易度が低い。

もしかすると、ゲームではこの辺をプレイヤーに暗記させてゲーム内の試験問題にでも出していたのかもしれない。

少なくとも、年単位で学ぶと考えると余裕で覚えられるレベルだ。

(これは、早々に免除になるかも)

座学を終わらせて一日フリーになれば、その時間を使って実習という名目で外での戦闘なんかをしてもいいらしいし、興味がないと言えば嘘《うそ》になる。

これはなかなかいい滑り出しかもしれないぞ、と思っていたんだけど……。

――事件は、実技の授業で起きた。

◇　◇　◇

初日の実技授業は屋外訓練場。

お昼を終えた生徒が、各々動きやすい格好に着替えて集まってきたその前で、

「――おっし！　ま、今日は初日だし、軽く模擬戦でもしてみっか！」

僕らの指導教官になったネリスという女性が、軽い口調でそう言い放ったのだ。

(な、なに言ってんだ、この人!?)

ざわつく僕らを見まわして、ネリス教官はボサボサの真っ赤な髪をめんどくさそうにかきまわしながら、ダルそうに言った。

「みぃんなお行儀よくしてっけどよぉ。お前らだって、本当は気になってんだろ？　……お互いの実力、って奴《やつ》がさ」

けれど、その一言で生徒同士の空気が変わる。

やる気のなさそうな態度で、それでいて彼女は蛇のようにじっとりと、僕らの戦意を煽《あお》る。

「ま、別に全員に戦えたぁ言わねえよ。ただ、自分の今の立ち位置を知るためにも、こっちが二、三組見繕うからそれで……」

教官がニヤニヤとした笑みを浮かべながら、模擬戦のメンバーを選ぼうとしたところで、

「――その役目、ボクにやらせてください！」


一つの声が、空気を切り裂いた。

――セイリア・レッドハウト。

いつもの鎧を身に着けた小柄な少女が、教官に向かって颯爽《さっそう》と手を挙げていた。

……なぜだろう、なぜだかとても、嫌な予感がする。

「おっ！　なぁるほどねぇ。いいねえ、いいねえ、そういうガッツがある奴はお姉さん好きだぞー」

そのねっとりとした口調に、不安が勝る。

そして、その不安を裏付けるかのように、教官はニヤニヤとした笑みを隠さずに、言葉を続けた。

「それでぇ？　もしかして、誰か戦いたい相手でもいるのかぁ？」

まるでセイリアが何を答えるか分かっているかのような口ぶり。

ただ、それは直情的なセイリアには、これ以上なく効果的だった。

教官の言葉を受けて、セイリアの瞳が燃え立つように輝きだす。

そして、

「――はい！　ボクは、アルマ・レオハルトに勝負を申し込みます!!」

セイリアが示した指の先には、当然のように僕の姿があった。

◇　◇　◇

誰もいない男子更衣室で、ため息をつく。

(はぁ。大変なことに……)

「へへ、大変なことになっちゃったね！」

突然飛び込んできた聞こえるはずのない声に、僕は飛び上がった。

慌てて振り向くと、

「やっほ！」

そこには、男子更衣室に絶対いてはならない、女性の声。

「君は、隣の席の!?」

「あったり！　トリシャだよ！」

僕の右隣。

Aクラス女子のトリシャが、なぜかそこに立っていた。

「ここ、男子更衣室だよ！」

「まーまー固いこと言いっこなし。ここにはレオっち以外誰もいないし、どうせ防具をつけるだけなんだしさー」

指摘しても、彼女は悪びれもせずにそう言い切った。

まあ、僕がここに来ることになったのは、模擬戦ではちゃんと防具をつけろと教官がダルそうに防具一式を渡してくれたから。

別に服を脱ぐ訳じゃないし、恥ずかしいってことはないんだけど、それにしても、だ。

「で、何しに来たんだよ？」

不機嫌にそう言い放つと、トリシャはぐぐっとばかりに僕に寄ってきた。

「ちょっと隣の席のよしみで、情報を届けに、ね」

「情報？」

「そそ！　じょーほう！」

その反応に僕が食いついたと見たのか、トリシャはふふんと胸を張ると、

「――この勝負、わたしとしてはレオっちに頑張ってほしいんだよね。だから全力でレオっちのこと、サポートしちゃうよ！」

などと言って、バチコンとウインクを決めたのだった。

◇◇◇

余計な問答をして、あまり時間をかけたくはない。

僕は慣れない防具を苦心してつけながら、トリシャの話を聞くことになった。

「――〈セイリア・レッドハウト〉。あの高名な剣聖〈グレン・レッドハウト〉の娘さんで、剣爵家《けんしやくけ》の跡取りだね」

「剣爵家……」

つぶやいた僕の言葉に、彼女は律儀にうなずいた。

「そそ。子爵家の中でも剣に秀でた家に送られる称号。元々剣聖さまは政治には興味ないし、それでも功績がおっきすぎてどうしようもなくなったから適当に国から子爵家の奥さんをあてがわれただけで、本人はあいかわらず政治にも家族にも関心は持ってないみたいだけどね」

「あ、うん」

いきなりトリシャの口から生々しい話が飛び込んできて、温度差に戸惑う。

ただ、トリシャはそれに対して思うところもないのか、当たり前のように続けた。

「で、当然ながらセイリアちゃんも剣の腕はすごくて、同世代ではピカ一。あの年でもう三つの武技を使えるって噂《うわさ》だよ」

「なる、ほど？」

今度は僕の反応が悪くないのを見て取ったのか、トリシャは楽しそうに続ける。

「戦闘スタイルは、動より静。本人は熱くなりやすい性格に見えるけど、実際の戦い方は慎重そのもの。

後の先を取って相手の隙を突いて一撃で仕留める戦法が得意みたい」

「へぇ」

それはありがたい情報かもしれない。

もちろん信じすぎるのも危険だが、先手をこちらが取れるならそちらの方がありがたい。

「面白いのが常在戦場をモットーにしてて、斬撃どころか魔法をも防ぐ家宝の鎧を常に身に着けているとか」

「え、あの鎧って、魔法効かないの!?」

そこで、とんでもない情報が飛び出してきた。

「うん。ま、鎧って言っても全身ガッチガチに守ってる訳じゃないからさ。鎧がない部分をぶん殴ればきっと大丈夫だよ！」

「いやいやいや！」

とりあえず開幕〈ファイア〉でなんとかならないかと考えていたんだけど、難しそうだ。

これは本当に有益な情報かもしれない。

それでも、僕が持っている最速の攻撃手段は魔法だ。

本当に通用しないか、まず試してみるというのもいいとは思うけど、

「――接近戦で、やってみるか」

なんとなく、セイリアを本当に納得させるなら、剣を交えた方がいいような気もしていた。

（接近戦なら、今回のことも「布石」になっただろうし）

僕の切り札を一つ晒《さら》すことになるけれど、僕の奥の手が剣聖の娘相手にどこまで通用するか、確かめて

みたくもあった。

「で、それから、能力測定の数値は……」

「ありがとう、トリシャ。そこまででいいよ」

「はへ？」

ともあれ、もう時間切れだ。

一応は防具を付け終わり、最後に父さんから誕生日プレゼントにもらった白い石のネックレスがきちんと防具の下に隠れていることを確認して、僕は着替えを終わらせる。

「本気の決闘用のフィールドを起動するには時間がかかるから、その間に着替えてこい」というのが教官がウキウキしながら言っていた話だ。

これ以上手間取っていてはほかの人を待たせることになるだろう。

「おっとと、じゃあわたしは先に戻らなきゃ！　んじゃ、模擬戦、頑張ってね！」

トリシャはそう言うと、雰囲気に似合わぬ俊敏さで一瞬で姿を消してしまった。

見切りをつけるのが早いというか、その機敏さには感心を通り越して呆《あき》れてしまう。

「……僕も、行かなきゃな」

気は乗らないが、仕方ない。

だって、僕は……。

「――絶対原作、守護るマンだから」

固い決意を口にして、僕は戦場へと歩き出した。

◇　◇　◇

(……どうしたもんかな)

教官が起動させた決闘用のリング、その上に登っても、まだ僕はどうするべきかを迷っていた。

(これ、負けイベント、なのかなぁ)

発生の感じからして、強制イベントなのは間違いないとは思う。

ただ、どう振る舞うのが正解なのか分からないのだ。

ゲームでのアルマくんもレベルは低いはずだし、一方セイリアのレベルはたぶん80オーバー。

どう考えても現段階では勝ち目なんてない。

(って、普通のゲームならなるところなんだけど……)

この〈フォールランドストーリー〉は、何度もゲームオーバーを重ねて活路を見つけていくゲーム……らしい。

だとしたら、ここで負けてしまうとゲームオーバー、なんて可能性もゼロではないと思えるのが怖い。

(……まあ、全力でもがけるだけもがいてみるか)

いくら高難易度とは言っても、流石にゲーム開始時の最初のイベントで一発ゲームオーバーになるほど鬼畜ゲーではないと信じよう。

「よーし、いいかぁ二人ともぉ！」

僕の心の準備が出来たのを見て取ったのか、いやにウキウキとした様子で教官がリングの外から声を張り上げる。

「さっきも説明した通り、この決闘用リングは気力《HP》か魔力《MP》がゼロになった奴を弾《はじ》き出《だ》すように作られてる！　相手を殺そうと思っても絶対に殺せないから、遠慮なくぶっ殺せ！」

教官の矛盾マシマシ、殺意増量な発言を聞きながら、僕はちょっと顔をしかめた。

（ＭＰ切れでも負けで、回復も出来ないってのはきっついんだよなぁ）

僕は魔法の熟練度は高いから強い魔法ならたくさん覚えているけれど、レベルが低いからＭＰの最大値は低い。

武器の持ち込みは許可されているけれど、消費アイテムの使用は禁止されていてマナポーションも使えないとなると、長期戦は不可能だろう。

（斬られても怪我《けが》はしないっていうのは安心は出来るけど……）

気力というのはいわゆるＨＰだけど、ＨＰが減るというのは「怪我をする」ということではなくて、「無意識に張っている魔法的なバリアのエネルギーが減る」みたいな感じらしい。

気力が残っているということはそのバリアに守られているということなので、よっぽどひどい攻撃を受けないとＨＰがある間に大怪我することはほとんどないようで、そこは安心材料ではある。

まあ、それはそれとして、

「そいつの安全性についちゃ、わたしが保証するぜ！　何しろわたしが何度対戦相手をぶち殺そうとしても大した怪我もさせられなかったからな！」

と言ってガハハと笑っているネリス教官は、一度教師という職についてきちんと考えた方がいいと思う。

一方で、剣聖の娘だというセイリアは、もうその辺りの情報はとっくに知っていたのだろう。

あいかわらず剣呑《けんのん》な眼《め》つきで、僕だけをにらみ続けていた。

「親の力でAクラスにやってきた奴なんか、ボクは認めない！　この剣で、ボクの努力が正しいことを証明してやる！」

剣を突きつけて宣言するセイリアに、僕は内心で首を傾げる。

(裏口入学的なことをしたと思われてるのかなぁ？)

まあ僕は断トツで弱かったし、そんなのがAクラスに入ってきたら不正を疑う気持ちも分からなくはない。

(……ただ、お生憎様《あいにくさま》)

僕だって、努力は重ねてきた。

それも人一倍、いや、人の十倍くらいには努力をしてきたという自負がある。

(やってやるか！)

原作を最優先にしたいという気持ちは、変わらない。

でも何が最適解か分からないなら、全力でやってセイリアに一泡吹かせてやりたいという想《おも》いが、むくむくと首をもたげてくるのが分かった。

とはいえもちろん、敏捷《びんしょう》に数倍の差がある相手に、感情だけで突っ込んで攻撃が当てられる訳がない。

だから……。

「……ティータ、あいつに攻撃を当てたい。補助、出来るか？」

僕の唯一無二の相棒に、小声で尋ねる。

返答は、すぐにあった。

「もう！　だーれにものを言ってるのよ！　そのくらい余裕に決まってんでしょ！　すっごいのやってあげるから、ビビんないでよね！」

返ってきた相棒からの頼もしすぎる返答に、思わず笑みが漏れる。

「それじゃ、試合開始と同時に、頼む」

「まっかせなさい！」

最後の打ち合わせを済ませ、僕とセイリアは、互いににらみ合うように見つめ合って、

「――そんじゃ、セイリア・レッドハウト対アルマ・レオハルト！　模擬戦、はじめ！」

教官のやる気のなさそうな声を合図に、試合が始まった。

(――やっぱり、来ないか！)

念のため速攻を警戒したが、事前の情報通り、セイリアは待ちに徹して動こうとしない。

それなら好都合！

「ティータ、全開で！」

「オッケー！　本気、出しちゃうから!!」

ティータが威勢よくそう口にした瞬間、だった。

場の空気の流れが、歪《ゆが》む。

渦巻く力が、僕に、いや、ティータに向かっていくのが分かる。

（これが、本気のティータ……）

濃度を増した魔力が集まって、まるで空気に粘度が生まれたような錯覚を覚える。

触覚さえ刺激するほどの魔力のうねりが、高まり、集まって、もはや可視化出来るのではないかというほどに極まった、その瞬間に、

「――〈ライトニングスピード〉!!」


彼女が、吼《ほ》える。

渦巻く魔力を完全に統制して、それが特定の指向性を与えられて僕の身体《からだ》に吸い込まれていく。

「な、に？　その、魔法……」

互いに一歩も動かないままで、震えた声を、セイリアがこぼす。

でも、その問いには答えない。

答える義理もないし、それに……。

（……僕も知らないし）

速度アップの魔法は〈シルフィードダンス〉だったはずなのに、突然飛び出してきたこの魔法はそれとは似ても似つかない。

集まった力も段違いで、身体にあふれる全能感に、こちらの方が震えそうになる。

ただ、この力で何が出来るかだけは、不思議と理解出来た。

だから……。

「行くよ」

短くそう宣言をして、僕は地面を蹴る。

「――なっ!?」

蹴りつけた足は物理法則を超えた速度を生み、視界に映る景色すら置き去りに、その身をただ標的のもとへと運ぶ。


――その速さはまるで、雷光のごとくに。


圧倒的に敏捷で上回るはずの相手の懐に、飛び込んでいく。

「ウ、ソだ……!」

ほんの一呼吸の間に、僕はリングの端から端までを駆け抜けていた。

流石は剣聖の娘というべきか、セイリアもかろうじて反応を見せるものの、その顔に大きな動揺と、そして怯《おび》えの色が浮かんだのは隠し切れない。

(――まだだ!)

ここまでは、ただティータの力を借りただけ。

本当に見せたいのは、ここから先。

(ここからが、僕の力!)

気合一閃《きあいいっせん》!

僕は屈《かが》んだような体勢から右手に力を込め、その剣を一気に振り――

「……はれ？」

――気が付くとなんの脈絡もなく、僕の目の前にリングの外側の縁があった。

顔を上げると、遠くリングの上で呆然としているセイリアの姿も見える。

僕もセイリアも、そして周りで見守る生徒たちも、誰もが何も分からず、凍りつく中で……。

「……あー」

ただ、赤髪の教官だけはダルそうにガシガシと頭をかいてから、不可侵のはずのリングに足を踏み入れると、

「アルマ・レオハルト魔力切れにつき、リングアウト。……従って、勝者セイリア・レッドハウト！」

リングの中央でペタンと座り込んでいるセイリアの腕を持ち上げて、戦いの終わりを宣言したのだった。

◇　◇　◇

（――やっちゃったぁ！）

セイリアとの模擬戦で僕がリングアウトしてしまったのは魔力《MP》が切れてしまったからだが、その原因は、どうもティータが使った〈ライトニングスピード〉という精霊術にあったようだ。

契約精霊というのは、あくまでも契約者を補助する存在。

だから精霊が使う精霊術も、それで消費する魔力は精霊本人ではなくその精霊の契約者のものを使うらしい。

「だから、精霊に強い精霊術をお願いすると、こっちがまだ何も魔法を使ってなくても魔力切れになっちゃうことがあるんだって」

というのは、模擬戦が終わったあとにこっそりと僕のもとにやってきてくれたトリシャの言葉だ。

「ただ、それでも普通、あんなに早く魔力切れになることはないはずなんだけど……」

どうもティータが使った〈ライトニングスピード〉はアホみたいにMPを食う魔法だったらしく、発動していた時間がたったの二秒程度だったにもかかわらず、一瞬で僕のMPを食いつくしてしまったようなのだ。

（ま、まあ、あの魔法どう考えてもやばかったもんなぁ）

敏捷22の僕が、敏捷146のセイリアを驚かせる速度で動けたんだから、相当高度な魔法だったのは間違いがない。

本来であれば、そんなややべー魔法を使える精霊と、大して魔力も高くない僕が契約出来るはずもないんだろうけど、

（ティータはイベント精霊だから……）

まさに、こちらの能力を超えた精霊。

アンバランスにもほどがある。

それでこそ主人公、とは思うけれど、実際に自分の身に起こってみると割と大変だ。

僕ならメニューから魔法を使うことで、ＭＰ切れの状態でも最大ＨＰを削って魔法や技を使うことも可能ではあるけれど、

（あれは、命にかかわるからなぁ……）

その危険性については、九年前の時点ですでに骨身にしみている。

何しろここは原作の舞台で、突然どんな災難が降りかかってくるか分からないのだ。

色んな意味で安全な公爵家の敷地内で使うのとは訳が違う。

緊急時にはそうも言っていられないかもしれないが、基本的には何が起こっても対応出来るように、最大ＨＰは出来るだけ満杯状態に、可能ならちょっとした魔法を使えるくらいのＭＰも常に確保しておきたい。

（この辺の話は、ティータともしておいた方がいいんだろうけど……）

ただ、残念ながら、ティータとは今一時的に音信不通だ。

僕もあんまり詳しく知らなかったのだけど、精霊は魔力によって契約者と結びついているので、契約者のＭＰがなくなると一時的に呼び出していられなくなるらしい。

「まあ、あくまで呼び出せなくなってるだけで、契約が切れちゃった訳じゃないから大丈夫！　魔力が戻ったらすぐ再召喚出来るよ！」

なんてトリシャが明るく保証してくれたので心配はないんだけど、いつも騒がしかったティータが隣にいないとなると、なんとなく調子が出ない。

ただ、そんな風に感傷に浸っている時間もなく、

「んじゃ、次はディーク・マーセルド対レミナ・フォールランド、やってみるか！」

そこで教官のそんな声が聞こえてきて、トリシャが飛び上がる。

「ご、ごめん！　わたしもそろそろ戻らなきゃ！」

彼女は僕の隣からそそくさと立ち上がると、ごめんね、と両手を合わせて足早に去って行ってしまった。

（……忙しい子だなぁ）

彼女の行き先を視線で追うと、トリシャは慌てた様子で今度は別のクラスメイトのところへ行って、何やらまくし立てている。

遠くてはっきりとは分からないが、話しかけられている女の子の方は何かそういうギミックの人形みたいに、コクコクとトリシャに言われるがままにうなずいているのが見える。

どうやらトリシャはあの調子で、あちこちでおせっかいを焼いているみたいだ。

トリシャの思惑も今一つ読み切れてないいんだけど、こちらは色々と教えてもらっている訳だから実際問題頭が上がらない。

（……これで、よかったのかなぁ）

正真正銘一人になって思うのは、やはりさっきの模擬戦のこと。

あれで負けたのがイベントの既定路線なのか今一つ確信は持てないけれど、少なくともいきなり目の前にゲームオーバーの文字が出て世界が終わる、みたいなことには今のところなっていない。

ついでに、セイリアが「やはりお前はこの学園にふさわしくなかったな！　お前をこの学園から『追放』するッ！」みたいなことを言い出すかとビクビクしてたんだけど、そういうのもなし。

むしろさっき目が合った時は向こうから視線を逸らしてきたので、ちょっと何がどうなっているのかよく分からない。

(……まあ、いいか)

正解だったのか不正解だったのかなんて、今の僕には知りようがない。

一度模擬戦をした生徒は今日は出番はないみたいだし、とりあえず……。

(情報収集、するぞぉ！)

僕はモノクルを取り出すと、完全に観戦モードになって、クラスメイトたちの戦いにかぶりつく。

何しろここは剣と魔法の世界。

自分がやるのは嫌だけど、他人が戦うのを見るのは正直めちゃくちゃ楽しみだ。

僕はそうして、空を火の玉や雷撃が飛び交い、地が割れて斬撃が宙を舞う、そんな映画顔負けの一大スペクタクルを存分に堪能し、

「――ア、アルマのバカァアアアア！　どうしてすぐに呼んでくれないのよ！　めっちゃくちゃ心配したんだからぁ!!」

ティータの再召喚を忘れていることに気付いて青くなったのは、それから実に四時間後のことだった。

◇　◇　◇

「――もう、反省してよね！　ほんっとーに、心配したんだから！」

数十分にもわたる謝罪の末、ようやく機嫌を直してくれたティータと一緒に、放課後の訓練場を寮まで

戻る。

初日はホームルームのようなものもなく、授業終わりに現地で解散したため、もう周りにクラスメイトの姿はない。

そこら辺の割り切りは実力主義かつ効率主義な帝国っぽいと思う。

授業が終わってから、トリシャだけはちょっと僕と話したそうにしていたが、僕がティータに平謝りに謝っているのを見て、苦笑いしながら友達と一緒に帰って行った。

……いや、考えてみたらティータの姿は僕にしか見えない訳で、だったら僕は一人で虚空に謝るやばい奴に見えたのでは？

頭の中に恐ろしい想像が浮かんでしまったが、突き詰めても誰も幸せにならないので、気付かなかったことにする。

「あ、それで、一応確認なんだけど、あの時に僕が魔力切れになったのって、ティータが魔法を使ったからなんだよね？」

ティータの愚痴が途切れたところを見計らってそう問いかけると、ティータもばつが悪そうに顔を逸らした。

「あ、うん。そうね。……それについてはまあ、アタシもちょっとだけ、その、ほんのちょっとだけだけど悪かったわよ。ニンゲンって魔力が少ないから、精霊術を使ったらすぐエネルギー切れになっちゃうって忘れてたわ」

「まあ、それはしょうがないよ。僕もあんまり考えてなかったし、『全開で』って言っちゃったしね」

これまでの言動からも分かっていたが、やっぱりティータは人間と契約するのは慣れていないらしい。

まあでも、その辺も含めて伸びしろというか、僕と一緒に成長してくれる感じがして悪くないんじゃないかと思う。

「でも、そうなるとティータにあんまりポンポンと精霊術を頼む訳にはいかないね」

何しろ、魔力切れまでたったの二秒。

短期決戦用と言えば聞こえはいいが、あまりにも短期すぎてもはや一発芸の領域だ。

僕の言葉に、ティータはムキになったように唇を尖《とが》らせた。

「あ、あれはその……ちょっと強いのを使っちゃったからよ！〈シルフィードダンス〉なら効果は弱いけどもうちょっともつから！」

なんて言うけれど、目が泳いでいる。

僕の不信が伝わったのか、ティータは両手をパタパタとさせて猛アピールしてきた。

「そ、それに、契約者の魔力を使って発動するメリットもあるわよ！　初めはアタシを通してしか使えない精霊術も、慣れてくると契約者の方でも発動できるようになるのよ！　……ま、まあ？　それにはながいなが－い訓練と、千年に一人レベルの魔法の腕前が……」

「あ、ほんとだ。覚えてる」

「……へ？」

話の途中でもしやと思ってメニューの風の魔法の欄を見ると、〈シルフィードダンス〉がしれっと追加されていた。

これ普通に使えるのかな、とメニュー画面からポチッとやると、僕の身体が風に包まれた。

おお、これはすごい、と僕がにんまりしていると、

「——え、あ、はぁあああああああああ!?」

突然にティータが耳元で叫び出し、僕は慌てて両手で耳をふさいだ。

「な、なんでアンタがそれ使えるのよ！」

「い、いや、だってティータが使えるって……」

流石の理不尽に僕がなんとか反論しようとすると、その三倍くらいの勢いでティータがまくし立ててくる。

「アタシはたっくさん訓練したら、もしかすると使えるかもしれないなー、いやまあたぶん一生使えないだろうけど、ちょっとアンタにも夢見させてあげるために一応使えるって言っといてあげてもいいかなー、アタシってやっさしいなー、って思って教えてあげたの！　なのになんで今使えるようになってんのよ!!」

「いやそれ、割とひどいこと言ってない？」

とツッコむが、ティータはもちろんまったく聞いていなかった。

むむむと僕を探るようににらみつけたかと思うと、さらにハッとして僕を指さした。

「そ、そうだわ！　それに詠唱はどうしたのよ、詠唱は！　ニンゲンって、魔法名を言わないと魔法を使えないって聞いたわよ！」

まさかアンタも精霊じゃないでしょうね、みたいなきつい視線で、ティータは僕を詰問する。

人間に対して無知な割に、鋭い質問を飛ばしてくる。

「それは……が、頑張ればなんとかなるんだよ」

「なんとかなるの!? すごいわね、ニンゲンも！」

なんだか興奮しすぎて、変なテンションになっている。

ただ、興奮してるのは僕も同じだった。

「いや、でもやっぱりすごいよこれ！ これからはこの魔法、いや、精霊術が僕にも使えるってことだよね？」

「そりゃ、まあ、アタシと契約してる間はアンタ一人でも使えるだろうけど、でもそれ、やっぱりアンタには魔力消費が……アルマ？」

ティータはまだ何かを話していたが、僕の視線は自然とティータから逸れていた。

その視線の向かう先にあったのは、実家の庭にあったのと似た雰囲気の施設。

「あ、あれれー。あそこにあるのは、なんだろー」

僕の口はいたって当然の疑問を口にして、僕の足はなぜだかそっちに向かって吸い寄せられるように進んでいた。

「な、なんだろーって間違いなく魔法の練習場でしょ！ 授業で聞いてたじゃない!! って、あそこに行っちゃ、絶対ダメだからね！ 〈シルフィードダンス〉だって魔力消費大きいんだから、そんなの練習してたらアタシの召喚がまた切れちゃう！ だから絶対に……って、アルマ!? ちょっ、こら、止まりな――」

◇　◇　◇

そして、十数分後。

「アルマのバカ、アホ、きちく、おに、あくま、でべそ、とりあたま、やきとり……」

「うぐ……」

ティータのやまない罵倒の嵐にも、反論の言葉がない。

いや、まずいとは思ったんだけど、〈シルフィードダンス〉は今までの僕のレパートリーにはない、画期的な魔法だ。

色々と出来ることが増えたのが楽しくて、ついつい我を忘れて熱中してしまった。

「反省してる、って言ったのに」

「う……」

もちろん、気が付けば当然のようにMPなんて消し飛んでいて、ティータの召喚も解けてしまっていた。

「ご、ごめんね。でもほら、今回はすぐ呼んだから……」

新しい魔法をひとしきり楽し……検証したあとで、今度はすぐにティータのことを思い出してマナポーションを飲んだため、再召喚まで何時間も放置したりはしなかった。

ただ、当然ながらティータの機嫌は急降下。

こちらとしても罪悪感があるため、何を言われても甘んじて受けるしかなかった。

「はぁぁ。アンタって、ほんっっとにダメな奴ね！」

ただ、言いたいだけ言って、少しだけティータの気持ちも落ち着いたようだ。

さっきまでと比べると、言葉のトゲが当社比三割ほどやわらかくなっている。

ティータは僕の前でふんすと腕を組むと、悟ったような顔で続ける。

「やっぱり、ニンゲンっていうのは聞いてた通り、おろかでぜーじゃくな生き物だわ！　アタシがしっかりお世話して育ててやらないと……」

そう言って僕を見る目は、完全にバカ犬を見る飼い主のものだった。

もはや完全にペット枠。……ん、でも割とそれもありなんじゃ、なんて血迷いかけた時だった。

「――え、ケンカ？」

突然に訪れた争いの気配に、僕は思わず足を止める。

「な、なに？　急に立ち止まっちゃって、どうしたのよ？」

ティータの言葉にはすぐには答えず、周りを見渡す。

毎年この時期は部活動なども休みだそうで、妙な物音は聞こえない。

でも……。

「ちょっと待って、ティータ。ええと、こっち……かな？」

そう断ってから、僕は走り出した。

脳内マップを頼りに、薄闇に染まりかけた敷地内を駆け抜け、問題の場所を目指す。

「ど、どこ行くのよ！」

なぜだか、焦燥感が募る。

ティータの声がちゃんとついてきているのを確認して、僕はさらに足を速めた。

（こっちは……校舎裏？）

訓練施設からも、部活棟からも離れた場所にある、校舎の陰。

異変が起こっているのは、どうやらそっちの方向らしい。

(あの辺、かな?)

らしくないことをしてるなぁ、と思うが、僕は絶対原作守護るマン。

この先にイベントらしいものがあるのなら、見逃すことなんて出来ないのだ。

「お邪魔しまーす、っと」

僕は、軽い気持ちでひょいっと校舎の陰を覗《のぞ》き込《こ》んで、

「ひゃっ!」

一瞬で、後悔した。

「あぁ!?」

「あんだぁ?」

校舎裏に飛び込んだ僕を迎えたのは、暴力的な気配を漂わせた五対の目。

もちろん学園の生徒なのは間違いないだろうが、クラスメイトと比べると体格も迫力も、それから身に纏《まと》っている空気まで、まるで違う。

「や、や、やばいわよ! コイツらアンタよりずっと強そうだしワルそうだし、絶対やばいわよ!」

ティータが叫ぶが、そんなもの言われなくても分かっている。

ここに屯《たむろ》している五人は見るからに柄が悪く、言ってしまえば不良という奴だが、目の前の彼らはそんな生易しい存在じゃなかった。

彼らは素行が悪かったとしてもこの学園に入学出来るだけの実力を持っていた訳だし、学園の生徒たちは入学前にかなり鍛えてきているとはいえ、学園での一年の成長は大きい。

あの「ファイブスターズ」にも比肩するほどの迫力と暴力の気配を、彼らは備えていた。

「き、聞いたことがあるわよ！　学校には校舎の裏に住み着いて他人を攻撃して喜ぶ習性のある、ヤンキーって生き物が生息してるって！　アレ、絶対ヤンキーよ！」

震える声でティータはそう言うが、アレはただのヤンキーじゃない。

エリートのヤンキー。

——つまり、エリートヤンキーだ。

なんか間違ってる気もするが、とにかくその威圧感は当然半端じゃなく、しかも返答を間違えたらすぐにでも殴りかかってきそうな気迫があった。

「んだよ、まぁた一年坊か？」

「さっさと失《う》せろ。さもなきゃ……」

男たちの剣呑な気配が、さらに強くなる。

（わ、わわ！　まずいって！）

さっき熱中して魔法を試してから、まだ全然時間が経《た》ってない。

調子に乗って削ってしまった最大ＨＰはいまだに危険域に突入したままだし、ＭＰだって一番しょぼいマナポーションを飲んだだけだから、下位の武技を二、三回使える程度にしか残ってはいない。

——何が起こっても対応出来るように、最大ＨＰは出来るだけ満杯状態に、可能ならちょっとした魔法を使えるくらいのＭＰも常に確保しておきたい。

なぁんて言ってたのは誰だったのか。自分の迂闊《うかつ》さを殴りたい。

こんな状態で、間違っても対人戦なんて出来るはずがない。

（こ、こここは、落ち着いて逃げの一手だ！）

幸いにも彼らは円陣でも組むようにこちらに背中を向けて丸くなっていて、何やらお取り込み中のご様子。

僕はこれ以上絡まれませんように、と祈りながら、慌てて回れ右をする。

「し、失礼しまし――」

そうして何か因縁をつけられる前に、急いで退却……しようとして、

「……え？」

円になった先輩たちの奥。

そこに一瞬だけ見えた人影に、心臓が跳ねる。


「――セイ、リア？」


そこで何が起こって、そしてこれから起きようとしているのか。

ところどころ乱れた服を押さえるそぶりもなく、俯《うつむ》き、ただ静かに涙を流している彼女の姿を目にした瞬間、僕の頭から全ての事情が吹っ飛んでいた。

「アルマ!?　アルマってば!!　な、なにしてんのよ！　いいから早くここから離れて、誰か呼んで……」

耳元で叫ぶティータの声も、もはや頭に入ってはこない。

別に、親しかった訳じゃない。

むしろ敵視されていたくらいで、仲がよかったなんて口が裂けても言えない。

でも……。

「おい」

気が付けば、自分の口から出たとは思えないような低い声。

その声に、彼らが反応するよりも早く、

「――今すぐ彼女から離れろ」

僕は上級生たちに向かって、力強く足を踏み出していた。

幕間

セイリア・レッドハウト

MILLI SHIRA TENSEI GAMER | Vol.01 | INTERMISSION

誰もいない訓練場に、風斬り音が鳴り響く。

「……ふぅ」

小さく、汗をぬぐう。

今この訓練場にいるのは、剣聖の娘であるボク、セイリア・レッドハウトだけ。

授業が終わって、話しかけてくれるクラスメイトに断りを入れて、ボクは逃げるように剣術の訓練場に向かい、ひたすら剣を振るっていた。

普段は騒がしいであろう訓練場も、この時期は一年生を学校に慣らすためか、一時的に上級生の活動が制限されているらしい。

その静寂が、今はありがたかった。

（……バカなこと、しちゃったな）

思い出すのは、昼間のこと。

アルマ・レオハルトという同級生の男の子に勝負を挑んで、決闘騒ぎを起こした記憶だ。

——こんな覇気のない、ぼーっとした奴《やつ》が、ボクよりすごい精霊を喚《よ》んだなんておかしい！

——ボクだって、ちゃんとした触媒をもらえていたら……。

今思うと恥ずかしくなるようなそんな身勝手な八つ当たりで、ボクはアルマくんを一方的に敵視して、決闘騒ぎを起こしてしまった。

でも……。

（——勝てない、って思っちゃった）

たとえ勝負としてはボクの勝ちでも、気持ちの上では、完敗だった。

「……ふうぅぅ」

もう一度、自分の未熟さを嚙《か》み締《し》めるように大きく息をついて、ボクは手早く帰り支度をする。

赤く染まり始めた石畳を寮に向かって歩きながら、ボクは小さな決意を固めていた。

（……明日、アルマくんにはボクから謝ろう）

うまく伝えられるかは分からないし、謝ったところでちゃんと受け入れてもらえるかも分からない。

だけどそう決めた途端、ほんの少しだけ世界が明るくなった気がした。

そんな時だった。


「——めて、ください。ゆ、ゆるして」

ボクの耳に、誰かが救いを求めるか細い声が、届いた。

◇　◇　◇

「な、何をしてるんですか！」

飛び込んだ校舎裏では、数人の上級生が一人の男子生徒を取り囲んで恫喝《どうかつ》している、信じられない光景が広がっていた。

「……チッ。一年坊かよ。今日なら誰もいねえと思ったのに、間がわりい」

ボクの声に振り向いた上級生の中で、一番身体《からだ》が大きく、見た目も派手な男がそんな悪態をつく。

それをたしなめるのは、隣にいた上級生だ。

「ランドさん。さすがにまずいっすよ。ただでさえ風紀委員ににらまれちまってるのに、こんなんチクられたら……」

この学園は実力主義だが、何も無法地帯という訳じゃない。

むしろ甘ったれた貴族の子女が将来的に問題を起こさないよう、授業外の暴力は厳しく罰せられる。

（それに、ランド？　ランド・スイーツって、確か……）

貴族社会の情報には疎いけれど、それでもスイーツ家の長男が手の付けられない乱暴者だという話は小耳に挟んだことがあった。

（……これが、ドロップアウト組）

情報としては、聞いたことがあった。

この学園に通うような人間は、誰もが選ばれた人間だ。

生まれ持った素質か、弛《たゆ》まぬ鍛錬か、あるいは大貴族の地位か。

とにかく何かしらに優れた選ばれた人間だけが、この学園の門をくぐることを許される。


──しかし、だからこそ折れる。


故郷や実家では天才だ神童だともてはやされていても、そんな人間ばかりがこの学園に集められているのだ。

生半可な「天才」は、この学園では「普通」でしかない。

自分が特別な存在ではないと思い知らされた時、それを認められない肥大化した自尊心を持った一部の生徒は、自ら悪の道へと堕《お》ちていく。

そうなれば最悪だ。

学園では「普通」でも、一般人にとってみればその力は悪魔にも等しいほどに強大。

そんな奴らを野放しにしたら、どんな被害が出るか分かったものじゃない。

だからこそ、教員以外にも生徒による風紀委員会などが目を光らせ、問題を起こした生徒はすぐに処罰されるはずなのに……。

「なぁ、嬢ちゃん。その立派な鎧《よろい》を見る限り、嬢ちゃんも貴族なんだろ？」

ニヤついた笑みを浮かべて寄ってきたこの男は、学内での暴力行為を見とがめられた今でもふてぶてしい態度を崩さなかった。

そのまま、まるでボクの仲間であるとも言いたげな態度で、すり寄ってくる。

「こいつはよぉ。平民の分際で貴族サマのおこぼれもらおうと学園にやってきたゴミ屑《くず》で、お偉いお嬢さんが同情してやるような相手じゃねえんだわ。オレらはこいつでストレス発散出来て嬉《うれ》しい。こいつはオレらの役に立てて嬉しい。だぁれも困ってない、ウィンウィンって奴だ」

いかにも楽しそうにランドは語るが、

（何が、誰も困っていない、だ！）

そう口にする間も、ランドの取り巻きたちが、平民らしき男子生徒を無理矢理に地面に押し付けている。

いや、それ以前に、地面に押し付けられた彼の涙ににじんだ顔を見れば、何が真実かなんてものは一目瞭然だ。

けれど、ランドという男はそれを一顧だにしない。

まるで自分が本当に正しいことを言っているとばかりに自信満々に、狂った論理を口にし続ける。

「だからよぉ。お嬢ちゃんは、ここでなぁんにも見なかったし、誰にも会わなかった。そういうことにするのが誰にとっても幸せなんじゃないかと思うんだよ。なぁ？　嬢ちゃんだって、これからの学校生活、ずうぅうっと怯《おび》えて過ごしたくはないだろ？　ん？」

話にならない……！

確かにボクがただの子供だったのなら、そんな恫喝も通るかもしれない。

でも、ボクは誇り高い帝立英雄学園生で、剣聖の娘なのだ。

「それはボクに……〈赤の剣聖〉の娘に不正を見逃せと言っているんですか!?」

上級生への恐怖よりも、今は怒りが勝った。

気合と共に口に出した言葉に、今まで笑顔の仮面をかぶっていたランドの顔が、一瞬にして醜悪に歪《ゆが》んだ。

「はぁぁ。てめぇ、レッドハウト家の娘かよ！　ったく、魔法バカのレオハルトといい、英雄のガキってのはどいつもこいつも……！」

あまりの変わり身の早さに、驚く暇もない。

ランドはしばらく、怒ったようにガシガシと頭をかきむしっていたが、やがて観念したのか。

脇にずれて、人ひとりが通れる程度の道を開けた。

「はぁ。わかったわかった。流石《さすが》のオレも英雄の娘ともめたとなりゃあ無事じゃすまねえ。……ほら、そいつ連れてけよ」

素直に信用していいのかは、分からない。

でも今は、倒れている平民の少年を助け出すことを優先するべきだ。

「……大丈夫？」

何かされる隙がないように素早く駆け寄って、倒れている生徒に声をかける。

ボクが声をかけると、その平民の生徒はホッと息をついて、それにつられてボクも笑顔になった、その瞬間、

「あ、ありがとうございます！　でも、その、足が動かな……危ない！」

「え？」

そこで剣を動かせたのは、長年の訓練が生んだ反射だった。

後ろに伸ばした剣が固いものとぶつかって、鋭い金属音を立てる。

「……どういう、つもりですか？」

間一髪、だった。

ボクがとっさに動かした剣は、背後からボクの背中を切りつけようとしたランドの剣を、かろうじて受け止めていた。

「……面白くもねぇ。腐っても剣聖の娘ってことかよ」

不意打ちを防がれたというのに、このランドという男はまるで悪びれる様子はなかった。

「しゃあねえな。てめぇら、こいつ囲め」

弁解の一つもせず、さも当然と言わんばかりの態度で取り巻きたちに指示を出すその姿に、ボクは驚きより先に恐怖を感じてしまう。

「いいんですか、ランドさん。こいつに手を出したら……」

「ハッ！　知らねえのかよ、そいつのあだ名」

先ほどの男の問いを、ランドは鼻で笑う。

「――〈なまくら姫〉っつうんだよ。そいつは剣の才能のない落ちこぼれでなぁ！　親になんて、とっくの昔に見放されてんだよ！」

ギリ、と唇を噛む。

つられてじりじりと下がりそうになる足を、気力で繋《つな》ぎ止《と》める。

「こんなことをして、本当にただで済むと思っているんですか？　ボクの父様が動かなくても、こんなこと、学園に話してしまえば……」

ボクは恐怖にすくみそうになる心に鞭打《むちう》って、ランドに相対する。

けれど、ボクの言葉にランドは怯《ひる》む様子もなかった。むしろ楽しそうに、唇の端を持ち上げる。

「殺しちまったら楽しめねえからなぁ。予告、してやるよ」

「え？」

ランドはまるで近所に散歩にでも行くような気楽な口調で、口を開く。

「いいかぁ？　今からオレは、弱《よえ》ぇもんから順に、一個ずつ武技を使ってく。死ぬのが嫌なら、必死で受けろよ」

「な、にを……」

意味の分からない予告に、混乱した。

武技というのは、魔法と同様に魔力を使って攻撃をする、いわば必殺技だ。

けれど、技ごとに決まった動作しか出来ないし、一度使えばそれから五分間は同じ技は使えなくなる。

剣術家同士の戦いでは、武技を使うタイミングが勝負を分けると言ってもいいくらい、重要なものだ。

それを、予告するなんて……。

（ブラフ……。う、ううん。どちらであろうと関係ない。来ると分かっていれば、避けられる）

ボクの努力は、ボクの剣は、この程度の揺さぶりに負けたりしない。

絶対の自信を持って向かい合うボクに、ランドはにやりと笑みを見せると、大きく剣を振りかぶり、

「――〈スラッシュ〉！」


その剣の向かう先を見て、ボクは目を見開いた。

振りかぶった剣の先にあるのは、ボクじゃない。

あの技の向かう先は……。

「くっ！　〈スラッシュ〉!!」

かろうじて、割って入る。

武技と武技がぶつかって、これまでにない衝撃が、ボクの両手に走る。

「あなたは、あなたは、なんて……！」

ランドが狙ったのは、ボクじゃなかった。彼が刃《やいば》を向けたのは決して抵抗出来ない相手。

――ボクの後ろに倒れていた、足を怪我《けが》した平民の男の子だった。

ボクには思いつきもしないようなあまりにも非道な行い。

しかしそれをなしたランドはただ、笑っていた。

本当に愉快そうに、笑っていたのだ。

「あーあぁ。正義の味方ってのはつれえなぁ。こぉんなゴミだって、庇《かば》わなきゃなんねえんだから、よ！」

揶揄《やゆ》するような口調でランドはうそぶいて、

「まだまだ行くぜ、〈十字斬り〉!!」

交差する二重の刃が、ボクを、いや、ボクが庇う背後を襲う。

「っ⁉　〈十字斬り〉」

避けることは、出来ない。

武技の威力に対抗するには、こちらも武技を返すしかない。

（まずい、まずいまずいまずいまずい！）

焦りが頭を支配する。

それでも防ぐ以外に、ボクにはどうしようもなくて、

「楽しいなぁ、〈斬魔一閃《ざんまいっせん》〉！」

「く、ぅ！　〈斬魔一閃〉！」

そして、三つ目の武技。ボクが扱える最後の技が、目の前でぶつかり合う。

手に残る衝撃と、飛び散る火花の向こうで、

「……さぁ、『次』だ」

残酷な笑みを浮かべたランドの顔が、はっきりと目に焼き付いて、

「あ……」

それは、努力だけではどうしようもない才能の壁。

ボクがどんなに剣を振っても、ボクがどんなに命がけで魔物と戦っても、決して至れなかった領域。

「――〈Vスラッシュ〉」

四つ目の武技。

努力では届かなかったその技が、努力を投げ捨てた男の手から、放たれた。

（いやだ！　こんな奴には、負けない！　負けたくない、のに……！）

ボクが必死に突き出した剣は、圧倒的な力の前に圧《お》し潰《つぶ》される。


――武技は、武技でしか受けられない。


それは不変の真理。

努力ではどうにもならない絶対の壁。

それでも流れ来る連撃のうち、かろうじて初撃だけは受け流して、そこがボクの限界だった。

「う、ぐ、あああっ!?」

武技はまだ、終わらない。

ボクの足掻《あが》きを嘲笑《あざわら》うかのように、ランドの持つ剣がクルリと反転して、

「手間かけさせやがって、『落ちこぼれ』が」

酷薄なランドの言葉が耳に届くと同時に、ボクに向かって振り上げられた、その時、

「――今すぐ彼女から離れろ」


響き渡った声に、誰もが振り返る。

そして同時に、驚愕《きょうがく》した。

「……アルマ、くん」

輝く金髪と同色の瞳を怒りに染めたアルマ・レオハルトが、そこには立っていた。

◇　◇　◇

誰もが予想していなかった、突然の乱入者に、ボクだけではなく、男たちの間にも動揺が広がる。

「ど、どうするんすか、ランドさん！　あの平民野郎ならともかく、貴族相手じゃ黙らせるって言っても……」

「バカ野郎が！」

狼狽《ろうばい》し、弱腰な態度を見せた上級生を、ランドは一喝した。

「ビビってんじゃねえぞ、アホが！　子爵家だろうが貴族の娘に手ぇ出した時点で、もうケツまくって逃げられる状況は通りすぎてんだよ！　全員ボコって弱み作って全員口止めする！　それ以外に解決策はねえ！」

一声で取り巻き共を黙らせると、ランドはアルマくんの方へ向き直る。

「テメエもバカだな新入生。すぐ帰ってればよかったものを、見られちまった以上、ただで帰すワケにはいかねえ」

必要ないと思ったのか、ランドは武器をしまうと、手の骨をボキボキと鳴らしながらアルマくんに近付いていくと、

「僕だって、このままセイリアさんを置いて帰る訳にはいかない」

アルマくんは無謀にも拳を握りしめ、戦いのポーズを取る。

「上等じゃねえか、ガキがぁ！」

それが、ランドの神経を逆なでした。

「ダ、メ……。に、げ……」

逃げてほしいと叫びたいのに、うまく声が出なかった。

そして、ボクが何も言えないでいる間に、事態は動き出す。

「テメエに恨みはねぇけどな。ちぃーっとばかり痛い目見てもらうぜ！」

ランドが獰猛《どうもう》な笑みを浮かべて走り出すと、アルマくんは迎え撃つように拳を振りかぶって、そして、

「――〈精霊衝《せいれいしょう》〉！」


高らかに、武技の名前を叫ぶ。

拳が光って、ランドに向かっていく、けど……。

（ダ、ダメ！　その技じゃ……）

〈精霊衝〉は拳における最初の武技。

消費する魔力が全武技の中で一番少なく、その割には低レベルな魔物を一撃で屠《ほふ》れるだけの威力を持つ。

子供の頃、十五歳以前に覚えたのなら、これ以上ないほどに有用な技だ。

（――でも、それじゃダメなんだ！）

〈精霊衝〉は弱い時にはそれだけ使っていればいいというほどに頼れるが、本人が強くなっていくにつれ

て役に立たなくなっていく、いわゆる罠技《わなわざ》。

だってあの技は、「技の威力に本人の強さが関係しない」のだ。

だから位階が十を超える頃くらいからどんどんと威力不足になって、二十を超える頃にはもう、最初の頼れる姿が見る影もないほどに弱い技になってしまう。

ましてや、ランドの位階は推定50。威力固定の〈精霊衝〉が効くはずがない。

けれど、現実は無情だった。


「――おっせえんだよ、雑魚《ざこ》が」


アルマくんの技は、ボクの懸念にすら、届かなかった。

「あ、がっ！」

〈精霊衝〉がランドに当たる前に、ランドの蹴りがアルマくんのおなかに突き刺さった。

（身体能力が、違いすぎる！）

普通であれば、武技は速度も威力も通常の攻撃とは段違いに強い。

それに武技の発動中は気力が鎧のごとく身体を覆っているため、生半可な抵抗で技が中断されることはない。

本来なら武技に対しては武技をぶつけるか、軌道を読み切って避ける以外に道はないのだ。

（でも、アルマくんは敏捷《びんしょう》が低すぎるんだ）

だから武技に対して、同時に繰り出したランドの蹴りが間に合ってしまった。

そして基礎能力が違いすぎるために、気力の鎧《スーパーアーマー》を超えてダメージが通ってしまったのだ。

(勝てるはず、ない……)

実力差は明確という以上に明確だった。

アルマくんの武技は、ランドの通常攻撃にすら届かない。

それなのに、アルマくんは切り札である武技すらもう使ってしまっているのだ。

(希望があるとしたら、魔法だけ)

でも、アルマくんに十分な魔力《MP》が残っているとしたら、初手で魔法を使わない手はない。

彼がもし、これまでの訓練などで魔力を使い切ってしまっているとしたら……。


(——アルマくんは絶対に、ランドには勝てない)


ボクの推測を裏付けるように、おなかを蹴られてバランスを崩していたアルマくんが、よろめくように立ち上がる。

魔法は……使わない。

それでも無謀にも拳を握り固め、ランドに対して拳を振りかぶって、

「だから当たるかよ、バァカ!」

それが実を結ぶ前に、ランドによって刈り取られる。

あとはもう、サンドバッグだった。

ランドのフェイントも技術も何もない、フィジカル任せのパンチは、面白いくらいにアルマくんに決

まって、その度にアルマくんの身体が揺れる。

かろうじて意識を残しているアルマくんが、ふらつきながら拳を握りしめて、

「――やっぱつまんねえよ、オマエ」


そこに、ランドの回し蹴りが突き刺さった。

(アルマくん!)

彼が吹き飛ばされていくのが、その身体が受け身も取れずに地面に転がるのが、スローモーションのようにはっきりと見えた。

「おねんねにははええぞ、クソ雑魚野郎」

ランドは、それでも満足しなかった。

残虐な笑みを浮かべて、倒れているアルマくん相手に歩み寄って、

「――やめて!」


やっと、声が出せた。

ボクが出した久しぶりの大声に、ランドも少しだけ驚いたように振り返る。

「も、もうやめて。ボクは、どうなってもいい、から。だから、その人は……」

恐怖に声が震える。でも、誰も助けようともしてくれなかったボクに、ただ一人、手を差し伸べようと

してくれた人を、これ以上放ってはおけなかった。

（……ありがとう、アルマくん）

アルマくんが、どうしてボクを助けてくれようとしたのか、本当のところは分からないし、もうそれを知る機会はないかもしれない。

だけど、その言葉は確かに、砕け散ったボクの心を動かした。

（——これからボクは、もう二度と日のあたる世界に戻ってこれないかもしれない。でも、ボクを助けてくれようとした人がいた。それだけで少し、救われた、から）

もちろん、そんなのはただの強がりで、つついたら破けるようなただのハリボテだ。

だけど、ランドの注意を引くことくらいは、出来たみたいだった。

「貴族お得意の自己犠牲かよ、面白くもねえ」

ランドはボクの言葉に、不機嫌そうにそうつぶやいたが、

「ま、いいさ。手応えなさすぎて冷めてきたとこだ。ちゃっちゃと『仕込み』済ませてお楽しみに……」

それでもアルマくんへの興味を失ったみたいに一つ息をついて、ボクの方に足を進めて、

「——なに、勝手に戻ろうとしてるんだ？」

だけどその時、ランドの背後から、声が聞こえた。

苦しさと嬉しさが、胸の中で交差して、暴れ出す。

驚くランドの肩越しに、ボクにも見えた。

「――勝負の途中で逃げるなよ、臆病者」

ボロボロのアルマくんが、それでも拳を握りしめて、立っていた。

◇◇◇

「臆病者、だと？　……オレが？」

不意に放たれたアルマくんの言葉に、ランドは

「テメエも、テメエまでオレを見下すのか！　雑魚のくせに！　出来損ないのくせに！」

「や、やめ――」

制止の言葉に、もはや意味はなかった。

ランドは顔を赤くしてアルマくんに駆け寄ると、猛烈なラッシュを浴びせかける。

「逃げたんじゃねえ！　必要なかっただけだ！　オレは剣の武技を入学前から五つ使えた！　天才なんだよ！」

もうアルマくんは反撃のそぶりすら見せられない。

ただただ、一方的に殴られて……。

「何が魔法伯だ！　何が魔法の才能だ！　そんなものなくたって、オレは……」

「もうやめて！」

必死に、声を張り上げる。

「……ぁ?」

そこでようやく、自分が地面にボロ切れのように転がるアルマくんに追撃をかけようとしていることに気付いたように、ランドは動きを止めた。

自分が興奮していたことを恥じるようにして、ばつが悪そうに踵《きびす》を返す。

「流石に、殺しちゃまずいな。おい、誰かこいつに回復……」

でもそこで、男たちの視線から、ランドも気付いた。

「……嘘《うそ》、だろ?」

驚きの表情を貼りつけたまま、振り返る。

先ほどまで倒れていたはずのアルマくんが、立ち上がろうとしていた。

「ありえ、ねえ」

見ていれば分かる。

試験で見せた防御力を考えても、ランドの攻撃を防げているはずはない。

ランドの攻撃は、確実にアルマくんに通っている。

きっと痛いはずだ。もちろん苦しいはずだ。

なのに……。

「テメエは、どうして立ち上がる?　どうして向かってこれる!」

その声は、挫折して、そして立ち上がれなかったランドという一人の人間の、魂の叫びのようにも聞こえた。

そして、その、返答のように、

「……こんな痛み、どうってことない」

ふらりふらりと、彼は立ち上がる。

明らかにボロボロで、それでもしっかりと二つの足で地面に立って、

「それよりもずっと、まもれないことの方が、つらいから」


少年は再び、ランドの前に立ちふさがった。

（もう、いい。もういい、のに……！）

これ以上、自分のために傷ついてほしくない。

そう思っているはずなのに、それを口に出来ない、口にしたくないと思っている自分もいた。

何度倒れても、強敵に抗《あらが》い続《つづ》ける。

ボクには出来なかったその姿に、ボクは尊さと、美しさを感じてしまう。

「……気に食わねえ気に食わねえ気に食わねえ!!」

けれどその姿は同時に、ランドの逆鱗《げきりん》に触れた。

「何回やっても無駄だってなんで分からねえ！　結果が分かってもがくことに、何の意味がある！　オレはテメエを、認めねえ!!」

ランドは怒りのままに、無警戒に、無造作に、アルマくんに近付く。

そして当然の権利のように彼を痛めつけようとして、

「……あ？」

瞬間、アルマくんの手が、光った。

（そう、か！）

武技は、一度使ったら連続使用出来ない。

でもそれは、武技がきちんと「成立した」場合のみ。

通常、武技が中断させられることなんてないから、意識から外れていた。

技が「成立した」とみなされるのは、技が何かに当たるか最後まで振り切るかした時！

途中で潰された場合には、技の待ち時間《リキャストタイム》は発生しない!!

「――〈精霊衝〉！」

完全に、虚を突くタイミング。

いかに速度差があったとしても、これからじゃ迎撃は間に合わない！

――当たる！

ボクが、そう確信した瞬間だった。

「――〈精霊衝〉」

無慈悲な声が、校舎裏に響く。

「……え？」

ランドの手が、光る。

アルマくんの右手とランドの左手が交差して、まるで追い抜くように振り抜かれたランドの右手が先に、アルマくんの胸を打つ。

「が……っ」

一瞬の光とくぐもった打撃音、それからアルマくんのうめき声。

それが、無慈悲な攻防の結末だった。


「――バァカ！　テメエに使えるもんが、オレに使えないとでも思ったのかよ！」


心にこもっていた熱が、冷えていく。

全てのタイミングが、完璧だった。

虚を突く工夫も、これまで〈精霊衝〉を安易に使わず伏せていた強さも、ランドの思惑を上回っていた。

――ただそれでも、決して越せない実力差が、二人の間に横たわっていた、というだけのこと。

崩れ落ちるアルマくんを、確かめもしない。

ランドは今度こそ笑顔を取り戻して、ボクに向き直った。

ニヤニヤとした笑みを浮かべてボクが捕まっている方に歩いて、そして、

「……なんだよ、その顔は」

ボクの、そして取り巻きの男たちの表情に、気付いた。

「んなはずねえ！　切り札も潰した！　あいつの心は折った！　だから……」

それはまるで、ホラー映画のワンシーンのように。

ひきつった顔のランドが、背後を振り向く。


「――まもるんだ、ぜったいに」


そこに、奇跡はあった。

小さな、けれど確固たる意志を持った声が、確かにボクの耳に届く。

「アルマ、くん……」

涙があふれて、止まらない。

何度も何度も地面に転がされて、痛い思いをたくさんして。

それでようやく摑《つか》んだ勝機も、切り札も、全部無駄だと教えられた。

なのに、それでも……。

アルマくんは立ち上がった。

立ち上がって、しまった。

ランドは、激昂《げきこう》する。

「もういい！　もう、テメエにはうんざりだ!!」

もはや、彼に最初の余裕はない。

怒りに任せて、けれど武技への警戒は手放さないままに素早くアルマくんに近付くと、襟首を摑んで宙に吊《つ》り上《あ》げる。

「こうなったらとことんやってやる！　もうテメエに、倒れさせる暇なんて与えねえ！」

ボクは「あっ」と息を漏らした。

あれじゃあ、避けることはもちろん、衝撃を後ろに逃がすことだって出来ない。

迫る暴力の気配に、ボクが思わず目をつぶりそうになった、その時、

「――つかまえた」


三日月の形に、アルマくんの口の端が吊り上がった。

「あ？　……え？」

呆然《ぼうぜん》と、ランドは自分の左手に視線を移す。

少年の襟首に向かって伸ばされたその腕には、捕まったのはお前だと知らしめるかのように、がっしりとアルマくんの左手が食い込んでいた。

「これなら絶対、避けらんないだろ」

気が付けば、まるで弓でも引くように、アルマくんの右手が後ろに振りかぶられていて……。

「さ、させねえ！」

けれどランドだって、今回は無警戒ではなかった。

かつて二回、武技を潰した時のように、技の発動を妨げようと右拳を繰り出していく。

（アルマくん!!）

拳の速度は、ランドの方が速い。

ボクは息も出来ずに、ただ、絶望的な未来を幻視して……。

けれど、

「か、ぜ……？」

目の錯覚、だろうか。

アルマくんの動きを後押しするように風が舞い込んで、その拳が加速。

速度は、逆転する。

そして、

「――〈精霊衝〉」


三度、その技は放たれた。

（キレイ……）

極度の集中が生む、引き伸ばされた思考の中で、ボクはその姿に見惚《みと》れた。

襟首を摑まれて宙に吊られ、どう考えても不十分な体勢から、あまりにも自然で滑らかな、お手本のような一撃が繰り出されていた。

（……ああ、そうか）

不意に、ボクが「答え」に行きついた時、世界の時間がようやく、思考に追いついて……。

「――あ?」

ついに少年の一撃が、ランドに届く。

――閃光と、爆音。

一瞬だけ、視界全てを塗り潰すような光と、鼓膜を破るほどの爆発音が、校舎裏を駆け抜けた。

「……なに、が?」

突然の光にくらんだ目を必死にこじ開けて、ボクはアルマくんの無事を確かめる。

でも……。

目の前に広がっていたのは、まるで想像を超えた光景だった。

「ラ、ランドさん?」

「あ、え? な、なんだ? なんだよ、これぇ!」

視界が回復した取り巻きの男たちが、次々に動揺した声を漏らす。

「嘘だ! 嘘だぁ!」

だけど、それも無理はないだろう。

「――あれが、〈精霊衝〉?」

拳に込めた魔力を接触と同時に解き放つだけの、簡単で、弱い技。

その、はずなのに……。

ランドに技を当てたその場所は、まるで爆発魔法の直撃でも受けたかのように地面がえぐれ……。

肝心のランドに至っては、爆心地から十メートルも離れた校舎の壁にめり込んで、気を失っていた。

「あ、はは、あはははは……」

あまりに非現実的な光景に、笑いがこぼれる。

（あぁ……。ボクは、なんて愚かだったんだろう）

〈精霊衝〉は確かに、本人の強さが技の威力に関係しない技だ。

でも、だからこそ、その「練度」が技の威力に直結する。

（嫉妬に目を曇らせて、きっとあいつは努力なんてしてないなんて、勝手に決めつけて）

彼はただ、「技を使い続ける」ことだけで、最弱の技を「必殺技」へと昇華させてしまった。

それには一体、どれだけの努力が、どれだけの執念が必要だったんだろう。


——武の極み。


不意にそんな言葉が胸に下りてきて、ボクはその熱を閉じ込めるように、ぎゅっと胸を押さえた。

（……あつい）

ボクを取り押さえていたはずの男たちは、自分たちのリーダーのありえない敗北に、ただただ狼狽して立ち尽くすばかり。

爆音を聞きつけたのか、遠くから教師たちが駆けつける声も聞こえる。

……なのに今はそれよりも、たった一人の男の子の姿から、目が離せなかった。

さっきまでの怯えも恐怖も、今はもうない。

なのになぜだか心臓が早鐘を打って、鼓動が痛い。

（――やっと、見つけた！　ボクの目指す道!!）

熱く、どこまでも熱く潤んでいくボクの視線の先で、ボクのヒーローはボロボロな姿のまま、右手を握りしめた。

そして、その拳を静かに持ち上げて、

「――これでイベントクリア、だ」

小さな小さな勝関《かちどき》を、上げたのだった。

✦　✦　✦

（……よし！　うまくイベント攻略出来たな！）

これまで色々と空回ってきたが、初めてうまく原作を守護《まも》れた気がする！

湧き上がる達成感に、僕が拳を握りしめて軽くガッツポーズを取っていると、

「――アルマの、バガァアアアアアアアアア!!」

ビタン、と音を立てるほどの勢いで、小さな妖精が僕の胸に飛び込んできた。

「逃げろって言っだのにぃ！　アルマ死んじゃうがど思っだあああ!!　うあああああああああん!!」

それは、瞳いっぱいに涙を溢《あふ》れさせたティータだった。

たぶんほかの人には見えなかっただろうが、ティータはこの戦闘の間中、僕の身を案じて色々と気をもんでいてくれたようだった。

「ご、ごめん。いや、派手にやられてたように見えてたかもしれないけど、見かけほどダメージはなかったから……」

流石に〈シルフィードダンス〉を使うのはちょっとズルい気がして、正統派攻略の道筋を探っている間に割とボコスカと殴られてしまったけれど、相手がやってきたのは武器もなしの通常攻撃ばっかりで、正直拍子抜けだった。

こっちはＨＰが残っていれば大した怪我なんてしないと分かっているし、ちょっと視線を上に向ければ自分のＨＰバーが見えるのだ。

そんなもん怖い訳がない。

（とは言ってもまあ、ＨＰが一割切ってるの見た時は、流石にちょっとビビったけどね！）

これを言ったらティータにますます心配されそうだから口には出せないが、いや、それでも問題なく相手を倒せたのだから、結果オーライと言えるはずだ。

ただ、そんな理屈は暴走した妖精様には全く通用しなかった。

「うぅぅ！　ばかばかばかばかばかばか!!」

「ご、ごめんって」

泣きながらポカポカと胸を叩《たた》くティータをあやしながら、僕は考えを巡らせる。

問題は、この戦闘の原作における位置づけだ。

（これ、明らかに段階踏んで簡単になってるし、たぶん連続イベントというか、模擬戦に負けた場合の救済戦闘だよなぁ）

「女の子に難癖つけられて模擬戦」と「ヤンキーに目をつけられた女の子を庇ってケンカ」では後者の方が難易度高そうに見えるが、実は攻略難易度で言うとさっきのケンカの方が格段に簡単だ。

模擬戦のあとでこっそり見てみたけれど、セイリアのレベルは84。

おまけに魔法を防ぐ鎧と強そうな剣を装備している上に、おそらく模擬戦中はガンガン技を使ってくる。

戦闘タイプが敏捷特化というのも格上の場合はやりにくく、レベルがこっちより50上の動きの速い剣士とか絶望しか感じない。

一方で、ランドとかいうこのヤンキー。

レベルは50しかないみたいで、おまけに防具もまともに装備してないばかりかなぜか開幕で武器を投げ捨て、素手での戦闘を仕掛けてくる謎ＡＩ。

かといって特に拳の熟練度が高い訳でもなく、技もアホみたいに熟練度が低い〈精霊衝〉を一度使ってきただけの完全舐《な》めプ仕様だった。

戦闘タイプもあからさまなパワー型で敏捷も防御も低く、「見た目強そうなのに隙がある」というやられ役の典型。

最後に〈シルフィードダンス〉を使ってしまったとはいえ、こっちの〈精霊衝〉にあっさりと当たってそのままワンパンＫＯされてしまったのがその証明と言えるだろう。

終わってみれば、製作スタッフのさりげない難易度調整が光る一戦だった。

（実際問題、コイツは大して強くなかったというか、ゲームだったらそれこそ開幕ファイアすれば一発で

勝てただろうし）

セイリアと違って魔法を防ぐ鎧なんて着けてないし、ゲームだったら避けにくくて威力もある〈ファイア〉をお見舞いして即ＫＯのルートが安定だったんだろうけど……。

〈ファイア〉なんて当てたら、絶対こんなもんじゃ済まなかったよね）

僕は壁にめり込んだランドを見て、ほっと胸を撫《な》でおろす。

ここはゲームではなく現実世界。

オーバーキルしても模擬戦とかなら普通にピンピンしてたりする不思議世界とは違うのだ。

上半身が消し飛んだ木人を思い起こすまでもなく、あんなものは学生同士のケンカに持ち出していい威力じゃない。

（……え、本当にまだ生きてるよね？）

急に不安になった僕は、ランドに駆け寄った。

もちろん僕に医学の心得とかはないが、僕には僕にしか出来ない体力の判別方法がある。

（あ、ＨＰミリ残ってるじゃん！　よかったぁ）

ランドの頭上に浮かんだＨＰバーは、彼の命に別状はないことを僕に雄弁に語ってくれた。

（――人助けも出来たし人死にも出なかった！　ヨシ！）

僕は壁にめり込んだままピクピクと痙攣《けいれん》するランドを見守って、うんうんと自画自賛をしたのだった。

◇◇◇

（……濃い、一日だったなぁ）

初イベをクリアして、なんとか寮の自室に帰り着いた僕は、そのままベッドに倒れ込んだ。

初授業からセイリアとの模擬戦、さらには放課後の訓練とヤンキーとのバトルと、今日もかなりハードな一日だった。

（明日はもっと平和になってくれるといいんだけどなぁ）

と思うけれど、別れ際のネリス教官の笑顔を思い出すと、それも望み薄だろう。

僕は小さくため息をついて、一足先に夢の世界の住人になっている相棒のティータに布団をかける。

（まったく、こいつも無茶するよなぁ）

ルナ焼きは残念ながらそこまで気に入らなかったようなので、食べるのをやめるかと聞いたのだけど、

「……でも、これアンタが好きなものなのよね」

と難しい顔で言ったあと、ハムスターみたいに少しずつ残りを食べ始めたのだ。

ただ、妖精サイズにはルナ焼き一個でもかなり大きかったらしく、完食と同時にノックダウン。

今はぽっこりと膨らんだお腹《なか》を抱えながら、「おのれルナ焼きおのれー」とベッドの上で呻《うめ》いている。

色々と心配になる状態ではあるものの、精霊にとって人間の食べ物は嗜好品《しこうひん》。

食べても特に栄養にはならないが毒にもならないらしく、時間をかけて適当に魔力に分解されるというからおそらくは心配ないだろう。

さて、僕も寝ようかと明かりを消そうとした時だった。

――コンコン、コンコン。

ドアから、控えめなノックの音が響いた。

「……誰だろ」

まだ寮に知り合いはいないはずだけど、もしかして今日の事件のことで兄さんが訪ねてきたんだろうか。

「はーい！」

僕は特に警戒することなくドアを開けて、

「……え？」

そこに見えた人影に、絶句した。

玄関に立っていたのは、見覚えのない少年。

いや……。


「――き、来ちゃった」

少年の格好をした、セイリア・レッドハウトだった。

◇
◇
◇

「きゅ、急に押しかけちゃって、ごめんね。でも、どうしてもお礼を言いたかったから」

「え、いや……え？」

男子寮に男装して忍び込むのって、急に押しかけたうちに入るんだろうか。

混乱する頭の中で、とにかくこんな場面を見られるのはまずいということに今さらながらに思い至って、僕は彼女を部屋に誘った。

「あー、とりあえず中に入る？　ほら、玄関先で話すのもアレだし」

こんなとこ、見回りの人にでも見られたら一発アウトだろう。

そう思って言った言葉だったのだけど、それを聞いた途端、セイリアは顔を真っ赤にして手を振った。

「ダ、ダメだよ！　そ、そんな、男の子の部屋に、二人っきりなんて……」

「あ、うん。そう……？」

そんな大胆なこととても出来ない、と焦ったような仕種《しぐさ》で両手をパタパタと振る、男子寮への単独潜入の現行犯。

僕の頭の方がおかしくなってしまいそうだった。

「と、とにかく、さ！　……助けてくれて、ありがとう！　本当の本当に、嬉しかった！」

そう言って、彼女は大きく頭を下げた。

裏表のない、彼女らしいすっぱりとした感謝の言葉。

——そんな彼女が、もしかすると夕方の僕の行動次第でこの学園から「退場」してしまったのかもしれない。

そんなことを思うと、単にイベントをクリアした、という以上の達成感が湧いてくる。

だからこそ、僕の口からも素直な気持ちがこぼれ出た。

「どういたしまして。僕も、助けられてよかったよ」

僕の言葉を聞くと、セイリアは見て分かるほどにぱあっと表情を輝かせて顔をあげ、それからもう一度、今度はさっきよりも深く頭を下げた。

「そ、それと、昼間はごめん！　ボクの勝手な思い込みで、ひどいことを言っちゃって……」

「あ、ああ……」

すごく深刻そうに謝られてしまったが、こっちとしては正直、「そういえばそんなこともあったなぁ」程度の思いだった。

比べるのもどうかと思うが、正直校舎裏で女の子をボッコボコにしようとしたやべー奴らを見たあとだと、セイリアがやったことなんて微笑《ほほえ》ましく思えてくるくらいだ。

「大丈夫。ちょっとびっくりはしたけど、気にしてないよ」

僕が言うと、セイリアはちょっと不安そうに僕の顔を見ていたが、嘘じゃないようだと分かると、ほっと胸を撫でおろした。

それから今さらながらに男子寮に入り込んでいる自分のやばさを自覚したのだろう。

きょろきょろと廊下を見回して、人影がないのを確認してから、僕に向き直った。

「ボクの用事は、これだけ！　こ、こんな夜中にごめんね」

「あ、うん」

本当に、感謝の言葉を伝えたかっただけらしい。

そのためだけに男子寮に忍び込むのは大胆というか、せっかちというか。

でもまあ、非常にギャルゲらしいイベントであるとは言える。

イベントがうまく進んでいるという充足感と、今さらに感じてきた非日常感に、僕もなんだか楽しくなって、立ち去ろうとする彼女に「気を付けてね」とささやいて、一緒に笑い合う。

「……あ」

ただそこで、不意に何かを思い出したかのように、セイリアは突然立ち止まった。

「ま、待って！　もう一つだけ、お礼、残ってたかも」

「お礼？」

ヤンキーから助けた以外に、何かしただろうか？

僕が首をひねっていると、少し顔を赤くしたセイリアは僕に近付いて、声を潜めて廊下の一方を指さした。

「えっと、人が来たら大変だから、ちょっとあっちの方、見張っててくれる？」

「ん？　ああ、うん」

言われて、僕は素直に指さされた方に視線を向けて、

（……あれ？　でもこっちに階段ないよね）

すぐに思い直して、正面に顔を戻した。

その瞬間、

「――――！？！？！？！？！？」

唇の端にぶつかってきたやわらかい感触に、頭が真っ白になる。

「っ!?」

僕の正面には、僕と同じか、それ以上に驚いた様子のセイリアの顔があって、

「あ、わ、ぁ。ち、ちが、ちがくてぇ……」

自分の唇を押さえ、湯気が出そうなほどに真っ赤な彼女の様子を見て、僕は察してしまった。

……これは、アレだ。

ヒロインが主人公の隙を突いてほっぺにキスをして、動揺する主人公に「これがお礼だよ！」みたいなことを言ってドヤ顔で去っていくタイプのイベント！

そんなマセガキチャレンジに見事に失敗したセイリアは、赤い顔をますます真っ赤にさせると、

「あ、う、あ、ぅあああ……ご、ごめんなさぁあああああい！」

恥ずかしさに耐えきれずに、そのまま逃げ去ってしまった。

（ああ、そっかぁ）

廊下の角で転びながら帰っていくセイリアを見ながら、僕は転生ルールを思い出していた。

・基本的にはゲームのシナリオの通りのことが起きますが、あなたがゲームと違う行動を取れば歴史が変わる可能性があります

（あれって、ほんとだったんだなぁ）

僕は現実逃避気味にそんなことを思いながら、セイリアの今後のご健勝を祈りつつそっとドアを閉めたのだった。

第04章

眠り姫

新しい朝。

僕は今日こそ平和で原作通りな一日を過ごすんだと意気込んで寮の部屋を出たんだけど、

「んん？」

なんとなく、今日は辺りが騒がしいように思う。

いや、騒がしいというか、ちょっと落ち着かないというか、うまく言えないけど、なんだか妙な感じ。

「なぁんか嫌なかんじねー！」

ティータもその辺りは感じ取っているようだ。

いつもよりも心持ち速い速度で羽をパタパタさせている。

ちょっと意識して耳を凝らしてみると、

「ライコウ……」

「初日に……」

「やっぱり血筋……」

切れ切れだけれど、「ライコウ？」とかいうのが話題になっているらしい。

（強キャラ登場イベントかなぁ）

同年代にいる「ファイブスターズ」を除けば、僕はこの学園の有名人について何も知らない。

上級生キャラが出てくるとしたら、この辺りで存在感を示してくるのもゲーム的にはありそうな話だ。

とはいえ、それに囚《とら》われすぎるのもよくないだろう。

僕は普段通りに登校して、Ａクラスの教室に入る。

「え？」

僕がドアを開けた瞬間に、教室にいたクラスメイトたちが一瞬こちらを見た……気がした。

ただし、それは本当に一瞬。

すぐに元通りになった教室に僕は首を傾《かし》げながら自分の席に向かって歩いて、

「──あー！　来た来た！　雷光《らいこう》のレオハルト様ー！　こっちだよー！」

まるで答え合わせみたいな台詞《せりふ》を吐きながら僕の隣の席から笑顔で手を振るトリシャの姿に、顔をひきつらせたのだった。

◇　◇　◇

「それで、その〈雷光のレオハルト〉っていうのは……」

「もちろんレオっちの、あ、いや、雷光のレオハルトっちの二つ名だよ」

「呼び直さなくていいから」

あっけらかんと言い出すトリシャに、僕は額を押さえた。

「ら、雷光！　ぷ、ぷぷっ！　かっこいいじゃない、ぷふっ！」

隣を飛んでいたティータが口を押さえながら笑っている。

僕は頭が痛くなりそうだった。

「一体なんでそんなあだ名が……」

僕が呆然《ぼうぜん》とそうつぶやくと、トリシャはピンと指を立てた。

「ほら、昨日の模擬戦あったじゃん？」

「模擬戦？」

セイリアと戦った時のアレだろうか？

でもあれは一瞬で負けたから、そんなに注目されるような試合じゃ……。

「レオっちはぴゅーんって飛んでって一瞬で負けたでしょ。それが色んな意味で雷みたいに速かったたってことで、誰かが言い出したんじゃなかったかなー」

「うあぁ……」

口から、変な声が漏れる。

まさかあのやらかしが、回りまわってこんな事態を招くなんて。

「それとー」

まだあるのか、と僕がうんざりした気持ちでトリシャを見ると、

「もちろんそれだけで二つ名なんかつかないよ。それよりも本題は、レオっちが入学初日にいきなり上級

生と戦って勝っちゃったことだね。それも、素行の悪かったスイーツ家の長男相手でしょ？　悪を正すレオハルト家の気質を入学初日にはもう示したってことで、その速さを称《たた》えて雷光のレオハルトって二つ名を……」

「ちょ、ちょっと待って！」

流れるような長広舌を、僕は慌てて止めた。

レオハルト家が悪を正すだのなんだのも気になるけれど、それよりも……。

「昨日の僕が上級生ともめたこと、もうそんなに広まってるの？　まだ一晩しか経《た》ってないんだけど!?」

「そりゃ寮生活だしねぇ。ここの噂《うわさ》の広がる速度、甘く見ちゃダメだよ」

あっさりと言うトリシャに、僕は口から魂が出そうになった。

（……い、いや。でもこれは、まだ原作通りなはず）

思ったより大事になっているが、既定路線。

ここからさらにイベントに派生することもありえるだろうし、知名度はあった方がいい……はず。

そんな僕の内心を読み取った訳ではないだろうが、早速とばかりにトリシャが提案をしてきた。

「そうだ！　もしよかったら、お昼は一緒に食べない？　へへへへ、噂の雷光様に、ちょっと頼みたいこともあったりして……」

「僕に？　……まあ、聞くだけならいいけど」

トリシャには、模擬戦の時にお世話になった。

相当無茶な頼みでもない限り、少しばかり力になるのもやぶさかじゃない。

「あ、それと、向こうのあの子も一緒でいい？　その、平民の子なんだけど……」

そう水を向けられた僕の反対側の隣の子、確かレミナとかいう女の子は、トリシャに水を向けられてビクッと肩を跳ねさせた。

……これ、ちゃんと本人に話通ってるんだろうか？

「本人がいいなら、僕は全然問題ないけど」

そう返すと、トリシャはちょっと安心したように笑って、

「――じゃあお昼になったら空き教室に来てね！　待ってるから！」

……え、食堂で食べるんじゃないの？

◇　◇　◇

（……視線を感じる）

最初は例の二つ名のせいで見られているのかなと思ったけど、前の方の席からもっともっと強烈な意志を感じるのだ。

というか、まあ犯人は分かってるんだけど……。

ちら、と僕は斜め前に視線を送る。

するとそこには教科書を覗《のぞ》き込《こ》むフリをしてこっちを見ていたセイリアの姿があって、

「あ、あわわわわ！」

僕と視線が合ったことに気付くと、彼女は顔を赤くして大慌てて前に向き直った。

（……え、これ大丈夫？）

なんだか異様な好感度の高まりを感じるんだけど、平気だろうか。

僕もギャルゲマスターって訳じゃないけど、こういうのって普通、もう少し緩やかに変わるもんじゃないの？

予想では、「助けてくれたのにには感謝するけど、ボクはまだお前を認めた訳じゃないからな！」くらいの距離感になると思ってたんだけど、なんだかちょっと調子が狂う。

（原作壊れてない、よね？　これが既定路線だよね？）

そんな謎の不安に苛《さいな》まれながら座学の時間を過ごし、セイリアと一進一退の攻防を繰り返して、ようやく昼休み。

「ちょっと準備があるから、レミナと一緒に少しだけあとで来てね」

トリシャは僕に耳打ちをすると、僕とレミナさんを置いて素早く教室を出て行ってしまった。

（僕に頼み事、かぁ）

何が起こるかは全く分からない。

けど、イベントの気配だけは濃厚に感じる。

（絶対原作守護《まも》るマンとしては外せないところではあるけど……）

正直僕に出来ることなんて思いつかない。

もしかすると、またヤンキーに絡まれて困ってるとかだろうか。

いやでも、この学校、そんなに問題児ばっかりって訳でもないだろうし……。

（まあ、聞いちゃった方が早いか）

僕は頃合いを見計らって、左側。

トリシャとは逆側の隣の席に視線をやった。

僕の視線を感じ取った「彼女」は、あからさまにビクッと肩を震わせた。


――〈レミナ・フォールランド〉。


奇《く》しくもゲームタイトルと同じ名字をした、僕のクラスメイトだ。

ただ、この世界では名字がついているから貴族という訳でもないし、この「フォールランド」という名前も別に特別なものではないというか、日本で言うと佐藤や田中レベルにはありふれた名字なんだとか。

なんでも「フォールランド」というのは僕らがいる大陸の古い呼び方で、元の名字が分からない孤児院出身の子供などによく付けられるらしい。

「だから、名字のフォールランドではなく、名前の方で呼んでほしい」というのはレミナさん……の隣で話をしていたトリシャの言葉だ。

まだ怖がられているのか、この子はほんとに自分からはあまりしゃべってくれないのだ。

（でもまあ、この見た目だからね）

小柄で小動物系の彼女は、ボサボサの前髪で目を隠したいわゆるメカクレ系。

キャラデザ的にはいかにも人見知りに見える。

とはいえ、ここにはトリシャはいない。

いい加減移動しなきゃまずいだろうと思って、自分から声をかけた。

「それじゃあそろそろ行こうか、レミナさん」

出来る限り優しく語りかけたはずなのに、彼女はもう一度肩をビクッとさせた。

……もしかすると、実はこれが彼女の返答だったりするんだろうか。

そんな可能性を本気で検討していると、何度かためらった様子を見せたあと、レミナさんが口を開いた。


「――あ、あの！　わたし、平民なんです！」


拳を白くなるほどに握って、気合を入れてそう訴えかけてくるレミナさん。

前髪に隠れて表情は見えないけれど、緊張は伝わってくる。

「うん。トリシャもそう言ってたね」

だから僕も軽い相槌《あいづち》で、せめてレミナさんが話をしやすいように先を促した。

つもりだった、んだけど。


（…………？）


いつまで経っても続きが話されないばかりか、僕が不思議に思ってレミナさんの方を見ていると、なぜか目に見えて焦り始めた。

よく分からないが、どうやら話はここで終わりのようだった。

「と、とにかく行こうか。トリシャが待ってるから、ね」

なんとなく微妙になってしまった空気をごまかすように、僕は立ち上がって促した。

そんな僕を、レミナさんははっきりとは見えない前髪の奥からぽーっと見つめていたが、やがてコクン、とうなずいてくれたのだった。

◇　◇　◇

レミナさんと連れ立って、トリシャに教えられた教室に向かう。

「えっと、こっちでいいのかな？」

ただその間、二人の間に当然ながら会話はなく、「並んで歩いて」と形容するには二人の距離は遠すぎた。

まるで心の距離を表すみたいにレミナさんは常に僕から数十センチの距離を取っていて、ただ、向こうから別な人が来たりすると、慌てて僕の後ろに隠れるように動くのがちょっと面白い。

……まあ、人が通り過ぎるとまた僕からも距離を取るんだけど。

レミナさんが五回ほど僕の後ろと廊下の端をシャトルランし終えた辺りで、僕らはようやく目的の場所に辿《たど》り着《つ》いた。

「……ここ、だよね」

その教室は入口の窓にカーテンがかけられていて、中からは人の気配を感じない。

先生に許可を取って、空き教室を借りてるって話だったけど……。

「入るよ？」

一言断ってからドアを開けると、中に足を踏み入れる。

「あれ？」

薄暗い、ガランとした教室。

真ん中には上品なテーブルとイスと、妙な魔道具が置かれている。

ただ、そこに人影は見えない。

「トリシャ？　もしかして、まだ来てな……」

僕が無人の教室に向かってそう呼びかけた、その時だった。

――ガチャリ。


背後で妙に大きな音を立てて、ドアの鍵が閉められる。

後ろを振り返ると、そこにはいつも通りの笑みを貼りつけた、トリシャの顔。

「レミナ、どう？」

トリシャの声に横を見れば、僕の隣にいたはずのレミナさんが消えていた。

彼女はいつのまにか部屋の中央、テーブルの近くまで移動していて、そこで妙な魔道具を操作していた。

魔道具から手を放さないままで、レミナさんはトリシャに向かってコクコクと何度もうなずく。

突然の状況の変化に、じっとりと汗がにじむ。

（……これ、もしかしてまずいんじゃ？）

今さらながらに、危機感が膨れ上がってくる。

施錠された出入り口に、謎の魔道具。

おまけにクラスメイトとはいえ、レベル的には格上の二人に、前後を挟まれている。

意識してしまえば、これ以上ないほどと言っていいくらいに典型的なピンチの構図だ。

「それで、用事は？」

固い声で言いながら、僕はトリシャをにらむように視線を送る。

するとトリシャは今まで浮かべていた笑みをふっと消すと、これまでの明るさが嘘《うそ》のような能面になる。

それから彼女は一切の表情を見せないまま、一歩、僕に近付いて、

「試すような真似《まね》をして申し訳ありません。これまでの無礼を謝罪いたします」

「……へ？」

今までの態度では考えられないような、綺麗《きれい》な貴族の礼をした。

それから彼女は顔を上げると、

「――アルマ・レオハルト様。どうか、私たちの盟主になっていただけませんか？」

見たことないほどに真剣な顔で、僕にそんなことを訴えてきたのだった。

◇
◇
◇

「――盟主？」

突然すごいことを言いだしたトリシャに、問い返す。

「はい。これまで、私たちは……」

「あ、ちょっと待って」

勢い込んで話し出そうとしたトリシャを、僕は手で制した。

「とりあえず、話し方はいつも通りでいいよ。こっちまで肩凝っちゃうし」

トリシャが丁寧な口調で話していると、どうにも調子が狂う。

実際どっちが素なのかは僕には分からないけど、頼み事をされてるんだからこのくらいのワガママを言ってもいいはずだ。

トリシャはしばらく、何を言われたか分からないというように、ぽかんとしていたが、すぐにその顔がくしゃっと崩れて、

「やー！　助かる助かる！　わたしもすーっかりこっちの方が板についちゃってさ！」

秒でいつもの馴《な》れ馴《な》れしさを取り戻すと、無礼講とばかりに僕の肩をバンバンと叩《たた》いた。

「……き、切り替え早いね」

このスイッチの入り具合にはちょっと引いてしまうが、まあこの方が話しやすいのは確かだ。

そしてこのしゃべりを解禁したことで彼女の中でもモードが切り替わったのか、会話の中身もグッと砕けてきた。

「じゃ、こっちも建前とか抜きにしてぶっちゃけトークで行こーかなー。あのね、『盟主』なんて大げさに言っちゃったけどさ。よーするに、わたしたち二人の後ろ盾になってほしいんだよね」

「後ろ盾？　でも……」

レミナさんはともかく、トリシャの家も貴族だったはずだ。

「そりゃ、うちも伯爵家だけどさぁ。直接戦闘じゃなくて偵察とかで名を上げたから、〈斥候伯〉って呼ばれててね。あんまり貴族社会での評価は高くないんだよー、これがさぁー」

ぐてーっとばかりにうなだれるトリシャ。

深刻そうに話しているのに、なんだか楽しそうにも見える。

「だから、いざという時にレミナを庇《かば》ってくれるつよーい大貴族の人を探そうと思ったんだけどさー。これが難しくて」

「うちのクラスには〈ファイブスターズ〉がいるのに？」

「やー。そこクラスになると色々と人間関係固まっちゃっててさー。つけ入る隙がないっていうか……」

言いながら、トリシャはいじいじと髪を触りながら、唇を尖《とが》らせた。

「まあ、初対面でそんな態度取られたらな……」

僕も最初はかなり呆気《あっけ》に取られたし、なんて思っていると、トリシャは焦ったように詰め寄ってきた。

「ち、違うって！　これ百パーセント素って訳じゃないから！　むしろ選別用の演技っていうか、頑張って馴れ馴れしくしてて……」

トリシャの必死さはともかく、ちょっとだけ話が見えてきた。

「んー。つまり、平民相手にも偏見がなさそうなのをあぶり出すために、わざと馴れ馴れしいキャラでほかの人を騙《だま》してたってこと？」

「は、はっきり言うね、レオっちは。まあでも、概《おおむ》ねその通りかな」

レミナ相手だと前からこんな感じだったし、今ではこっちのが楽でいいけどねー、と楽しそうに補足してから、続ける。

「うちの学園は実力主義を謳《うた》ってるし、実際身分が低いからどうこうって奴《やつ》はあんまいないんだけどね。それでもやっぱり平民となると下に見る人は多いし、いざという時の抑止力がないんだよ。……『こいつ平民か、じゃあ多少何かあっても問題にはならないな』みたいな?」

そう言われて真っ先に思い浮かんだのはランドの顔。

平民の生徒をいじめているところをセイリアが庇ったのが事態の始まりだったらしいが、もしセイリアが見つけなければ、そもそも問題にもならなかっただろう。

なんというか、「よっしゃ平民だいじめてやろ!」となるほど差別意識が強い人は少数派としても、「あ、平民がいじめられてる! けど平民だからいっか!」となる奴はそこそこいる。

そのくらいの温度感だとするなら、理解は出来た。

「別に四六時中護衛しろとか、養ってほしいとか、そういうことは言わないよ。学校行事の時に同じチームを組むとか、なんだったら昼休みを一緒に過ごすとか、その程度でもいいんだ。ただ、『あ、こいつに手を出したら、きっと〈雷光のレオハルト〉が黙ってないだろうな』って周りに思わせられたら、それで」

「……話は分かったけど、〈雷光のレオハルト〉はやめろ」

えーかっこいいのにー、と唇を尖らせながらも、トリシャの瞳は存外に真剣だった。

「まあ、なんとなく理解は出来たよ。『盟主』なんて言うとアレだけど、要するに二人と友達になればいいってことだろ」

「お、おう。そういう理解か」

僕の言葉に、トリシャは妙な反応を示したものの、

「うん、でもまあ、それもいいね！　うん、そっちの方がいい！」

すぐに自分で納得したように何度もうなずいた。

ただ、僕にはまだ、どうしても納得出来ていないことがあった。


「――なんでそこまで、貴族を警戒してるんだ？」

転ばぬ先の杖《つえ》、というには、どうにも危機感が強すぎるように思える。

「それは……」

トリシャは言いよどむが、僕はここで追求の手を緩めるつもりはなかった。

……だって、ゲームとかでこういうの後回しにしておくと、大体が問題が起こってヒロインが失踪するなりなんなりしたあとで、「クソ！　○○の様子がおかしいのは分かってたのに！　あの時、僕がもっとしっかり事情を聞いていれば……」ってなるんだよ！

間違いない、僕は詳しいんだ！

僕が引き下がらないと分かったのか、トリシャはレミナさんの隣まで歩み寄ると、ぽつぽつと話し始めた。


「――この子、レミナには、すっごい魔法の才能があるんだ」

そう語りながらレミナさんを見るトリシャの目は優しげで、また、トリシャを見るレミナさんの視線にも、深い信頼が見て取れた。

「この子は、わたしが領内の孤児院を視察しに行った時に会った子でね。すごい才能があるって一目見た時に分かって、だからお父様に無理を言って引き取ってもらったんだけど、なんか、すぐに意気投合しちゃってね。たぶん、わたしがふつーの貴族みたいに偉ぶった奴にならずに済んだのは、レミナのおかげなんだよねー」

そう言って、トリシャはレミナさんの髪を優しく撫《な》でる。

「わたしは背伸びしてなんとかAクラスに滑り込めた程度の実力だけどさ。この子の力はそんなもんじゃない。場合によっては〈ファイブスター〉に迫る、もしかすると匹敵するほどの可能性を秘めてるって、わたしは思ってる」

そう語るトリシャの瞳には、雛鳥《ひなどり》を守る親鳥のような、強い決意の色があった。

「だけど、強すぎる光は闇を生む。レミナの魔法の才能が花開いた時に何が起きるかは分からないし、そうなった時にわたしの力じゃどうやっても対抗出来ないんだ」

「なる、ほど……」

確かに、もし本当に〈ファイブスター〉に匹敵するくらいの力をただの平民が持っていたら、それは色々と問題が起きそうだ。

平民のくせにと怒る上位貴族がいるかもしれないし、逆に平民だったら取り込んでやれと無理に陣営に引き込もうとする奴もいるかもしれない。

そして、どんなに力があってもレミナさんの性格と押しの弱さでは、正直うまく立ち回れる予感は微塵《みじん》も覚えなかった。

「ええと、目立つのがまずいんだったら、力を抑えるとかは？」

念のために聞いてみると、トリシャはジト目でこちらを見返してきた。

「生徒の大半が貴族の実力主義の学校で、実力も家柄もない平民なんてネギ巻いたカモみたいなもんだよ。一瞬で骨までしゃぶられちゃうって」

「お、おう……」

やっぱりこの学園サツバツすぎない？

製作陣はなんでここで恋愛やらせようと思ったの？

なんて疑問はともかく、トリシャは険しい顔で話を続ける。

「だからわたしは入学前から色々動いて後ろ盾になってくれそうな人を探してたんだけど、どうしてもしっくり来る人がいなくて。で、入学したら、あのレオハルト家の次男と隣の席でしょ？　レオっちの話は、入学するまでびっくりするくらい全然こっちに入ってこなかったからさ。不安もあったんだけど、思い切って近付くことにしたんだ」

トリシャの視線がこちらを向いて、僕と目が合ったところで、彼女はにっかりと笑う。

「ま、それがまさか、ここまで大当たりだなんて思わなかったけどね！」

そう言って、トリシャは照れ隠しのようにバンバンとレミナさんの肩を叩いた。

いや、レミナさん目を回してるからやめてあげて？

「あ、もちろんもちろん、レオっちにもちゃんとメリットはあるよ！」

「メリット？」

僕のドン引き顔を見て乗り気じゃないと判断したのか、慌ててトリシャが言葉を継ぐ。

「可愛《かわい》い可愛いレミナちゃんと一緒に過ごせちゃう！　……のはまあ半分冗談として」

「おい」

半分は冗談じゃない辺りに、トリシャのレミナさんへの溺愛っぷりが垣間見《かいまみ》える。

「わたしは情報収集は得意なんだ。ほら、レオっちもそれは知ってるでしょ？」

「そりゃ、まあね」

僕もセイリアとの模擬戦前のことを忘れるほど、恩知らずじゃない。

「レオっちが望むなら、ほかのクラスメイトとか学生のことなら調べられるし、それに……」

そこでトリシャはにやぁっと意地の悪い笑みを浮かべ、レミナさんに聞こえないくらいに声量を落として、

「――レオっちのことを好きな女の子がいたりしたら、こっそり教えちゃうかもね」

口にされたその言葉に、僕はまるで雷に打たれたかのような衝撃を受けた。

もちろん、女の子の情報もらえるのかーやったー、みたいなことじゃない。

そうではなく、彼女の言葉でとんでもないことに気付いたのだ。

（そうか。そう、だったのか……）

その気付きは電流のように全身を駆け巡り、そのあまりの衝撃に、僕は思わず拳を握りしめた。

「レ、レオっち？」

突然の僕の異変に心配そうな顔をするトリシャ。

彼女が「そう」だとしたら、入学直後のこんな時期に、突発的にこんなイベントが起こった理由も全て説明がつく。

……そう。

トリシャはゲームのヒロインでもなければライバルでもなく、ましてやモブでもない。

けれど、ギャルゲの主人公にとっては、絶対に欠かせない人材。

——攻略中の女の子の好感度を教えてくれる、情報通の親友キャラだ!!

◇ ◇ ◇

——トリシャは、ギャルゲで好感度を教えてくれる親友ポジのキャラクターかもしれない。

そう分かった以上、もう迷う要素はなかった。

正直、この提案を飲むことで事態がどう転がっていくかは分からない。

ただ少なくとも、原作の流れを汲《く》もうとするならここで断るという選択肢はなかった。

「——二人がよければ、その提案、受けさせてもらうよ」

　僕がそう口にすると、レミナさんはテーブルの傍《そば》でピョンと飛び上がって喜び、トリシャは反対にくたくたっとその場にへたりこんだ。

「よかったぁ……。えへへ、レミナもレオっちのことはすごく気に入ってたみたいだからね。これでうまくいかなかったらどうしようかと」

「レミナさんが？」

　ちらりとレミナさんの方を見ると、慌てて僕の視線から逃げるようにテーブルの陰に隠れた。

　いや、気に入られたというのを真に受けてた訳じゃないけど、そこまで露骨だとちょっとだけ傷つく。

「やっぱり完全に怖がられてるし、そもそもこの部屋に入ってから、レミナさんは一言も話してなかったと思うんだけど？」

　僕が問い詰めるようにそう言うと、トリシャはチッチと指を振った。

「いやいや、ちゃーんと聞いたってば。ほら、二人が部屋に入ってすぐに、わたしが『どう？』って尋ねたでしょ？　あれが、計画をどうするかの最終確認だったんだよ！」

　……そういえば、閉じ込められたことに気が行ってあまり意識していなかったが、トリシャが何か尋ねて、レミナさんが何度もうなずいた場面があったような気がする。

「やっぱ一番大事なのは、レミナがうまくやってけるかだからねー。わざと二人っきりで部屋まで来てもらって、最終判断はレミナに委ねたんだ！」

「じゃあ、準備があるからって言って、トリシャだけ先に来たのは……」

「もちろん！　レミナと二人だけになった時に、レオっちが急に態度を変えたりしないか見るためだよ！」

あっさりと言ってのけるトリシャ。

これは軽薄な態度に騙されると痛い目を見そうだ。

「そういえば、あのテーブルの上の魔道具って……」

僕がレミナさんの近くにある装置を指さすと、トリシャはあっさりと答えた。

「ああ、防音の魔道具だよ。内緒の話をする時は絶対に起動しておくようにしてるんだ」

「……そりゃ、準備のいいことで」

目を凝らすと、《音の帳《とばり》（その他）：近くの空間から音が漏れないようにする魔道具》という文言が浮かび上がる。

確かに嘘は言っていないようだ。

実はその下に別の魔道具が仕掛けてあって……とかトリシャならやりかねない気もするが、まあ疑いすぎもよくないだろう。

「……っと、そうだった！」

そこで、トリシャが大げさな仕種《しぐさ》でパンと手を叩いた。

「魔道具で思い出したよ！　協力料の前払い、じゃないけどさ。早速レオっちの役に立ちそうなアイテムを持ってきたんだ！」

言いながら、トリシャは懐から指輪を入れるような小さな箱を取り出すと、それを慎重に開いた。

中に入っていたのは、

「──コンタクトレンズ？」

どこか見覚えのあるデザインの、透明なレンズ。

「え、と、コンタクトレンズってのは分からないけど、レンズではあるのかな。これ、目にはめて使うアイテムなんだよ」

完全にコンタクトレンズだった。

中世魔法世界に気軽にオーパーツを持ち込まないでほしい。

【ディテクトアイ（装飾品）：相手の素性を見抜くために作られた魔道具。探偵のごとき洞察力を装備者に与える】

説明文だけではははっきりと効果は分からないが、先ほどの防音の魔道具と違って端に図鑑マークがついているところを見ると、これは原作にも存在したアイテムのようだ。

「ね、早速つけてみてよ！」

「ああ、うん」

促されて、こわごわと右目にレンズを近付ける。

すると、一定距離まで近付いたところでレンズが光を放ったと思ったら、レンズの方から目に飛び込んでくる。

「え？　え？」

混乱するが、目に痛みはないし、つけている感触もない。

どうやら本当に、オーパーツだったらしい。

「うまくつけられた？　じゃあ、今度はわたしを見てみて！」

ただ、僕が本当に驚いたのは、それからだった。

「お、おお!?」

トリシャの姿を視界に収めた瞬間に、思わず感嘆の声が漏れた。

ＬＶ　57　トリシアーデ・シーカー

ＨＰＭＰバーの下に、レベルと名前が出現したのだ。

（これ、〈探偵モノクル〉の上位互換アイテムか！）

モノクルがレベルだけしか表示に追加されないのに対して、こちらはレベルと名前が追加されるらしい。

流石《さすが》にルーペほどに詳細なステータスは出てこないが、何度も使える装飾品でこれなら十分にすごい。

「余所《よそ》の国から流れてきたアイテムで、〈ディテクトアイ〉って言うんだって。ずっとモノクルを使ってるの見てたし、貴族社会だとやっぱり名前を覚えるのが重要だからね。これはきっとレオっちの役に立つと思うんだ」

そう言って、屈託なく笑うトリシャ。

相手の名前が分かるのもそうだが、モノクルと違ってレベルを覗いていることが分かりにくいのも嬉《うれ》しいところだ。

これは正直、ありがたい。

「ああ。これは役に……」

そう言いかけて、僕は視界の端に映ったものを見て、一瞬だけ固まった。

「レオっち？」

「……いや、本当にこれは、すごいアイテムかもしれないぞ」

僕は震えを抑えて、かろうじてそう言った。

このレンズが映すものは、名前とレベルだけじゃなかった。


（この、マークは……）


間違いない。

アイテムの情報を見た時と完全に同じ。

トリシャの表示の一番端に出てきた、「閉じた本」を示すアイコン。

これは、「図鑑に登録可能なもの」にだけ出現するもの。

その証拠に……。

（思った通りだ!!）

僕が視線を横、テーブルの陰からこちらを興味津々で見ているレミナさんに移すと、

LV 32 レミナ・フォールランド

レベルと名前は表示されるものの、そこに本のアイコンは表示されない。

これはおそらく、ゲームでは図鑑への登録忘れを防止するために追加されたものだろう。

図鑑が使用出来ない今、本来なら役に立たない機能だけど、このミリしらな状況にあってはまた別の意味を持つ。

(すごいぞ、これは!)

なぜなら、このレンズで見ても図鑑マークが出ないということは、その人物は、もともとルーペなどを使っても図鑑に記載が追加されない相手だということ。

つまり……。


——これを使えば、目の前の相手の原作ゲームでの重要度が分かる!


思いがけないメリットに、僕は心が沸きたつのを感じた。

もちろん、この世界においてはトリシャもレミナさんも等しく一人の人間だ。

原作ゲームに役割があるかどうかで、人の価値が決まる訳じゃない。

ただ、「原作を守護る」という観点においては、レミナさんの重要度は一段低くして考えてもいいことになるだろう。

「え、と、気に入ってくれた、ってことでいいのかな?」

「もちろん！　というかこんなすごいの、ほんとにもらっていいの？」

僕が言うと、トリシャはカラカラと笑った。

「それこそもちろん、だよ！　わざわざレオっちのために持ってきたんだから、もらってくれないと困っちゃうよ」

「なら、ありがとう！　有効活用させてもらうよ」

思いがけず、色んな情報が得られた。

最初はどうなることかと思ったけど、これで僕の原作守護ライフも一歩も二歩も前進したように思う。

あとはレミナさんともう少し打ち解けられたら、と視線を送ると、それを感じたレミナさんは、またまたビクッと肩を震わせてしまった。

（……本当にこの子、すごい魔法の才能なんて持ってるのかなぁ）

トリシャを疑う訳ではないけど、ついそう思ってしまった。

そして、それが伝わったのだろう。

「レオっちレオっち。レミナの実力が気になるんだったら、たぶんすぐに分かると思うよ」

僕の思考を先回りするみたいに、トリシャがそんなことを言いだした。

「すぐ、って？」

聞き返した言葉に、トリシャは不敵に笑って、

「――だって、このあとは実技授業。今日こそは魔法の訓練、始まると思うな」

ふたたびの波乱の気配に、僕の心は震えたのだった。

◇　◇　◇

「――じゃ、お話も終わったとこで、お昼にしよっか！」

お互いに条件をすり合わせたところで、トリシャはパンと手を叩いた。

「え、お昼、あるの？」

「そりゃあるよ！　何しろ盟主サマをおもてなししなきゃいけないからさー！　手を抜いちゃいけないと思って色々用意してるよ！」

単なる密談の建前なのかと思ったけど、意外にも空き教室には本当に食事の準備もしてあった。

どこのレストランにケータリングを頼んだのかと言いたくなるような、和洋中ごった煮になった節操のないラインナップ。

ただ、どの料理も味の方は間違いなく一級品だった。

強いて言うなら、「男の子って、こういうの好きなんでしょ」とばかりにしきりにあーんだのふーふーだのを挟んで僕を赤面させようとしてくるトリシャが面倒だったが、もっと困ったのはレミナさんの方だ。

とにかくガッチガチに緊張していて、手の震えで食器がガタガタと音を立てる始末で、最初はなんだかこちらが申し訳なくなってくるほどだった。

ただ、そんなレミナさんの緊張は、思いもかけないところからほぐれることになった。

給仕の時に見えた、おそらく彼女の私物であろうポーチについていた絵柄が、非常に見覚えのあるものだったのだ。

「まさかそれ、ワールドワンちゃん？」

思わず前のめりになって尋ねてしまった時は、また怯《おび》えさせてしまうかと思ったけれど、その時ばかりは反応が違った。

「し、知ってるの!?」

「あ、ああ。まあ……」

むしろこちらが引いてしまうくらいの勢いで、レミナさんの方から寄ってきたのだ。

「かっ、かわいい、よね！　とっても!!」

普段とは見違えるような勢いに、つい気圧《けお》される。

好きなものを早口で語るオタクとはまた別ベクトル。

ひたすら蘊蓄《うんちく》を語るオタクがテクニック系だとするなら、彼女はとにかくパワー系だった。

「わ、わたし、特にこの耳がお気に入りで、ほら、この、この形……好きっ!!」

弁が立つ訳でも、言葉数が多い訳でもない。

ただ、好きな気持ちをそのまま相手にぶつけて圧《お》し潰《つぶ》すような、そんなパワフルさがあった。

……まあ、本人もちょっと興奮しすぎたことにあとで気付いたようで、我に返ったあとでずいぶんと謝られたが、それをきっかけに少しだけ自然と話せるようになり、今ではお互いに「レミナ」「レオハルト様」と呼び合う間柄だ。

いや、なんだか呼び方からさらに距離が開いたように感じなくもないが、気にしたら負けだろう。

「レ、レオハルト様、こっちです！」

そんな波乱の昼食を終え、今は授業に向けた移動時間。

二人で教室に向かった時より半歩ほど近い距離でレミナと並んで歩いていると、僕を挟んだ反対側からトリシャがすすす、っと近付いてきて、耳打ちしてくる。

「それにしても、意外だなー。まさかレオっちがワールドワンちゃんを知ってるなんて。意外とそういうの興味あったり？」

口調とは裏腹にそう尋ねるトリシャの目は鋭い。

ここでうなずいたら、次の誕生日には大量のワールドワンちゃんグッズが届きそうだと思った僕は、きっぱりと否定することにした。

「たまたまだよ、たまたま。偶然縁があっただけで、自分から調べたりした訳じゃないしさ」

「ふぅん。たまたま、かぁ。うん、分かったよ！」

一ミリも信じてなさそうな顔と声で言うと、トリシャが離れる。

そこを勘ぐられても困るんだけど、かと言って本当のことも話せない。

だって、僕がワールドワンちゃんを知っている理由なんて、話しても分からないだろうから。


——世界一の犬、〈ワールドワンちゃん〉。

こいつはゲーム製作会社〈世界一ファクトリー〉の、マスコットキャラクターなのだ。

◇　◇　◇

ワールドワンちゃんがこの世界に存在した意味は大きいが、とにかく今はこちらに集中するべきだろう。

僕は無理矢理に意識を切り替えると、練習場を見回す。

――午後の授業の集合場所は、やはり屋外の練習場。

ただ、前回の闘技場じみたあの場所とは違い、この学校のやたらたくさんある練習場の中でも、魔法の的当てに特化した場所のようだ。

僕の実家にもあった、的当て用の再生する案山子《かかし》がいくつも並んでいる。

(っと、そうだ。今のうちに……)

僕は教えてもらった手順でレンズの機能を起動して、クラスメイトたちのレベルと名前、それから図鑑マークの有無を確認した。

(……なるほど、半分くらいか)

Aクラスの十九人、僕を抜かして十八人のうち、レンズで見て図鑑マークがついていたのは十人。

〈ファイブスターズ〉にトリシャ、それからそれ以外のレベルが高めの男女合わせて四人に図鑑マークが表示され、むしろ印が出なかったのはレミナと合わせてたったの八人だった。

(……流石はAクラス、モブの方が少ないってことか)

傾向としては、やはり図鑑マークがついている人たちの方が総じてレベルが高い。

特に、まだ先生も来てないうちから剣をぶん回している緑髪の少年、〈ディーク・マーセルド〉のレベルは85。

〈ファイブスターズ〉にも引けを取らないレベルだった。

（初日の模擬戦ではあんまり魔法を使ってるところは見れなかったからなぁ。ちょっとだけ楽しみかも）

正確に言うと、二試合目に行われた皇女対一般クラスメイトの模擬戦で皇女が開幕に超威力の光魔法をぶっぱ。

一瞬で対戦相手が蒸発した事件があって、それからなんとなく威力の高い魔法は自重するような空気が出来てしまったのだ。

まあ近接主体になったことでスピード感は出たし、第三階位やら第四階位の牽制《けんせい》のような魔法でも実際の戦闘で使われているとなかなかの迫力で、見ている分には楽しかったんだけど……。

（まず、Aクラスの魔法の基準を知らないと。それで僕の魔法をどこまで見せるか、ってのも決まってくるだろうし）

圧倒的な格上が多い中でも、おそらく僕の「ファルゾーラに見えるファイア」なんかは頭一つ抜けた強さを持っているように思う。

だって、父さんが「伝説の魔法」と間違えるほどの魔法なのだ。

僕の魔力の値が低いことを織り込んでの言葉だったとしても、伝説の名はきっとそんなに安くない。

そこまでことさらに自分の実力を隠したいとは思っていないけれど、あまり原作とかけ離れた展開になるのは避けたい。

アンケートで入学初期の「アル」は魔法が碌《ろく》に使えない落ちこぼれだったと確定しているのだから、使うにしてもほどほどのラインでとどめておくのが吉だろう。

「あー。お前らみんな集まってっかぁ」

なんて算段を立てていると、今日もダルそうな顔をしながら、ネリス教官がやってきた。

ただ、その雰囲気が微妙にいつもと違う。

言うなればダルさの中にどこかワクワクを詰め込んでいるような、肉食獣がそっと獲物を待って伏せているような、そんな剣呑《けんのん》な空気を宿している。

「さぁて、今日は魔法の訓練をやっていく訳だが……まずは一つ、このクラスの優秀な魔法使いの生徒に、お手本をお願いしようと思ってるんだ」

なぜだか無性に嫌な予感に襲われた僕が、こっそりとトリシャの背中に隠れるよりも早く、ネリス教官は口元に邪悪な笑みを浮かべると、

「——アルマ・レオハルト。エレメンタルマスターに認められた魔法の腕、見せてくれよな！」

よりにもよって僕を指さしながら、そんな迷惑なことを口走ったのだった。

◇　◇　◇

ネリス教官に指名され、一瞬でクラス中の視線が僕に集まるのが分かる。

「い、いや、ネリス教官！　僕は……」

とりあえず何か弁解をしないと、と口を開くが、

「ほら、いいから前出ろ、前」

ネリス教官にそんな風に促されてしまえば、出ていかない訳にもいかない。

(ど、どうする？　どうすればいい？)

ほかの人のレベルを見て合わせるつもりだったから、何も考えていない。

原作的には魔法を全く使えないフリをするというのが正しいか？

いや、でも、初見のイベントたちに魔法抜きで対応するのはどう考えても地獄だし……。

一体どうすれば一番原作を守護れるのか、全く整理が出来ていないままに、事態は進む。

僕がみんなの前に進み出ると、教官はまるで捕獲でもするかのように、僕の肩にぐいっと腕を回して、逃がさないようにロックをかけた。

それでいてなんだか親しげに見えるような態度で、喧伝《けんでん》する。

「よぉし、来たなぁ。……さて、知ってる奴も多いだろうが、こいつはあの〈エレメンタルマスター〉の弟だ。その実力は、あのスイーツ家の長男をぶっ倒した事件で聞いている奴も多いだろう！」

無駄によく通る声に、練習場のあちこちで「なるほど」とか「あれが」みたいな声が漏れる。

クラスの全員に、完全にエレメンタルマスターの弟として認知された瞬間だった。

(――こ、この人、余計なことをペラペラと……！)

そう歯嚙《はが》みするものの、そこは疑いようのない事実なので、否定することも出来ない。

「あ、あはは」

曖昧《あいまい》な笑みを浮かべて、「いやそんなことないよー雑魚《ざこ》ですよー」という顔を作っておく。

しかし、そんな言い逃れは教官が許さなかった。

「〈エレメンタルマスター〉が故郷の弟を気にかけていたというのは有名な話だ！　だから今回は、そんな自慢の弟クンの実力をここで一つ披露してもらおうと思う！」

（――ちょ、兄さん!?）

突然飛び出してきた危険なワードに、僕は目を剝《む》いた。

「い、いや、僕はやらな――」

慌てて拒否の姿勢を見せるが、

「――なぁ！　あの〈エレメンタルマスター〉が認めた、〈雷光のレオハルト〉の実力、お前らも見てみたいよなぁ！」

それをかき消すような大音声《だいおんじょう》で教官が問えば、お調子者のクラスメイトの中から「見たいー！」という声が即座に飛んでくる。

それをきっかけに、完全に何かやらなければ帰れない空気が出来上がってしまった。

それをしてやったりと眺め、真面目腐った顔で生徒たちを見回しながら僕にだけ邪悪な笑みを見せてくる教官に、僕の顔もひきつる。

（こ、こ、このおんなぁ！）

もはや教官に対する敬意も吹き飛んだ。

絶対あとで仕返ししてやる、と決意しながらも、とにかくこの場を切り抜けることを考える。

しかし、事態は、さらに僕の思惑を超えた速度で加速していく。

「えーっと、なんだったかなぁ。確か、四大属性全部でもう第十階位までは楽に使えるんだったたか？」

「へっ!?」

確かに、もちろん僕は、全部の属性で第十階位魔法を使える。

でもそんなもの見せたのは、両親を除けば一人だけ……。

僕が思わず教官の顔を見ると、彼女の顔が邪悪に歪《ゆが》んで、

「――んんー、どうした、ひどい顔して。お前の兄さんに『優秀な弟がいるようだな』って水を向けたら、あいつ、楽しそうに色々と話してくれたぞ？」

そんなとんでもない台詞が帰ってきて、僕は思わず天を仰ぎ、心の中で絶叫した。

（何話してくれてんだよ、兄さぁあああああん!!）

見上げた虚空に、兄さんの笑顔が浮かぶ。

妄想の中の兄さんは、いつものアルカイックスマイルで何事もなかったかのように僕を見ていた。

いや笑ってんじゃないよ、と思うけど、妄想に怒ってもしょうがない。

CV石影　明を信用してしまった僕が悪かったのだ。

とにかくなんとかリカバリーするしかない。

「あ、あのさ。よく考えてみてほしいんだけど、僕は……」

僕はどうにか事態を収拾させようと、クラスのみんなに向き直って、

「それに、一番得意な風属性なんかは、もう十二、いや十三階位魔法くらいは使えるようになってるんじゃないかって言ってたかなぁ」


そこに、さらなる爆弾が投下された。

(ちょっと、兄さん!? ほんと何言ってくれてんの!? 兄さん!?)

いや確かに、兄さんの前では何度も風魔法の〈ウィンドバースト〉を使ってたけども!

そりゃああれだけ使えばもっと先の魔法も覚えるだろうなってのは予想はつくだろうけども!

ふたたび空を仰いだ僕に、虚空のイマジナリー兄さんが、優しく微笑《ほほえ》む。

《悪かったね、アルマ。だけど君のことを褒められたら、つい話したくなってしまってね》

ついじゃないんだよ、ついじゃ!

僕はイマジナリー兄さんと、ついでに現実の兄さんの部屋にも包丁を持って厳重な抗議を申し入れに行くことを心に決めたが、問題はそこじゃない。

(いや、流石にそれは無理だって!)

はっきり言えば、十三階位魔法は使える。

というか、全属性十五までだったら使えるし、どれだけ熟練度上げてもその先は出てこなかったから、単純な熟練度上げで覚えられる限界まで覚えたんだと思う。

(……覚えた、けどさぁ)

ただ、全十五のうちの十三なんてなれば、それはもうゲーム後半。

有名どころで例えるなら、たぶん「～ガ系」の魔法とか、「〇〇ズン」とか「〇〇ゴン」とかそういう語尾がつくような、かなり強力な魔法に当たるはず。

何しろ、本には第八階位を使える時点で「優秀な魔法使い」扱いされると書いてあった。

この学園が色々と規格外なのはもう分かってるので、学園の基準でどの程度なのかは未知数だが、それでも十三は流石に過剰だろう。

少なくとも原作では魔法が使えないはずの僕が、入学二日目でいきなりぶっぱなしていいレベルの魔法じゃない。

「とにかく、僕には出来ませんから、またあとで……」

この場に留《とど》まっても、教官のペースに巻き込まれるだけだ。

せめてこれ以上の暴露がされないように、無理矢理にでも引っ込んで……。

「――おいおい。お兄さんを嘘つきにするつもりかぁ?」

その言葉に、つい足の動きが鈍る。

(……兄さん)

確かにたまにイケメンすぎてイラッときたり、ちょっと裏切ったりはするものの、兄さんは僕にとって大切な家族だ。

転生の影響か、子供の頃からちょっと変わっていた僕に、ずっと親身になって接してくれた優しい人。

——そんな人が、僕のせいで嘘つき呼ばわりされるのは、なんだかとても、おさまりが悪かった。


気付けば僕は、戻ろうとした足を完全に止めてしまっていた。

「お、ついにやる気になったかぁ？」

なんて挑発的なことを言う教官は無視して、最後にちらりと、クラスメイトの方を見る。

興味本位の顔たちの中に、知り合いの顔が見える。

まるで出来て当然という顔でこちらを見るセイリア。

両手を組んで祈るような顔をしているレミナ。

それから、僕と目が合うと「やっちゃえ！」とばかりに腕を突き上げたトリシャが見えて、僕は少しだけ笑ってしまう。

（ごめん、ティータ）

今は僕の中で食後のお昼寝をしている妖精に先に謝って、僕は練習場に向き直った。

設置された案山子を眺めて、息を吐く。

（やると決めたら、冷静に）

教官のペースに乗せられることはない。

見せるのは、最低限だけ。

幸い第十階位なら、あの〈ファイア〉のようにバカみたいに熟練度を上げている魔法はない。

ただ使うだけで、納得させられるはずだ。

「おー。ついにお目見えだ！　何が出るかなー二十階位魔法とか使っちゃうかなー」

完全な煽《あお》り口調の教官の言葉は、意識してシャットアウト。

目の前、五つ並んだ案山子の、その一番右に掌を向けて、

「――行きます」

宣言と同時に、魔法を放つ。

「――〈ファイアバースト〉!!」

炎の爆発が、案山子を一瞬にして赤に包み込む！

その結果を確かめることなく、僕は今度は一番左の案山子に狙いをつけ、

「――〈ウォーターバースト〉!!」

第十階位は偶数だから、標準魔法。

属性違いの同じ魔法が、案山子を飲み込んでいく。

「――〈アースバースト〉!!」

土の爆発という理解のしがたい現象が襲うのは、その横にあった案山子。

ただこれは、まだ前座でしかない。

僕は表情を変えずに、正面に手のひらを向ける。

メニューからそのボタンを押すまでに、ほんの少しだけ躊躇《ため》い、けれど一瞬でそれを振り切って、

「――〈ライトニングストーム〉!!」


図らずも、僕の二つ名である〈雷光〉にも通じる効果を持つ魔法を、解き放つ！

(――くっ！)

限界以上の魔力が身体《からだ》から手のひらへと流れ込み、全身から赤い光があふれ出ていくのが分かる。

僕の乏しいＭＰ量では、このレベルの魔法の連射には耐えきれなかったのだ。

――ただ、だからこそ、その威力は絶大。

もう、狙いなんてものは関係なかった。

生み出された雷の竜巻が、五つ全ての案山子を飲み込む。

竜巻の中で生み出された雷は縦横無尽に範囲内を駆け巡り、全ての案山子を徹底的に蹂躙《じゅうりん》して……。

――暴風が過ぎ去ったあとにはただ、折れた案山子の残骸だけが残っていた。

残心を解いて、深く息を吐く。

(……やってしまった)

我ながら、安い挑発に乗ってしまったと思う。

ただ、同時にどこかすっきりした気分になったのも事実。

(周回引き継ぎ主人公ならこのくらいやれるだろうし、大丈夫……だよね?)

思えば完全に教官の思惑通りに行動してしまって、今も後ろからニヤニヤ笑われているかと思うとイラッとはするが、もう仕方ない。

僕は完全に開き直って、「さぁこれで満足だろ!」とばかりにやけくそ気味に教官の方を振り返った瞬間、

「ぴゃっ!?」


僕と目が合った赤髪の教官の口から、およそ彼女が発するとは思えない声が漏れた。

(……え、何その反応?)

何か、何かとてつもない勘違いをしているような予感に、顔からゆっくり血の気が引いていく。

不安に思った僕がクラスメイトの方を見ると、誰も彼もがみんな、まるで僕がとんでもないことをしでかしたみたいに、ぽかんとした顔で僕を見ていて……。

「きょ、教官! 教官がやれって言ったんですよね!?」

だからなんか言ってくれ、ともう一度ネリス教官に視線を戻すと、全ての元凶たる不良教官は気まずそうに僕から目を逸《そ》らして、

「じょ、冗談だったのにぃ……」

と言いやがったのだった。

◇　◇　◇

「つまり、兄さんが『色々話してくれた』のは、僕の子供の頃のエピソードだけで、魔法のことは本当は一言も言ってなかったと?」

「はい……」

僕が「わたしはウソをつきました」と書かれたボードを首にかけて正座した被疑者に尋《きょうかん》ねると、彼女はコクンとうなずいた。

［朗報］兄さんは無実だった！［勝訴］

よかった、僕を裏切った兄さんはいなかったんだね、と言いたいところだけど、あんまりよいことではない。

教官のついたしょうもない嘘のせいで、絶対に見せるべきじゃない魔法をクラスメイト全員に見せてしまったのだ。

これは簡単にリカバリー出来ないかもしれない。

「……で、なんでそんな嘘ついたんですか、教官」

「う、嘘というか、ほら、アレだよ。私なりの激励というか……」

教官はここに来ても見苦しい言い訳を重ねていたが、僕が白けた目で見続けていると、ついに観念した。

「い、いやぁ、だってさぁ。普通に呼んでもお前どうせ適当にしらばっくれて逃げる気だったじゃん？　それに性格的に『ほんとは弱いだろ』って挑発しても絶対響かないと思ったから、逆にハードルめちゃくちゃ上げてやれば、『実際はこれぐらいしか出来ませんよ』って感じに実演してくれるかなぁと思ってサ！」

悪びれずにそう言って、「テヘッ☆」と舌を出すネリス教官。

正直殴りたい。

(迂闊《うかつ》だったなぁ……)

もちろん教官が100悪いが、教官がこういう性格だったことを分かっていて引っかかった僕の失策でもある。

いや、絶対悪いのは教官だけども!!

ただ、その罠《わな》にまんまとかかってしまったのもまぎれもない事実。

(どうすればいいんだ、これ)

僕がこれからの学園生活《げんさくほうかい》を思ってうなだれていると、

「……まあ、その、悪かったよ」

教官の口から信じがたい言葉が発せられて、思わず僕は目を見開いた。

「おいおい、何驚いた顔してんだよ。私だって一応はせんせーだぞ。お前が実力を他人に知られたくなかったことくらいは察せられるって」

片方の目をつぶりながらそんなことを言ってくるが、

「いえ、教官に誰かに謝るような人間性が残ってたことにびっくりしただけですけど」

「そ、そこまで言うか!?」

そこまでのことをしたことを自覚してほしい。

しばらく、教官はショックを受けたような顔でその場に呆《ほう》けていたが、やがて大きくため息をついた。

「……仕方ねえな。生徒をいじめるのも先生の役目なら、生徒を守るのも先生の役目だ」

そうして怒るべきか褒めるべきか分からない台詞を口にして、立ち上がった。

それから、大きく息を吸って、

「あー。みんな、ちょっとショッキングなものを見て動揺しているのも分かるが、私の話を聞いてくれ」

教官は、さっきまで生徒に正座させられて説教されていたとは思えない威厳を見せてＡクラスの面々を集めると、

「――さっきのことは、忘れてくれ!」


いきなり、そんな突拍子もないことを叫んだ。

「あれは、私が騙し討ちみたいなやり方で使わせちまった魔法だ。お前らもＡクラスの生徒なら、魔法の

技術の秘匿性と重要性ってのは分かってるだろ。私のためじゃない。こいつのために見なかったことにしてくれないか?」

想像もしていなかった教官の真摯な態度に、クラスのみんなも真剣に考え始めてくれたのが分かる。

ただ、それですぐに受け入れられる訳もなく、「えー」とか「でも」とか、「あんな強烈なものを忘れるなんて」みたいな声も方々から上がった。

そんな彼らに対して、ネリス教官がやったことはとてもシンプルだった。

「——頼む!!」

深く、深く頭を下げる。

いつもは強気で唯我独尊な気質を隠さない彼女の意外な行動に、生徒たちも戸惑いを隠せない。

クラスの中に、困惑と緊張が蔓延《まんえん》する。

どうにも出口の見えない状況に、僕が耐え切れずに何か行動を起こそうかと動いた瞬間、

「——ボクは、いいよ」

一番初めに動いたのは、鎧《よろい》を身に着けた剣士の少女だった。

「ボクには他人の強さを周りに言いふらすような趣味はないから。アルマくんが嫌なんだったら、忘れることにするよ」

「セイリア……」

そう言って、セイリアは僕をちらりと見ると、やわらかく微笑んだ。

そして、〈ファイブスター〉の一角が動いたことで、場の空気が変わる。

さらに追い風を作るように、

「わ、わたしも！　レオハルト様のこと、絶対に言いません！」

「わたしもレオっちには恩があるからなー。今回のことについてはしばらくお口チャックでいよーかなー」

勇気を振り絞った様子のレミナが、いつもと同じ軽い口調でトリシャがうなずいたのを皮切りに、次々に生徒たちが賛同の声を発する。

（ありがとう、三人とも……）

それから、認めたくはないけれど、ほんの少し、ネリス教官も。

「いよっし！　話はまとまったな！」

そうしてクラスメイトたちの思いが一つになったところで、教官が力強く立ち上がると豪快に叫ぶ。

「じゃ、レオハルトのことは自分の胸にしまっておくってことで終わりだ！　ここから魔法訓練、始めるぞぉ！」

こうして僕の原作ライフは、首の皮一枚のところでなんとか守護られたのだった。

そして、翌朝。

昨日は色々あったけど、今日こそは平和で原作通りな一日を過ごすんだと意気込んで寮の部屋を出ると、

「あっ！　あの子じゃない!?」

「全属性十階位はやばすぎでしょ！」

「風の十三階位の方がやべーだろ」

「魔法の連射速度もすごいらしくて昨日……」


「──あー！　来た来た！　〈シックススター〉のレオハルト様ー！　こっちだよー！」

〈ファイブスターズ〉はいつの間にやら〈シックススターズ〉に名前を変えていて、僕はその〈幻の六人目《シックススター》〉として、一夜にして全校生徒に知られる存在となっていたのだった。

✦　✦　✦

「舐《な》めた真似しやがって……！」

思わず、苛立《いらだ》ちが口から零《こぼ》れ落《お》ちる。

その苛立ちをぶつけるように音を立てて廊下を進み、「私」は風紀委員の集まる部屋へと向かった。

「ネ、ネリス教官!?」

部屋の前にいた風紀委員らしき生徒が「私」を見て驚きの声をあげるが、知ったことじゃない。

「おい！　ここにエレメンタルマスターは……レイヴァン・レオハルトはいるか？」

「え、いますけど、一体何の……」

乱暴に部屋のドアを押し開ける。

「おや、そんなに血相を変えてどうしたんですか？　今日はネリス教官が来るという話は……」

「ちょっと面貸せ！」

皆までは言わせない。

私はレイヴァンの首根っこを摑《つか》んで引っ張ると、そのまま部屋から引きずり出す。

「ちょ、ちょっと、いきなり何をするんですか!?」

「うるせえ！　いいから来い！」

そのまま引きずるように校内を進んで、会議室の一つに放り込むようにレイヴァンを押し込んだ。

素早く部屋に入って、戸を閉める。

「な、なんなんですか？　い、一体どうしてこんな……」

混乱している様子のレイヴァンにチッと舌打ちして、

「――テメエ！　私を利用しやがったな!!」

恫喝《どうかつ》するように叫びながら、私は首元を思い切り捻《ねじ》り上《あ》げた。

「……あ？」

……はずが、いつの間にか、襟首を摑んでいたはずの私の手は外れていた。

何が起こったのか分からず、目を丸くしている私の手を「パシン」と音を立てて払うと、レイヴァンはつまらなさそうに言った。

「あまり大きな声を出さないで下さい。人が寄って来たら面倒でしょう？」

そこに、先ほどまで私に引きずられ、一方的に動揺していた被害者の姿はない。

代わりに現れたのは、教員を教員とも思っていないような、冷たい目をした怪物。

だが、こいつが猫をかぶっていることなんてずっと前から勘づいていた。

今さら、その程度で怯《ひる》みはしないし、何より今の私は怒り狂っていた。

「やってくれたな、レイヴァン！」

「何の話です？」

一切の動揺を見せずにそう言いのける神経の太さが、すでに雄弁に真実を語っている。

それでも私は、感情をぶつけるように怒鳴った。

「とぼけんな！　あの時、わざと私が弟に興味を持つように話を持っていきやがっただろうが！」

確かにこいつは、弟についての具体的な話は何一つしなかった。

それでいてこいつは、私が弟に関心を抱くように、弟の実力を見ようと動くように、私の意識を誘導しやがったのだ。

だが、私の言葉に対する返答は、呆《あき》れたようなため息だった。

「もし仮に、貴方《あなた》の妄想が真実だったとして……」

「あん？」

静かな言葉の刃《やいば》が、私に向けられる。

「僕は貴方に何一つ指示も強要もしていません。……実際に卑劣な嘘をついて弟を焚《た》きつけ、軽々に魔法を使わせることになったのは貴方の自由意志の結果だ。違いますか？」

「ぐ、それは……」

そしてそこで、彼はふっと表情を緩めて笑ってみせた。

「それに、聞いていますよ。初めて弟の魔法を見た時、随分と可愛らしい鳴き声を聞かせてあげたとか」

「なっ⁉」

思わず赤面する。

「う、うるせえ！　んなことはどうでもいい！　それより何を企《たくら》んでやがる！　一体何のために弟の……」

照れ隠しのように叫んだ言葉は、

「——世界のため、ですよ」


あまりにも意外な発言に、止められる。

「なに？」

「貴方も、分かっているはずです。数年前から、少しずつ世界はおかしくなっている。常識を超えた力がありながら、それを伏せたまま遊ばせておく余裕なんて、この世界にはないんです」

あまりにも純粋な、純粋すぎる澄んだ瞳。

私は気持ちが悪くなって、目を逸らした。

「……まあ、お前の思惑なんて今はどうでもいい。それより、アレはなんだ！」

「アレ、とは？」

「いちいちとぼけるんじゃねえ！　お前の弟の魔法だよ！　どうやったらあんな『化け物』が出来る！」

私の剣幕に、レイヴァンは心外だとばかりに肩を竦《すく》めた。

「人の弟を化け物呼ばわりとは、穏やかじゃありませんね」

「うるせえ！　アレを見て化け物だと思えねえ奴は戦士じゃねえ！　言え！　公爵家は一体あいつに何を
……！」

激昂《げきこう》する私に対する返答は、あまりにもシンプルなもの。

「――なにも」

だからこそ、すぐには理解が出来なかった。

「は？」

「ですから、公爵家は何もしていませんよ。アレは、純粋に弟の努力の結果です」

……「努力」。

魔法社会である貴族の世界では、何よりも空虚な言葉だ。

「話すつもりはないってことか？　もしお前らが子供相手に人の道を外れたことをしでかしてるってんなら……」

「失礼ですね。小道具を揃《そろ》えるのに少しばかり公爵家の手は借りたようですが、アレは本当に弟の力です。僕も少し、恩恵に与《あずか》りましたしね」

「小道具」という言葉、そこから連想される可能性に、私は戦慄した。

「──まさか、とは思うが。公爵家は見つけたのか、〈賢者の石〉を」

半ば願望交じりの、私の問いかけ。

その言葉に、奴は、

「賢者の、石……？　ふ、ふふ！　ふふふふふふ！」

「な、なにがおかしい!!」

あろうことか、腹を抱えて笑い始めたのだ。

それが演技ではなく本気だということは、彼の目尻に浮かんだ涙で分かる。

「ああ、いえ。すみません。ですが、ずいぶんと可愛らしい〈賢者の石〉もあったものだなと」

しかし、その発言の内容は、決して聞き捨てならないものだった。

「あるのか、本当に！　〈賢者の石〉が！」

「貴方が想像しているようなものは、ありませんよ。少なくとも、アレは貴方には使いこなせない」

「何を言って……！」

だがそこで、奴はわざとらしく自分の時計を見た。

「そろそろ時間ですね。僕はこれで失礼します」

「な、待て！　まだ話は……」

終わっていない、と継ごうとしたが、それを奴は許さなかった。

「終わりですよ。これ以上、僕の時間を貴方に割く必要性は感じません」

伸ばした手は、空を切る。

――このままこいつを行かせてはいけない。

焦りが私の心を支配する。

だから私は、最後のカードを切った。

「――待て！　お前の弟の方から、無理矢理に聞き出してもいいんだぞ！」

それは無論、脅しだった。

そこまでの下種《げす》に成り下がるつもりは、私にもない。

しかし、

「――あまり囀《さえず》るなよ、羽虫が」


その挑発の効果は、あまりに劇的すぎた。

次の瞬間、私は「見えない何か」によって宙に吊《つ》るされていた。

「ぐ、ぅ……」

息が、止まる。

何か目に見えない力が私の喉を掴み上げ、ギリギリと絞り上げている。

「――貴様がアルマに害を成した瞬間。それが、貴様の最期の刻《とき》となると知れ」

感情のこもらない平坦な口調。

だからこそ、それが本気の言葉だと分からされる。

「が……っは!」

言葉が終わるのを境に、首を襲っていた圧力が消える。

私は受け身も取れずに地面に転がると、その場で深呼吸を繰り返した。

「——それでは、僕は失礼します。ネリス教官も、どうかくれぐれもご自愛なさってください」

最後にレイヴァンは地面に這《は》いつくばる私に対して優雅な礼を残し、部屋の外へと消えていく。

「ま、て……!」

私はよろめきながら追いかけるが、ドアの向こうにすでに彼の姿はなく……。

——その先にはただ、深い深い闇が広がっているばかりだった。

✦ ✦ ✦

「——なんで一晩で全校生徒に広まってるんだよ!」

昼休み。

トリシャとレミナに誘われて例の空き教室に避難してきた僕は、大きなテーブルを叩いて嘆いていた。

授業の時はみんな黙っててくれるって言ってたし、なんだったらちょっと感動までしてたのに……。

「そりゃ、あんなもん見たら誰かはしゃべるでしょ。ネリス教官、人望ないしさ」

ただ、トリシャの反応は冷たかった。

テーブルに肘をつきながら、まるで当然のことのようにそう言い放つ。

「あ、言っておくけどわたしはちゃーんと口をつぐんでたよ。みんなに話が行き渡るまではね」

「話が行き渡ってからはしゃべったってこと？」

恨めしげな僕の視線にも、トリシャは動じない。

「だって、もうみんな話したあとじゃわたし一人黙ってたって意味ないでしょ。それに、ちゃんと『しばらくは』黙ってるって言っておいたじゃん」

「え、あれってそういう意味だったの!?」

僕が驚いて問いかけると、

「もっちろん、どーせ広まるだろーとは思ってたよー。ま、予想より噂の広がり方はちょっと早かったけど、遅かれ早かれでしょ」

あっさりと言ってのけるトリシャ。それどころか、

「というか、というかだよ！　わたしとしてはむしろ、こっちの方が不意打ちされた気分だよ！　なにあれ！　あんなの出来るなら、せめて先に言っといてよ、もう！」

心臓止まるかと思ったんだからね、と怒ったような口調で、反転攻勢とばかりにこっちを恨めしげに見返す始末。

「い、いや、でもそっちとしては後ろ盾がしっかり実力を見せた方が都合がいいんじゃ……」

「ものには限度ってものがあるから！　そりゃ立ち位置としてはレオっちの魔法バレの前にすり寄ってて

たわたしたちは先見の明がある勝ち組って思われてるけど、だからこそ今度はそのせいで周りの嫉妬を買っちゃったりもするし」

「あ、うん……」

やはり世の中、そんなに簡単にはいかないらしい。

ただ、一応形だけ抵抗してみる。

「で、でもさ。心配しすぎじゃないかな？　ほら、レミナの魔法も、心配したほど目立ってなかったみたいだし……」

「そ、りゃ、あ、ね!!　霞《かす》むよ!!　うっすくもなるよ!!　あんなもん見せられたあとじゃ、なんでもね!!」

しかし、そのささやかな抵抗はトリシャの逆ギレにあってあえなく粉砕された。

レミナの訓練も見ていたが、土と風を第五階位、火と水をそれぞれ第二階位まで使っていた。

四つの属性を全て使うのはめずらしいみたいでそこそこに注目はされていたようだけど、やはりそこそこどまりだったのは僕がやらかしたせいだろう。

「今さらだけどさ。その……やっぱりあの十三階位魔法ってそんなにまずかった？」

僕が言うと、トリシャは「そこからなの!?」と言いたげに目を見開いた。

そのまま唇を尖らせると、そこでなぜか少しだけ嬉しそうに、口をもにゅもにゅと動かして、

「……もう、仕方ないなぁ。頼りない盟主様のために、あの時のレオっちがいかにやばかったか解説してあげるよ！」

そんなことを言いだして、スチャッと眼鏡をかけて解説モード。

レミナと二人で、なんとなくパチパチと拍手をする。

「まず、四大属性は分かるよね。四大って言ってるけど、これは実は二・二に別れてるのも流石に知ってるよね」

「ああ、うん。火と水、土と風がそれぞれ対立属性なんだよね」

ここが、この〈フォールランドストーリー〉の属性システムのちょっと変わったところ。

火と水、土と風はお互いに弱点属性になっていて、逆に言うとそれ以外の組み合わせでの有利不利はない。

「たまに例外はいるけど、人は生まれながらに一つだけ得意属性を持っている。それでその属性の魔法だけは、習得が早くなって、威力も上がるんだ」

「それは分かるよ。兄さんも火の魔法がほかと比べて一段階得意だったからね」

僕が得意げに言うと、トリシャは呆れた視線を投げつけてきて、

「絶対分かってないって！　その人、〈エレメンタルマスター〉でしょ！　レオハルト家を基準に考えるのはやめてよ！」

なぜか怒られてしまった。

「あ、あの！　わたしも同じですから……」

この世の理不尽を嘆いていると、レミナがそっと慰めてくれる。

こっちはいい子だ。

「もう、レミナは甘やかさないで！　いい？　普通の人は得意属性を持つ代わりにデメリットとして苦手属性も持つの。火だったらその反対属性の水の魔法が苦手属性になって、全然使えなくなるんだよ」

「え、そうなの？」

僕が読んだ本にも苦手属性のことは書かれていたけれど、「苦手になるからほかの属性を鍛えよう」、くらいにしか書かれていなかったから、そこまで深刻なものだとは思わなかった。

「そうなの！　例えば火が得意だったら水は全然使えなくて、土と風がそこそこ、って感じになる訳だね」

ただし、とトリシャは指を立てる。

「ごく一部の〈デュアル〉とか〈ツイン〉なんて呼ばれる人は例外として、二つの得意属性を持ってるんだ。〈ツイン〉は得意属性が二つになる代わりに苦手属性も二つになるけど、対立属性両方が得意になる〈デュアル〉の場合は結果的に苦手属性がなくなるから、理論上は四属性全部を使えるようになる。けど……」

そこで、トリシャは一度言葉を切った。

「レミナの使える魔法、見たでしょ？　普通の人はわざわざ複数属性をまともに鍛えないし、少なくとも主力として使っていくのは二つの属性に絞るんだよ」

「え、そうなの？」

僕が驚くと、トリシャはジトッとした視線を僕に送って、うなずいた。

「そりゃそうでしょ。だって四属性全部の魔法を使えたら確かに全ての属性の弱点を突けるようにはなるよ。でも、二属性を鍛えるだけで、有利か相性なしまでには確実に持っていける。なのにわざわざ、苦手な属性まで鍛える余裕なんてあると思う？」

「それは……」

反論したいところではあるけど、理屈は分かる。

例えばこっちが火属性と風属性の魔法を鍛えていたとしたら、相手が水か土なら弱点を突けるし、火か風でも相性有利不利のない魔法をぶつけられる。

それ以上の属性を育てるのは、コスパが悪いって考え方だろう。

「だから、四つの属性全部を使った僕はあんなに驚かれたのか……」

目から鱗《うろこ》が落ちる思いだった。

つまり、あの場での僕に対する過剰とも言える反応は、「こいつ四属性全部使えるのか!?」という驚きと一緒に、「え？　こいつ四属性全部わざわざ鍛えてんの！　効率悪すぎじゃね!?」という驚きも混じっていたという訳だろう。

「そりゃそうだよ。四属性全部が得意だなんて、魔法にあんまりこだわりがないわたしだって羨ましくなるもん。魔法に命かけてるような子なら、なおさらだよ」

「あ、あはは……」

ちょっとすねたようなトリシャの言葉に、少し勘違いされてそうだなぁと思いながらも、僕は曖昧に笑って流した。

「と、とにかく、納得したよ」

これで、僕が異様に驚かれた謎は解明出来た。

たくさんしゃべってトリシャも多少は満足しただろうし、これで心置きなく昼食に移れると、食事に手を伸ばそうとしたところで、

「うん。これがびっくりされた理由の『四分の一』ね」

「ひょっ？」

その手が突然掴まれて、変な声が出た。

僕の手を万力のように締めつけながら、身じろぎもせずに僕を見るトリシャの眼鏡が、鈍く光って、

「――自分がどれだけ訳の分からないことをしたのか、レオっちにはきーっちり教えてあげるからねぇ」

レンズの奥の彼女の瞳は、こんなものでは逃がさないぞと雄弁に語っていたのだった。

◇◇◇

「ええとさ。驚く理由の四分の一って聞こえたんだけど、それじゃああと三つも理由があ――」

「あるよ」

食い気味の即答だった。

そして笑顔だった。

しかも、その笑みは、笑うという行為は本来攻撃的なものであり云々《うんぬん》かんぬんとナレーションをつけたくなるような、威圧感にあふれるもの。

僕は昼食にありつくのをしばしあきらめ、仕方なくトリシャ先生の話を聞くことに決めた。

「まず一個目は、魔法の威力が高すぎるってことかな」

「え？」

それは、ちょっと予想外の言葉だった。

あそこで見せた第十階位のバースト系魔法も、風の十三階位の〈ライトニングストーム〉もそこまで熟練度を上げている訳じゃない。

ぶっちゃけ威力だって、階位に比べたら弱すぎるくらいだったはずなんだけど……。

「確かに第十階位の魔法と考えれば、あの〈バースト〉系魔法の威力は『普通』だった。でもそれって、ありえないでしょ?」

「へ?」

普通がおかしいってどういうことだ?

なら普通とは一体……?

そんなゲシュタルト崩壊を起こしていると、トリシャの目が少し冷たくなる。

「レオっちはいい加減、自分の知名度を自覚した方がいいよ。言っておくけど。レオっちの魔力値が低いの、もう全校生徒にバレてるから」

「え……」

思わず、濁った声が漏れる。

「入学試験の時に魔力も測ったでしょ。耳が早い人は絶対レオっちの情報集めたし、もう全員がその情報も入手してるよ」

「こ、こわっ!」

確かにステータス測定の時は、ほかの人にも聞こえるように言っていたが、それがもう出回ってるってことだろうか。

僕なんて、セイリアの敏捷《びんしょう》くらいしか覚えてないってのに。

「はっきり言うけど、レオっちの魔力値の低さはこの学園としては異常だよ。でもそれ以上に、あの魔力値で『普通』の威力の魔法を使ったことの方が信じられない」

一体どんな「魔法」を使ってるんだか、とトリシャが何か言いたげな視線を僕に送ってくる。

……正直に言えば、明確に理由は分かっている。

僕とほかの人の魔法に差があるとしたら、それは「魔法」自体の熟練度だ。

確かに僕は、使った魔法個別の熟練度についてはそこまで高くないものを選んだが、元となる〈魔法詠唱〉と各〈属性の魔法熟練度〉については人よりも秀でているはず。

特に魔法全体の熟練度については、ちょっと変わった算出方法がされることが分かったため、おそらく僕はかなり有利なのだ。

「ふぅぅぅうん。その顔、何か思い当たることがあるって表情してるねー」

「え、ええと、それでほか二つは？」

視線の圧に耐えかね、僕が露骨に話を逸らそうとすると、トリシャは肩を竦《すく》めながらも話に乗ってくれた。

「一つは魔法の発動速度だよ。あの時のレオっち、魔法をノータイムでポンポン使ってたよね。あれ、絶対おかしいから」

「え、でも模擬戦とかだとほかの人も……」

「第二階位とか第三階位ならね。でも第十階位、ううん、もう第六階位辺りから、普通は魔法を使う前にきっちりと魔力を練らないと普通は成功なんてしないんだよ！」

それが事実なら、これは完全な失策だ。

メニューをぽちっとやるだけで魔法が使える弊害が、ここに出た。

いや、でも、確かに言われてみると……。

思い起こしてみると、兄さんも魔法を使う前に結構なタメの時間を作っていた気がする。

あれってもったいぶってるとかじゃなくて、ちゃんと意味があったのか？

「待った、でも皇女様は……」

「ああ。あの模擬戦のこと？　あれもいきなり魔法を使ってるように見えたけど、実際には最初ににらみ合いしてる時にこっそり魔力を練ってたんだよ」

さらっと暴露される、衝撃の事実。

「普通の人は、皇女様相手に、即座に攻撃なんて思いきれないからね。どうしたって様子見の時間は出来るし、その時間を利用したって訳。魔力を練ってる間はかなり無防備になるから、敵の目の前であれだけ堂々とやった皇女様の胆力は、流石だなぁと思うけど……」

あの見てるクラスメイト全体を凍りつかせ、ドン引きされた魔法すらも、僕が見せたあの魔法の連射に比べるとインパクトが弱いと言う。

（い、いや、僕、もしかしてかなりやらかした？）

それでもまだ、まだ大丈夫……かもしれない。

「それで、最後の一つは？」

「それはシンプルだよ。使った魔法の階位が高すぎる」

もう投げやりとすら言えるような態度で、トリシャは言った。

……そしてまあ実際、予想をしていた答えではあった。

トリシャはもうなんだかバカらしいというか、ふてくされているような態度ではあったけれど、生来の気質が真面目なんだろう。

すぐに姿勢を正して、丁寧に解説し始める。

「あのね。普通なら学園のAクラスでも、一年生のうちに第八階位か、第九階位まで使えたら天才、って扱いなの。それが全属性十階位とか……」

もうお話にならないよ、とばかりに肩を竦めるトリシャ。

ただ、それについては僕にも言い分があった。

「で、でもさ。それこそ、こ……」

「こ?」

途中で固まった僕を、トリシャがいぶかしげに見つめる。

「ああいや、個人差があるんじゃや、って」

「個人差ってレベルじゃないでしょ、どう考えても!!」

トリシャからは当然のように怒鳴られたけれど、僕はひそかにほっと胸を撫《な》でおろしていた。

(……危なかった)

本当は、「皇女様は第十一階位の魔法を使ってたじゃないか」と言いかけて、ギリギリで気付いて口をつぐんだのだ。

(そうだよな。光の魔法は、伝説の魔法。どんな魔法があるのかすら、今はあまり世に知られていないんだから……)

皇女様が使った魔法が、一体何階位の魔法だったかなんて、普通の人が分かる訳がない。

とんだ孔明《こうめい》の罠だ。

(あ、危うく原作遵守の最後の砦《とりで》すらも壊してしまうところだった！)

これぱかりは、父さんや母さん、兄さんにだって話したことはない。

僕が光の魔法を使えることだけは、トリシャたちにも内緒にしておこう。

(というか逆に、その光魔法を使える皇女様ってなんなんだよ！)

こういうのは普通、主人公の特権じゃないのか。

覚醒して光の魔法を使えるようになったけど、皇女様には全然及ばないよ、だと格好がつかないと思うんだけど……。

(やっぱ皇女様だけあまりにも異質というか、全体的に強すぎるんだよな)

強キャラ枠か、隠しヒロイン枠か、あるいはラスボス枠だったとしても驚かない。

言動もスペックも、「なろう系主人公かよ」ってくらいに強すぎるのだ。

なんて僕が理不尽な怒りを皇女様にぶつけている間に、トリシャの怒りも収まったようだ。

気を取り直したように、最後の議題に移る。

「で、最後にレオっちが使った風魔法。第十三階位の〈ライトニングストーム〉だけど……」

「うん」

やっぱり、それもダメだったらしい。

(……いや、まあ分かってたけどね)

自分で熟練度上げをすると分かるが、第八階位が使えるようになったくらいから魔法のレベルは上がりにくくなり、第十階位を超えた辺りから地獄みたいに大変になるのだ。

これはとんだマゾゲーだぞ、と嬉しくなりながらサルみたいに毎日毎日魔法を使い続けていた思い出がよみがえる。

そんな僕を、どう思っているのか。

トリシャは僕をどこか呆れたような目で見つめながら、

「——あれ、もう文献の中にしか使い手がいないから」

最後の最後で、特大のやらかしを僕に突きつけてきたのだった。

◇　◇　◇

僕は、どうやらちょっとだけ、やらかしてしまったらしい。

流石に、そりゃあね。今は使い手がいない魔法を学園の新入生がパパッと使っちゃったらまあ、その……ちょっとびっくりするよね？

うん、わかるわかる。

……とはいえ、だ。第十三階位の魔法は誰も使い手がいないというのは、「使えると明かしている」人がいないだけで、おそらく原作の強キャラとかは平気で覚えていて使ってくるはず。

というかきっと、終盤になって物語がインフレしてった場合、「伝説の遺失魔法（ただし雑魚敵もガンガン使ってくる)」みたいになる、僕は詳しいんだ。

〈〈ファルゾーラ〉のことを父さんが「失われた伝説の魔法」って言ってた時、「あれ?」とは思ってたんだよなぁ)

実はこの〈ファルゾーラ〉という魔法、第十五階位の火魔法で、僕は当然普通に使える。

第十五階位魔法は第十三階位魔法なんかとは比べ物にならないくらい習得がきつかったから、伝説って言われてもそこまで違和感はなかったんだけど、うん。

どうやら僕の中でのアウトのラインが、大きく狂ってしまっていたらしい。

でも、本当だったらちゃんと周りの様子を見てから調子を合わせるつもりだったんだ。

ただ、当初の想定よりも周りのキャラレベルがすごく高かったから、逆に魔法のレベルだけが想定より低かったことに気付けなかった。

いや、それだけじゃない。

——あのバカ教官に目をつけられなければ。

——模擬戦で皇女が気軽に十一階位なんて使ってなければ。

——兄さんのCV が石影　明でさえなければ。

そのどこかが違っていただけで、こんな未来は訪れなかっただろう。

「……やめよう」

言い訳をしたって、何も始まらない。

僕は確かに、失敗をしたんだ。

もはや僕は、遺失魔法を使う全校に名の知られた有名人。

アンケートにあった、魔法の使えない落ちこぼれの主人公像とはあまりにもかけ離れている。

――でも、まだだ!!

まだ、希望は残されている、はず。

ワールドワンちゃんがこの世界にも存在したということは、この世界《ゲーム》は〈世界一ファクトリー〉製だというのが確定ということ。

そして、「俺」が好きだった「フォースラ」こと、〈フォースランドストーリー〉もそうだったように、世界一のゲームは周回要素が充実しているものが多い。

一周目にはどうやっても勝てない負けバトルなどにも、二周目で勝った時を想定して、わざわざ勝利時の分岐が用意してあったりするのだ。

(実際、セイリアとの一騎打ちはそんな雰囲気あったんだよな)

あれは、一周目では実質的な負けイベントとなってランドイベントにつながり、セイリアをランドから助けることで関係改善。

二周目以降は素直にセイリアに模擬戦で勝って関係改善。

結果的に勝っても負けても同じルートに合流する、って感じに調整されていたんじゃないだろうか。

だとすると、初っ端《しょぱな》から魔法が使えて〈ファイブスターズ〉の仲間入りするのも二周目の想定ストーリーのうち……という可能性もまだゼロと言い切ることは出来ないような気がしないでもないかもしれない。

(はぁ。もういっそ、原作ガン無視で自分を鍛えまくって、有り余るパワーで魔王を殴って解決!

……って出来たらいいんだけどなぁ)

残念ながら、それは望み薄だ。

確かに、精霊と契約出来た今、ストーリーを無視してダンジョンにこもれば、ゲームでラスボスと戦えるくらいのレベルまで自分を鍛えることは不可能ではないとは思う。

ただ、世界一は割とシナリオギミックには凝る方だし、ラスボスが普通に戦って倒せるような相手とは思えない。

例えばフォースラでは「魔王の正体は遥《はる》か昔に堕天した元天使であり、その魂は通常の手段では傷つけることは出来ない」という設定があった。

それを解決するパーツは各ヒロインの個別のエピソードに隠されていて、リリサの家に伝わる歌が重要な魔法の呪文だったり、ミューラのイベントで見つけた古文書から魔王の正体が分かったりと、一見関係ないヒロインたちのエピソードが一つにまとまっていくところにカタルシスがあるのだけど、当事者となってしまうと面倒なだけだ。

——とにかく、だ。

想定される原作の動きからは少し、いや、もしかするとちょっとばかし大きくブレてしまったかもしれないけど、ヒロインたちが全員無事ならたぶんまだ大丈夫。

最悪家の事情とかを根掘り葉掘り聞いたりすれば、原作とは違う方法で原作通りの結果が得られる可能性もある。

まだ詰んではいない……はず！

(——僕は、あきらめない！　絶対に、原作を守護るんだ！)

そう心に決めて、決意も新たに教室に戻った僕を、待ち構えていたもの。

――それは、〈シックススター〉の一人で魔法公の娘〈ファーリ・レヴァンティン〉がその姿を消した、という最悪の事実だった。

◇　◇　◇

「んー、ヨシ！　今日も揃ってやがるな！　そんじゃま、テキトーに始めちまってくれ！」

〈ファイブスター〉いや、今は不本意ながら〈シックススター〉になってしまったけれど、その有名人の一人が姿を見せないという事態にあっても、ネリス教官による実技授業は平常通りに行われた。

（……まあ、そんなもんか）

僕からすれば異常事態に思えてしまうが、一般の生徒にとっては「まだ出会って数日のクラスメイトの一人が午後の授業に顔を出していない」というだけ。

ネリス教官の授業なんて本人が言う通りに適当で、誰がいて誰がいないかなんて分からないからこの反応も納得ではあった。

「レオっちー！　こっちこっちー！」

なんて考え込んでいるとトリシャに呼ばれ、僕はレミナとトリシャの二人と合流する。

実技授業は特に課題やらなにやらがある場合を除き、ほとんどは自習だ。

それでも誰一人サボる人がいないどころか、皆真剣な表情で訓練をしているのは流石は英雄学園のＡクラス、といった感じだけど、僕はファーリさんが消えていることが気になってそこまで集中出来なかった。

そっとトリシャに近寄って、耳打ちするように尋ねた。

「……あのさ。トリシャはファーリさんのこと、詳しい？」

僕の言葉に、トリシャは意外な言葉を聞いたかのように、二、三回ほど目をぱちぱちとさせた。

「んぅ？　ま、人並みには知ってるけど、どしたの？」

「い、いや、その……姿が見えないからさ、どうしたのかなって」

出来るだけ、軽い口調に聞こえるように言ったはずなのに、トリシャは意味ありげに目を細めてこっちを見てくる。

「ふぅぅぅぅん。意っ外だなぁ。てっきりレオっちは、〈ファイブスター〉のことなんて全然気にしてないかと思ったよー」

あ、今はもう〈シックススター〉だっけ、とわざとらしく言い添えて、

「それにしても〈赤の剣姫〉に続いて〈青の眠り姫〉に目をつけるなんて、なかなかレオっちも隅におけないねぇ」

「眠り姫？」

文脈的に考えると、〈赤の剣姫〉はセイリアのことで、〈青の眠り姫〉というのがファーリさんのことだろうとは思うけど。

僕が首をひねっていると、見かねたようにトリシャが補足をする。

「あれー？　知ってて聞いた訳じゃないの？　ほら、教室の窓際の端っこで、いっつも寝てる子がいたでしょ。あれがファーリっちだよ！」

言われてみると、窓際にいた長い髪の女の子は、いつも寝ていたような気も……。

「もしかして、レオっちもああいう儚《はかな》げな感じの子が好きなのかなーって思ったんだけど」

「違うって。午後に入ってから姿が見えなくなったから、ちょっと気になってさ」

適当にはぐらかすと、トリシャは楽しそうに笑った。

「あはは！　もう、そんな警戒しなくて平気だって！　わたしは盟主さまの忠実な手下だからね！　都合よく使ってくれればいいんだよ！」

そういう言動をするから力を借りるのが怖いんだけど、これは自覚してのことなんだろうか。

微妙な表情になる僕とは裏腹に、トリシャは機嫌よさそうに話し始めた。

「――〈ファーリ・レヴァンティン〉。英雄学園一年生Aクラス所属。家は魔法公、もしくは爆炎公と呼ばれるレヴァンティン公爵家。長女ではあるけど一人娘って訳じゃなくて、上にお兄さんがいるみたいだね」

特に何かを見ている訳でもないのに、資料をそらんじるように語っていく。

「契約精霊は水の超級精霊〈ウンディーネ〉。運動能力に卓越したところはないけど、優れた魔力量と水魔法の適性を持っていて、その水魔法の練度の高さから〈シックスター〉の一人に数えられてる、バッリバリの魔法使いタイプだね」

「あれ、水？」

確か、家は「爆炎」公とか聞いた気がするんだけど、聞き間違いだっただろうか。

「そこはまあ、何か複雑な事情があるっぽいね。レヴァンティンの家は本来なら火属性魔法の家系なんだけど、本人の得意属性は水。当然苦手属性の火の魔法は全然使えないみたいで、噂では現当主である父親とはうまくいってないみたい」

これだから魔法至上主義の家はこわいねー、と笑っているが、むしろそれを当然のように知っているトリシャの方が僕は怖い。

「だけど、その水魔法の腕は本物だよ。レオっちなんかとは対極の典型的な一極集中型だけど、この前の魔法訓練では第七階位の水魔法を使って見事に成功させてみせた」

「へぇ……」

水魔法の第七階位ってなんだっけ、と思い返していると、トリシャが分かりやすく頬をふくらませていた。

「あのね！　ここは『えっ！　第七階位を!?』って驚くところだからね！」

「そ、そんなこと言われても……」

というか僕がそんなことを言うのは逆に嫌味にならないか？

「そりゃ、実際に言われたら殴るけど」

「殴るんだ……」

やっぱりこの子こわい……。

僕が半歩トリシャから距離を取ると、トリシャの眉がまた一段階吊り上がった。

「言っとくけど、入学前に第七階位を使えるってとんでもないことだからね？」

まるで小さい子供に言い聞かせるような口調で、トリシャは続ける。

「人はかつて、精霊と契約するようになって魔法が使えるようになった、って伝承があるように、魔法の技術って精霊と契約してからの方が大きく伸びるんだよ。だから入学してからみんな必死に魔法を練習するし、入学前に第三階位まででも使えるようになってたら十分に優秀って言われる訳」

「なるほどなぁ」

ちらっと、「それなら入学してから頑張ればいいのでは」とも思ったが、契約前に学んだ技術やコツは精霊と契約してからも役に立ち、精霊と契約してからの魔法熟練の伸びが目に見えて変わるので、決して無駄にはならないようだ。

「まぁ？　契約前から十三階位が使えちゃうような変態さんに言っても分っかんないかもしれないけっどねー」

どことなく棘《とげ》がある口調でそう締めて、そこで少しだけ、トリシャは表情を曇らせた。

「……でも、だからこそ、ちょっと心配だよね。ファーリ様が魔法の訓練に来ないなんて、きっとよっぽどのことだよ」

「え？」

あまりに想定外の言葉に、反応が一瞬だけ遅れる。

「で、でも大丈夫じゃないか？　本当に魔法が好きならそう簡単に投げ出したりしないだろうし、ほら。クラスのみんなが心配してるって知ったら案外パッと出てきたり……」

「普通なら、そうなんだけど……」

そこで、トリシャがめずらしく言いよどんだ。

「あの、さ。最近帝都で流行《はや》ってる噂、聞いたことない？」

「噂？」

新しいイベントの予感に、僕が聞き返したところで、

「──おーいレオハルト弟ー！　こいつが〈ロックスマッシュ〉の魔法覚えたいっていうから、ちょっとこっち来て実演してくれぇ！」

真っ赤な髪の教官のやかましい声が鼓膜を揺らして、会話は中断された。

「嫌ですよ、そんなの。というか、それを教えるために教官がいるんだから、ネリス教官が……」

「うるせー！　土属性の第五階位なんてドマイナーなもん私が使える訳ないだろ！　どうせ私より魔法が上手《うま》いんだから、ちゃっちゃとお手本になれぇ！」

こうして教官の空気を読まない乱入によって、ファーリさんに関する話はうやむやになり……。

──結局その日の授業が終わっても、〈眠り姫〉が僕らの前に現れることはなかったのだった。

◇　◇　◇

「──よぉし授業終わり、解散！　いやぁ、今日もよっく働いたなぁ！」

それからも散々ネリス教官に連れ回され、次々出てくるリクエストのままに魔法を使わされて、今日の授業は終わった。

「もう完全に僕のこと助手か何かだと思ってるだろ、あの人……」

魔力《MP》が足りないと言ったら下級とはいえ貴重品のＭＰ回復薬を渡してまで魔法使わせてきたし、あの人の楽をすることへの情熱にだけは頭が下がる。

……絶対に真似したいとは思わないけど。

（まあ、クラスメイトには感謝されたし、少しは顔も覚えられたから、そこだけはプラスかな？）

ただ、ああいうことをやっているとどうしても気になってくるのが、自分の最大MPの少なさだ。

僕のレベルが低いというのはもちろん、それに加えてアルマはもともと「魔法を使えない」という触れ込みのキャラなせいか、ほかのステータスと比べて最大MPは低め。

特にさっきみたいに身の丈に合わない魔法を連発していると、一瞬で枯渇してしまう。

（せっかく上級精霊《ティータ》に契約してもらったことだし、そろそろレベル上げもしたいんだよねー）

この世界、MP回復薬は高価で入手方法も限られる。

多少ストックはあるものの、気兼ねなく魔法を使うにはやはり最大MPを上げることは急務と言える。

「お、お疲れ様です、レオハルト様！　こ、これ、フルーツジュースなんですけど、よかったら」

「あ、ありがとう……」

なんてことを考えているとレミナが駆け寄ってきて、まるで部活動のマネージャーよろしく僕に差し入れを渡してくれる。

その後ろには、それを後方監督面でニヤニヤと見守っているトリシャもいた。こいつはレミナに何をさせてんだ、とは思うけど、レミナも割と楽しんでいるようなので、あまりうるさいことは言わないようにする。

「っと、そうだった」

MP回復効果のあるフルーツジュースを飲みほしてから、僕は授業中に聞けなかったことをトリシャに尋ねる。

「さっき言いかけてた、噂ってなんなんだ」

「ん、ああ……」

トリシャは一瞬レミナの方を気遣うように見たが、結局口を開いた。

「なんかね。今帝都で『うまく魔法が使えるようになる』薬があるって噂になってて……」

「へぇ……」

フィクション作品なんかでは割とよく出てくる、技能《レベル》を向上《アッパー》させる非合法な薬的なものだろうか。

「わたしもちょっと気になって調べたんだけどね。その薬に興味持ってた子の様子がおかしくなったりとか、あとは失踪しちゃったりとか、そういう情報ばっかり入ってきて……」

「失踪!?」

僕の代わりに声を上げたのは、僕の隣にいたレミナだった。

心優しいレミナに話すかどうかは迷ったようだが、知らない方が危険だと判断したのだろう。

トリシャは言い聞かせるようにレミナに語りかけた。

「……未確認の情報だけど、もしかすると誘拐組織とつながっているのかもしれない、って。だから、レミナは絶対、そんな薬をちらつかされても話を聞いたりしちゃ、ダメだからね」

ゲームのイベントと無関係とは思えないその情報に、僕はそこはかとない不安感を覚えずにはいられなかったのだった。

◇　◇　◇

「——アルマ！」

トリシャたちと別れ、個人練習場の方へ一人で歩き出した途端、ぴょこん、とばかりに、一人の妖精が僕の中から飛び出してきた。

なんだか不思議な光景だけど、これが精霊の特殊能力らしい。

初日は色々と駆けずり回っては叫んでいたティータだけど、僕がほかの人と一緒にいる時や授業を受けているような時は基本的に出てくることはなく、僕が一人になったところで今のように気まぐれに現れることがほとんどだ。

おかげで一日の大半を僕の中で寝てすごし、僕が家に帰ってきた時だけ出てきて適当に僕にじゃれついてすぐに寝付く、というなんだか猫みたいな生活になっているが、それはともかく、

「ティータ、おはよう」

「あ、おはよー！　……じゃなくて！」

ティータは僕の肩の辺り、最近の定位置までやってくると、ぷるぷると身体を震わせた。

「さっきから、なんかヤな感じ！　ずっと見られてるわよ、アルマ！」

「やっぱり、そうか」

——見られている。

その感覚は、実はずっと前からあった。

その視線を意識し始めたのは、午後の授業の開始前。

着替えを終えて男子更衣室を出た辺りからもうそんな感覚はあったけれど、気のせいかもしれないとあ

えて無視をしていた。

(単に、僕が急に有名人になったから注目してる、とかだったらよかったんだけど)

授業が終わり、こうして一人になったところから、その視線をそれまでよりもはっきりと感じるようになった。

「うーん……」

ちらりと、後ろを振り返る。

当然ながら、そこに人影は見えない。

ただ……。

「んむむむむ!!　やっぱりアタシの精霊レーダーに反応があるわ！　ぜったいぜったい、見られてるわよ！」

ティータは何か確信があるようで、僕の周りを騒がしく飛び回る。

「ね、ねえ！　やっぱり今日は訓練はやめて戻った方がいいと思うわ！」

「お、大げさだよ、そんな……」

僕はやんわりと否定しようとするが、ティータは逆にヒートアップしてしまった。

パタパタパタパタと精一杯に羽を動かして、訓練場に行こうとする僕を引っ張って止めようとする。

「だ、だって、さっきアルマの中で聞いてたけど、子供をさらっちゃうあくとーがいるんでしょ！　もしかすると、今度はアルマを狙ってるのかもしれないじゃない！」

「いや、それはないって……」

僕が重ねて否定をすると、むぅぅ、とティータは完全にむくれてしまった。

「もう！　アルマったらいっつも危機感が足りないんだから!!　どうしてそんなこと分かるのよ！」

「どうして、って、そりゃ……」

僕はそこで言葉を切ると、出来るだけさりげない動作でもう一度後ろを振り返った。

そこにはやはり、人影は見えない。

ただ……訓練場の柱の陰、そのちょうど頭の位置の辺りに、赤と青のゲージがふよふよと浮いていて
……。

（——もう少し目を逸らしていたかったけど、しょうがない）

覚悟を決めた僕が、レンズを起動させて目を凝らすと、

LV　85　ファーリ・レヴァンティン

そこには「姿を消した」クラスメイトの名前が、ばっちりと表示されていたのだった。

◇　◇　◇

いやぁ、まあ、びっくりするよね！

昼食食べてから一度教室戻ったらさ。

なんか教室の隅にゲージだけ浮かんでるし、レンズで見たらクラスメイトの名前出てるし、それがなんかこっちについてくるし。

まあ、おかしなことが起こるのはもう慣れっこと言えば慣れっこだ。

僕が気にしているのはただ一つ。

（これほんとに原作通り……なのかなぁ）

流石にこんな訳の分からない事態がイベントじゃないと思いたくないけど、イベントだったとするなら
おそらく僕が強い魔法を使ってしまったのが原因だろう。

（授業で僕が魔法を使ってる時、なんだかガンガンに近付いてきてたもんなぁ）

このファーリって人のことはよく知らないが、魔法公の娘というのならきっと魔法に興味があるタイプのキャラなんだろう。

妙に強い魔法を使う僕に興味を持って、透明になってじっくり観察することにした、みたいなイベントだとしたらまあ納得は出来る。

ただ、この時期にそんなイベントが起こってしまったのは、なんだか原作崩壊の……いや、もう考えまい。

（まずは、向こうの目的を確認しなきゃね）

僕がわざと一人になったのは、ファーリさんの行動を促すため。

何か話があるのならここで接触を図ってくるだろうし、低い可能性ではあるものの、目撃者がなくなったところで襲ってくるという線も考えられる。

ただ、

（……あ、これもう確定だわ）

僕が魔法訓練っぽいものを始めた途端にこのこと近寄ってきたので、そんな面倒なことを考える必要

もなくなった。

魔法を撃つ度に分かりやすくゲージが揺れているので反応しているのは丸わかりだし、どうやら自分が反応されないことに味を占めたのか、最初は二十メートルほどあった距離は回を重ねるごとにどんどんと縮まっていった。

（てか、近い近い！）

幸い、実技授業のあとにもらったフルーツジュースと、授業の最後に「これ、口止め料な」とネリス教官に口に突っ込まれた魔力回復薬のおかげでまだ魔力には多少の余裕はある。

だから調子に乗って水の第九階位魔法なんかを使ったのがよくなかったのだろうか。


「――〈アイシクルレイン〉！　はじめてみた！」


なんて小さな声が聞こえたと思ったら、それを境にタガが外れてしまったのか、まさにかぶりつきという言葉がふさわしいような位置、もう呼吸音さえ聞こえるような距離で訓練を眺めるようになってしまった。

（いや、絶対おかしいでしょこれ！）

こっちとしては必死で気付かないフリをしているのに、魔法を使う度に耳元で、

「む。魔力が滑らか……」

「な、なんて魔力効率……」

「風の第七階位、これもはじめて」

とかいちいちコメントをしてくるのだ。

（え、これわざとやってる訳じゃないよね？）

自分が隠れていることを忘れているのか、あるいは全然見つかっていないことに安心しきっているのか、ファーリさんはどんどんと大胆になっていき、ついには「は・や・く！　つーぎ！　つーぎ！」とリクエストまで始める始末。

（もしかして、からかわれてる、のかな）

ファーリさんもとっくの昔に自分が気付かれていることを分かっていて、それで僕をからかっているのかもしれない。

（そういうことなら……）

僕は自分でも棒読みだなぁと思うような演技で、「んー？」と言いながら、今まで頑《かたく》なに見ようとしなかったファーリさんがいる方向へ、思いっきり首を曲げる。

その瞬間、

――ビビクゥ!!


赤と青のゲージが大げさに跳ねたかと思うと、一拍遅れてものすごい勢いで遠ざかっていく。

そして、そのゲージが元の二十メートルほど離れたところで、

「……あれぇ？　今、何か声がしたと思ったんだけど、気のせいかな」

わざとらしくそうつぶやくと、まるでホッと胸を撫《な》でおろしたように、赤と青のゲージもペコリンと上

下に動いた。

(――いや、ホッ、じゃないんだよ!!)

やっぱり全然気付いてなかった！

こんなん僕じゃなかったら絶対バレてるから！

いや、僕にもバレてるんだけど、とにかく隠れるということに対して適性がなさすぎる！

(これ、まかり間違って男子寮にでもついてこようものなら、絶対大変なことになるぞ)

本人がうまく隠れられていると思っているところがまた、たちが悪い。

早く何とかしないと……と僕が頭を抱えたところで、

「――ね、ねぇ。なんか声が聞こえたけど、もしかして、透明になった女の子が後ろにいるの？」

ようやく事態に気付いたティータがそんな今さらな問いを投げかけてきた。

「クラスメイトの子だよ。なんかずっと、ついてきてたみたいだね」

「な、なるほどね！　アタシの精霊レーダーをかいくぐるとはなかなかやるじゃない！」

精霊レーダーってなんなんだよ、とは思うけど、視線自体は感知していたという功績があるからあまりバカにも出来ない。

(まあ、教官なんかは最初から場所までなんとなく気付いてたみたいだけど……)

精霊レーダー以上の感知能力があるってことは、アレでも能力的には優秀だったりするんだろうか、なんて、どうでもいい人のことを考えていると、ティータが焦ったようにまくしたててきた。

「あ、い、言っとくけどね！　アレが魔法だったらぜったいアタシは見破ってたからね！　アレはきっと道具の効果よ！　間違いないわね、うん！」

「そうなんだ」

ティータの負け惜しみはともかく、そういう情報はありがたい。

この世界では〈魔法〉というのは効果がきっかりと決まっていて応用が利かず、ほぼ画一的な効果しか発揮しない特徴がある。

（土属性で土木チートとかもやろうと思ったけど、大きさも形も自由に出来ないから使いにくいんだよなぁ）

そういう意味で魔法の日常での利便性は非常に低いのだが、反面、魔道具や薬は割となんでもありで自由度が高いイメージがある。

ファンタジー世界の定番、透明化薬くらいはこの世界にあってても何もおかしくない。

「でもま、効果としては要するに光を捻《ね》じ曲《ま》げて視覚をごまかしてるだけでしょ。だったらアタシの得意分野ね！」

「そうなの？」

僕が尋ねると、ティータは小さな胸を精一杯に張る。

そうして、まるで出来の悪い生徒に話をするように、お姉さんぶった態度で口を開いた。

「ふっふーん！　アルマはアタシが何の属性の精霊だったか忘れたの？」

「風でしょ」

僕があっさり言うと、

「そう、ひ……風よ!! よ、よく覚えてたわね！ ほ、ほめてつかわすわ！」

「どうも？」

ティータは両手をわたわたとさせたあと、僕をやたらと持ち上げてくる。

あいかわらず忙しい妖精だ。

「でも、風って透明になるのに関係あるのかな。あんまりそういうイメージないけど」

「あ、あるに決まってるじゃない！ 風は、ええと、ほら、そう！ びゅーんって吹いて魔法効果とか打ち消すのよ！」

「なるほど……？」

正直その理屈は分からないけど、精霊というのはなんか気分で生きてそうな存在だ。

本人がそう思っているのなら、きっと効果はあるんだろう。

「じゃあ、今度近付いてきたらそっちに手を向けるから、透明化、解除してもらってもいいかな？」

「まーかせて！ あ、でも魔力は最大まで回復しといてね！ 今のままじゃ全然足りないから」

「……了解」

やっぱりレベル上げ頑張ろう、そう決意をしながら、虎の子の魔力回復薬を取り出して飲み干す。

そのチャンスは、すぐにやってきた。

（……来た！）

流石に今回は学んだのか、音を立てないようにそろり、そろりとファーリさんが近付いてきたところで、

「――〈ディスペル〉！」

手のひらを彼女に向け、同時にティータが精霊術を操る。

僕の手から飛び出した光が目の前の空間を直撃し、そこに立つ人影に形を持たせていく。

――光が収まると、そこに立っていたのは、僕の予想通りの人物。

薄闇の中でも青く鮮やかな長い髪と、それと同色の眠たげな瞳。

それからそれ以上に目を引く、まるで雪のように透き通った肌をした……全裸の少女だった。

「あれ、見え……え？」

「へ……？」

一体何が起きたのか、脳が理解をするまでにたっぷり二秒。

僕らはお互いを見合って固まって、一瞬後、

「きゃあああああああああああああああ!!」

「変態だあああああああああああああああ!!」

だだっぴろい訓練場に、二人分の悲鳴が響き渡ったのだった。

◇　◇　◇

「……と、とりあえずこれ！」

この状況は色んな意味でまずい。

僕は慌ててマントを取り出すと、それを彼女の身体を覆うようにかぶせた。

（あと、何か着られそうなもの……！）

流石に女物の服なんて持っているはずもなく、とりあえず自分の上着を渡しておく。

丈が長いものを選んだので、彼女の背丈ならとりあえずこれでなんとかなるだろう、たぶん。

「あ、ありがとう。……そ、その」

「う、うん」

ファーリさんは顔を赤くして僕の服を受け取って、マントの下でごそごそとやりながら、恥ずかしそうに問いかけた。

「さっきまでこんな服持ってなかったはず。どうやって出したの？　やっぱり魔法？　ねぇ魔法？」

魔法への感度と圧が強すぎる！

裸よりそっち先に気にするの女の子としてどうなの!?

「ねぇ魔ほ……」

「いいから服着て」

なおも言いつのろうとする彼女を脳天チョップで黙らせ、服を着るのを待つ。

「これでいい？」

そう言って振り返ったファーリさんは、上着にマントだけという格好だったけど、超ミニのワンピースを着ているように見えなくも……いや、やっぱきついかな。

（普通に痴女だこれ）

という感想は、お互いの精神の平和のためにグッと飲み込んだ。

「だ、大丈夫じゃないかな？」

これ、セーフなんだ、と小声でつぶやかれた言葉は、意図して聞かなかったことにする。

でもまあ、とりあえずこれで直視は出来るようになった。

「それより、あー」

何を聞いたものか迷う僕に、ファーリさんは先回りして答えた。

「透明になる薬、飲んだから」

「なるほど？」

それはファーリさんが持ち込んだ薬で、大体こういう効果らしい。


透明化薬（消耗品）：これを飲んだ者は数時間透明になる。ただし身に着けているものは透明に出来ない

ベッタベタじゃないか！

（でもありがとうございます！）

心の中でラッキースケベの神様に感謝の意を捧《ささ》げたあと、ふと気付いた。

「あれ？　でも、身に着けてるものを透明に出来ないってことは、授業中もずっと……」

「うん。昼休みに更衣室で薬飲んでからずっと裸。正直なんか、こ——」

「やめようね？」

年頃の女性らしからぬ言葉を口にしようとするファーリさんを、一応義務として止めておく。

けれど、僕の言葉にファーリさんはなぜか不満そうに口を尖らせた。

「入学してたった二日で二人も愛人を作った人に言われたくない」

「えっ？」

なんだか聞き捨てならない台詞を返されて、流石に動揺する。

「ま、待って！　僕ってそんな風に思われてるの？」

「うん。〈雷光のエロハルト〉と言えばあなたのこと」

あんまりにもあんまりな風評に、僕はガクリと膝をつく。

「まさか、クラスでそんな風に思われてたなんて……」

ただ、僕の言葉にファーリさんは不思議そうに首を傾げた。

「クラスでなんて呼ばれてるかは知らない。わたしが言ってる」

「え？　クラスのみんなが言ってるんじゃなくて？」

僕が尋ねると、なぜかファーリさんは呆れたように「ハッ」と鼻で笑った。

「少しでも考えれば分かること。ぼっちにそんな情報網がある訳ない」

「ぼっちなんだ……」

大貴族の娘で、〈ファイブスターズ〉の一人で、魔法の天才なのに……。

僕の憐《あわ》れみの視線に気付くと、ファーリさんは鼻息も荒くうなずいて、

「自慢じゃないけど生まれてこの方一度も友達がいたことがないエリートぼっち。強いて言うなら魔法と妄想だけが友達」

そう決め顔で胸を張ったけど、それは本当に自慢にならない上にその格好で胸を張るのは洒落《しゃれ》にならないからやめよう。

「というか、ファーリさんはそんなエロい奴だと思ってる相手に裸で近付いたのか」

僕が言うと、ファーリさんは数秒間ほど目をぱちぱちとさせてから、わざとらしく手で身体を隠した。

「……きゃっ」

「いやもう遅いから」

あんまりにも今さらすぎる。

あと今のかっこでそれやられると、無表情でも普通にエッチいからやめてほしい。

「とにかく、なんでこんなことをしたのか、事情くらいは話してもらうよ」

今までふざけていたのは、やはり罪悪感があったからだろう。

僕の言葉にファーリさんは意外なほどに神妙な顔をして、コクンとうなずいたのだった。

◇◇◇

「……つまり、魔法の訓練に行き詰まったから、すごい魔法を使ってた僕を監視してヒントを得ようとした、と?」

彼女からの事情聴取を終え、彼女が話してくれた内容を確認する。

「ん。わたしの壮絶な過去と様々な葛藤の末に至った行動を、無慈悲に一行でまとめればそうなる」

「いちいち棘ある感じに解釈するのやめてよ」

僕がたまらず抗議すると、ファーリさんは「甘い」とばかりに笑った。

「だからわたしには友達が出来ない。……うぅぅ」

言ったあとに自分でダメージを受けるなら言わなきゃいいのに……。

（とはいえ、困ったな……）

話は分かった。

分かったけど……。

「別に、わざわざ透明にならなくても、魔法使ってるところくらいなら、見せるけど」

そう口にしながらも、彼女がそれで引き下がらないことは分かっていた。

だって、本当に彼女が僕の「魔法」を見たいだけなら、姿を隠す必要なんてないから。

ファーリさんが本当に見たいのは、僕の「魔法」じゃない。

僕が「魔法が使えるようになった秘密」を見たいんだ。

「……自分がズルいことをしたのは分かってる。心配しなくても、もう付きまとったりはしない」

「え？」

だから、そこで彼女が折れたのは予想外だった。

「その上で、図々《ずうずう》しいことを言う、けど。一つだけワガママを聞いてもらえるなら……」

ファーリさんは何かを堪《こら》えるようにそう口に出すと、涙で煌《きら》めく瞳を僕に向けて、

「――わたしに、水の第十三階位魔法を見せてほしい」

まっすぐな口調で、とんでもないことを言ってきたのだった。

幕間

ファーリ・レヴァンティン

——わたしの、〈ファーリ・レヴァンティン〉の原風景は、燃え盛る炎だ。

喉が焼かれるほどの熱と、身体《からだ》をじりじりと焦がされていく焦燥感。

物心つく前から自分の中心にあるその光景は、呆《あき》れたことにどうやらわたしが本当に見た風景らしい。


——属性の適性は生まれた時に決まって、死ぬまで変わらない。

それは不変の原理とされているけれど、実は一部の貴族家では公然の秘密として、その「歪《ゆが》め方」が伝わっている。

その方法は単純。まだ魔力が定まらない幼少期に、生命の危機を感じるほどの強い属性力の影響下にその身を晒《さら》すこと。

そうすれば無意識の防衛反応が働いて、生存のために身体が自らの得意属性を「歪める」。過酷な環境に抗《あらが》えるように、生き残れるように、魔力が「変質」するのだ。

例えば、伝説的な火魔法の使い手として語られる太古の王子。

彼が幼少期の火事に遭うまでは風の属性を得意にしていた、というのはあまりにも有名な逸話。

成功の保証もなく、むしろ失敗の記録ばかりが積みあがるような不確かな方法だけれど、それでも我が子の素質を作り変えるという魅力は何者にも抗いがたい誘惑らしい。

そしてわたしも、その失敗の歴史を形作る例の一つ。

幼い頃のわたしの得意属性は火だった。

それは火属性の魔法を代々継承し続けてきたレヴァンティン家にとっては本意だったはずだったけれど、その素質は「魔法狂い」とまで呼ばれた父の満足のいく領域ではなかった。

――だから父は、幼いわたしを自らが生み出した炎の海に放り込んだ。

泣き叫ぶ母と、炎に巻かれる視界。

断片的なその記憶が本当に当時のものなのか、あとでイメージによって捏造《ねつぞう》されたものなのかは分からない。

けれど、実際にわたしは炎のただなかに放り出され、生命に危機に瀕《ひん》したわたしの魔力は自らを守るためにその性質を捻《ね》じ曲《ま》げた。

――父にとって、そしてたぶんわたしにとっても最悪な形で。

強い属性力に晒された場合の幼子が選べる道は、三つに分かれる。

――ただ押し寄せる力に翻弄され、なんの抵抗も出来ずに命を落とす道。

――同じ属性の力を身体に宿し、耐性を獲得して生き残ろうとする道。

そして、もう一つ。

――反対属性の魔力を宿し、環境に対抗して生存を模索する道。

わたしの身体が選んだのは、三つ目の道だった。

炎の中からわたしは奇跡的に生存し、すぐに行われた魔法治療によって身体には一切の傷は残らなかった。

けれど、その心と魔力には、大きな大きな傷が残った。

――救出されたわたしは水の属性への適性を獲得した代わりに、火属性の魔法素質の一切を失っていたのだ。

その一件以来、母は心を病み、やがてわたしを残して屋敷を去っていった。

一方の父は火の魔法が使えなくなったわたしに興味を失い、すでに火属性魔法使いとして頭角を現し始めていた兄に執心するようになった。


――魔法の世界では、才能が全て。


それは属性の適性と違い、決して覆すことの出来ない絶対の真理だ。

例えば剣術であれば、才能がなくとも努力をすればそれが実を結ぶこともあるかもしれない。

なにせ一日は二十四時間もあるのだ。誰よりも努力し、誰よりもひたむきに剣に向き合えば、才能以上の強さを手にすることもあるだろう。

――でも、魔法ではそんなことはありえない。

なぜなら、魔法で「努力出来るか」すら、才能によって決められてしまうから。

たとえ一日が二十四時間あろうとも、魔法を撃つには「魔力」がいる。そしてどんな大魔法使いであろうとも、全力で魔法を使えばその魔力は五分間すら持ちはしないのだ。

——毎日魔力がなくなる限界まで魔法の訓練をしていた？

そんなものは貴族なら当たり前の話で、単なる前提。

なんの自慢にもならないし、そんなものは努力と呼ばれることすらない。

だから魔法が強くなるのは、横並びで魔法を使い切った時、他人よりも前に行ける者。

人よりも魔力量が多く、属性の適性に恵まれた者。

——つまりは才能がある者だけが、優れた魔法使いになれるのだ。

わたしはその点で言えば優秀で、けれど優秀どまりだった。

魔力量は申し分がない。

一度父に「その無駄な魔力がお前の兄にあれば」と恨み言を言われたように、魔法一家の中にあっても潤沢だった。

ただ、劫火《ごうか》によって歪められた属性適性はそうはいかない。

不自然な適性変更の代償として、わたしは火属性だけでなく風と土の適性の一切も失っていたし、それだけの犠牲をもって手に入れたはずの水への適性も、ある時を境に頭打ちの気配を見せた。

まあ、当然の話だ。

属性の変質は体内の属性バランスを無理矢理に変えるため、総量としてみると変質前より悪化している場合が多いし、わたしの場合は苦手属性だったはずの水を得意属性に無理矢理に変えられたのだ。その程度の反動があってもおかしくはない。

……けれど。

わたしは少しだけ、抗ってみることにした。

魔力は、ほとんど自然回復はしない。食事を取るか、あるいは睡眠を取るなどでゆっくりと休息することによってのみ回復していく。

食事の量を増やすには、限界がある。でも、もう一つの方なら？

それは、誰にも期待されず、誰にも顧みられなかったわたしだからこそ選べた道。

その道に至る道しるべは、すでにわたしの中にあった。

「――水属性第三階位〈スリープミスト〉」

優しい水が、わたしを劫火の奥、夢の世界へと誘《いざな》っていく。

こうしてわたしは、一日のほとんどの時間を眠りと共に過ごすようになっていった。

◇◇◇

眠りの合間に魔法の訓練をして、魔力が切れればまた眠るだけの日々。

自分が起きているのか寝ているのかすら分からないそんな毎日の中で、けれどわたしの魔法の技量だけは少しずつ上がっていった。

人よりも「努力」をしたわたしは、やがて「天才」と呼ばれるようになり、やがてわたしは学園に入学して、寮住まいとなった。

そのこと自体に、特に感慨はない。

どうせ、何も変わらない。


――起きて、魔法を使って、寝て、また魔法を使って、その繰り返し。


そんな人間に友人なんて出来るはずもなく、わたしはいつも一人だった。

いや、一人だけ、たしかトリ……トリッピィ（？）とかいう名前の女子生徒がわたしに何度も話しかけてきたような気がするけれど、それも何度も眠っている間に消えていた。

それよりも、わたしの心を支配するのは、もっと大きな心配事。


（魔法が、成功しない……）


わたしは、自分の魔法の才能に限界を感じ始めていた。

その時には水魔法の第七階位に手が届くほどになっていたけれど、それは本当に手が届いただけ。

どうしても、魔法の成功率が安定しない。

魔法は成功した時だけ、魔法に関わる技能が向上すると言われている。

もし魔法が失敗してしまえば、それまでに込めた魔力は全て無駄。

魔法の訓練はその分だけ停滞してしまう。

(わたしには、魔法しかないのに……)

そうやって思い詰めても、事態は当然改善なんてしない。


――失敗は焦りを生み、焦りがまた失敗を生む。


わたしはそんな負のスパイラルから、抜け出せないでいた。

(もっと、眠らないと……)

子供の頃から使い続けてきた〈スリープミスト〉はだんだんとわたしに効果を発揮しなくなってきて、わたしはやがて睡眠を薬に頼るようになった。

どんどんと増えていく薬の量に、時に怖くなる瞬間もある。

(あたま、ふわふわする……)

薬の副作用で頭が重く、起きている時もまともに受け答えも出来ない。

でも……。


――構うものか。


薬の副作用は日常生活に支障をきたすほどだったけれど、それを注意する大人も、それを心配する友人も、わたしにはいない。

濃度を八倍にまで上げた自作の睡眠薬を、煽《あお》るように飲む。

……生きる場所が変わっても、わたしの居場所は、ずっと眠りの中だけだった。

◇　◇　◇

「——アルマ・レオハルト。エレメンタルマスターに認められた魔法の腕、見せてくれよな！」

遠くで、真っ赤な髪の教官が何かを叫んでいるのが見えた。

（どうでもいい。興味がない）

誰の弟だか知らないけれど、〈ファイブスターズ〉にも入れなかった新入生の魔法の腕なんて、たかが知れている。

（——あの赤い髪の教官。昔は優秀な冒険者だったと、聞いているけど）

今の窮状を変えてくれるかもしれないと、ほんの少しだけ、期待していた。

でも、それも見込み違いだったかもしれない。

けれど、そんなひねくれた思考は、

「——〈ファイアバースト〉!!」

その一言が響いた瞬間に、一瞬で吹き飛ばされた。

「え……？」

信じがたい、ここで聞こえてはならない言葉に、慌てて振り返る。

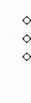

「う、そ……」

視界に映ったのは、わたしの原風景を塗り替えるほどに鮮烈な、炎の爆発。

火の魔法の最高峰の一角。

レヴァンティン家の次期当主の兄が必死に習得しようとして、いまだに至っていない火魔法の秘奥の一つ、〈ファイアバースト〉。

そんな魔法が、入学したばかりの新入生の手によって、あっさりと発現されていた。

けれど、本当の驚きはそこからだった。

「あり、えない……」

十階位魔法の連続行使。異なる三つの属性で、彼は第十階位魔法を成功させていた。

そして、少年の手がふたたび持ち上がる。

（ま、さか……）

想像するのは当然、四属性目の十階位魔法。

だが、彼の口から飛び出したのは、全く想像もしなかった、出来るはずもなかった呪文だった。

「――〈ライトニングストーム〉!!」

呼吸が、止まった。

まさか、とか、ありえない、なんて思考よりも早く、雷霆《らいてい》が吼《ほ》える。

すさまじい閃光《せんこう》と、耳をつんざく爆音。

それは、あまりにも暴力的で破壊的な、雷の舞踏だった。

「あ、ぁ、ぁ……」

もはや感情は、言葉にならない。

圧倒的な魔力と光が全てを蹂躙《じゅうりん》していくのを、ただ眺めているだけ。

そして……。

もはや用をなさなくなった的を前に、ゆっくりと彼がその手を下ろし、わたしたちの方を振り返る。

「……ぁ」

その時にやっと、わたしは思い出していた。

ああ、そうか。あれが……。


「──雷光の、レオハルト……」


その日、気まぐれに舞い降りた雷光は、その眩《まばゆ》さでわたしの全てを焼き尽くし……。

ずっと曇り空のようだったわたしの心に、鮮烈な光をもたらしたのだった。

✦　✦　✦

「──わたしに、水の第十三階位魔法を見せてほしい」

その言葉の衝撃に、思わず固まってしまった僕の様子は、眠たげな目つきに似合わず聡《さと》いファーリさんには致命的だったようだ。

「やっぱり、『使えない』とは言わないんだ」

そう静かにたたみかけられて、僕はたまらず狼狽《ろうばい》した。

「あ、いや、それは……」

またカマかけに引っかかったのか、とつい口ごもってしまうけれど、彼女は必要ないとばかりに首を横に振った。

「いい。分かってた」

「分かってた、って……」

少なくとも、僕はそんな素振りは見せていなかったはずだ。

そう思って彼女を見ると、確信のこもった視線に出迎えられた。

「わたしはずっと、あなたの魔法を見てた。風魔法が特別得意だとは思えない」

「な、なるほど……」

魔法の威力とはすなわち、その魔法の適性や熟練度を映す鏡だ。

どの属性も同じくらいの威力で使えるのなら、熟練度も同じ程度であると考えるのは確かに自然。

だとしたら、ほかの三属性も十三階位かそれに近いところまでは使えるのでは、と考えるのは理に適《かな》っている。

（そ、そんなところからバレるってのもあるのか）

個別の熟練度にあえて差をつけて、好き勝手に魔法の威力に凹凸をつけている僕にはない観点の考え方だった。

（こ、今度から、風の属性魔法を強化するアクセでも装備しとこう）

善後策を考えはするが、それで目の前の彼女をごまかせる訳じゃない。

ここまで確信を持たれてしまったなら、変に突っ張らずに受け入れた方がいいだろう。

「……分かったよ。その代わり、誰にも言わないでほしいな」

そう僕が条件を出すと、ファーリさんは即座にうなずいた。

「絶対に、ほかの人には言わない。この裸に誓う」

「そこはもっとマシなもんに誓ってよ」

一抹の不安が過ぎるけれど、

「そもそも、話す相手がいない」

「あっはい」

やっぱり心配は要らないかもしれない。

この子は鋭いんだかなんなんだか、もうよく分からない。

ただ、やるべきことは、定まった。

「じゃ、やるよ」

別にもったいぶるようなことでもない。

僕は仕方なく新しいマナポーションを飲み干すと、訓練場に向かって右手を伸ばす。


「――〈ダイヤモンドダスト〉」

メニューからの要請に従って放たれたのは、水の第十三階位魔法〈ダイヤモンドダスト〉。

同名の自然現象を彷彿《ほうふつ》とさせる氷の舞踏が、標的となる案山子《かかし》を瞬時に凍りつかせる。

そして最後に、「パリン！」と音を立て、凍りついた案山子にひびが入って崩れ落ち、魔法は終わった。

「これで……」

いいのか、と口にしようとした僕の言葉は、彼女の表情を見た瞬間に止まった。

（泣いて、る……？）

ファーリさんは、僕の魔法を眺めたまま、静かに涙をこぼしていた。

どこか神秘的にすら見えるその光景に、僕は言葉もなく見入ってしまったが、

「……ん。これでスッキリ、した」

彼女は流れる涙を拭いもせずに僕を振り返ると、

「──わたしは、学園をやめる」


迷いのない口調で、そんなとんでもないことを言い出した。

「やめ……え？」

突然の展開に、うまく言葉が継げない。

「わたしじゃ、絶対に届かない高みを見せてもらった。それで、諦めがついた」

さっぱりと、どこか清々《すがすが》しさすら感じさせる口調でそう言い切るファーリさん。

しかし、流石《さすが》にそれで引き下がれるようなことではない。

「諦めって、まだここからじゃないか！　せっかく精霊契約も出来て、Ａクラスにも入れたのに……」

僕の必死の説得に、しかし彼女は首を横に振った。

「もともと父からは『無駄なことはやめろ』と言われていた。その言葉にはうなずけなかったけど、本当の『天才』を見た今なら、納得が出来る」

そうして彼女は、全く揺らぎのない視線のまま、僕を見据えると、

「――わたしには、魔法の『才能』がない」


残酷な、残酷すぎる一言を、あっさりと自分に突き立てる。

「それ、は……」

あっさりと口にされた言葉でも、きっと簡単な言葉じゃなかっただろう。

それでも、僕は必死に食い下がった。

「い、いや、待ってよ！　そりゃもしかすると、十三階位には届かないかもしれないけどさ！　だからって、少なくとも退学するほどでは……」

「それは、分かってる。分かってる……けど」

それから、ファーリさんは僕のマントに顔をうずめるように、頭を伏せて、

「――少し、疲れた」

力なく口にされたその言葉が、たぶん彼女の本音だった。

「全部を魔法に捧《ささ》げようと思って今まで生きてきたけど、報われない努力を続けるのは、やっぱり……つらい。だったらもう、ここですっぱりと、諦めてしまえば……」

苦渋のにじむその声音。

でもそこに、いまだに割り切れない未練も感じ取ってしまったのは、僕の願望だろうか。


「――違う。違うんだよ」


だからこそ、気付けば僕はうなだれる彼女に向かって、そんな言葉を口にしていた。

「本当は僕に、才能なんてないんだ」

「え……？」

はっきりと言えば、僕《アルマ》は魔法の習得になんて向かないキャラだ。

それでも僕がここまで魔法に習熟出来たのは、僕が「努力」してきたから。

そして、僕がここまで「努力」が出来たのには、理由がある。

そのうちの一つは、僕の体質というか、おそらくはプレイヤーの「特性」に由来するもの。

たぶん世界中で誰にも真似《まね》が出来ない。

だけど、もう一つについては……。


(――話すつもりなんてなかったけど、しょうがない、よね)

誰にともなく心の中で言い訳をして、僕は彼女に近付いた。

「……手、出して」

「え？」

「いいから」

強引に迫ると、ファーリさんの細い手を取った。

そしてその真っ白な手を労《ねぎら》うように、そっと人差し指と中指に指輪を嵌《は》めていく。

「……この指輪、は？」

不思議そうな彼女の指に押し込まれたのは、豪華さとは無縁な質素な指輪だ。

そのうちの一つは木で作られていてデザインも武骨だし、もう一つは金属製ではあるけど錆《さ》びてボロボロ。

とてもではないけれど、年頃の貴族令嬢の指にふさわしいものじゃない。

だけど……。

「そう、だね。名前を付けるなら、これは――」

このみすぼらしい二つの指輪こそが、きっと彼女の希望になる。

僕はそう信じて、少し気取った調子でこう答えた。

「――〈エレメンタルマスター〉製造機、かな」

第05章

あるま・れおはるとくん六さい

MILLI SHIRA TENSEI GAMER ｜ Vol.01 ｜ CHAPTER 05

「――ＭＰが、足りないっ!!」

ぼくは自分のベッドにひっくり返って思わず叫んだ。

前世の記憶が蘇ったあの日から、もう数日。あれからぼくは毎日魔法の訓練と称してメニューから光魔法を使い、魔法の熟練度を上げてきた。

だけど……。

HP	54 ／ 54	
MP	0 ／ 6	

これが、今のぼくのMP。

いくらなんでも、6っていうのは少なすぎる。

〈ライト〉の魔法にはMPが2必要なので、なんと一日に三回しか魔法が使えないのだ。

ぼくがメニューからボタンを押すだけで魔法を使えることを加味すると、もう三秒もかからずに一日の魔法訓練が終わってしまう。

最後の手段として最大HPを削って魔法を使う方法もあるけれど、最大HP54をMPに換算するとたったの5。

結局は焼け石に水にしかならない。

（せめてMPがもっとガンガン回復してくれたらなぁ）

なんというかこのゲーム、MPの自然回復がめちゃくちゃ渋いのだ。

朝に一度使い切ってから夕方になってそろそろ全快してるかなと見てみたら、なんと1MPたりとも回復していなかった。

どうやらきちんと眠らなきゃMPは一切回復してくれないようで、一日中寝てるよっていう漫画キャラみたいな人を除いたら、一日に一回しかMPは回復しないと考えていいだろう。

（……え、これめっちゃ厳しくない？）

本で読んで調べた限りだと、この世界、MPを回復する薬は高価で、普通の店には出回っていないらしい。

あとは料理による回復だけど、小数点以下の数値が切り捨てられてしまうため、MPが6しかない現状ではMPが20％以上回復するような料理を食べないと、おそらくは効果が出ない。

というか、ＭＰが20％以上回復するような料理を食べても1しか回復しないいんだから、どちらにせよ割に合わないことこの上ない。

（ん、んん？　んんんんんん？）

見れば見るほど詰んでいるような状態。

いや、前には進んでるんだけど、いくらなんでも牛歩すぎるというか、こんなんじゃ九年なんてあっという間に終わってしまうというか。

（……やっぱり、おかしくない？）

流石《さすが》にこれ、厳しすぎやしないだろうか。

原作ゲームでもこんな感じだとしたら、どう考えてもマゾゲーが過ぎる。

ぼくだったら開発に怪文書を送ってるレベルだ。

（そうだ！　たしか兄さんは、もっとバンバン魔法使ってたはず！）

もしかするとぼくは、とんでもない勘違いをしているのかもしれない。

魔法の真実を確かめるため、急遽《きゅうきょ》ぼくは兄さんを探しに魔法練習場（家の玄関から徒歩二分）へと飛んだ。

◇　◇　◇

「――ん？　じゃあそろそろ、アルマも位階を上げてみるかい？」

ぼくが兄さんに魔法について相談したら、返ってきた言葉がそれだった。

聞きなれない単語に、聞き返す。

「位階？」

「なんて言えばいいかな。魔物を倒したりすると、急に『自分が強くなった』って分かる時があるんだ。それを『〈位階〉が上がった』って言うんだよ」

齢《よわい》八歳にしてすでに理知的なしゃべりと石影《いしかげ》明《あきら》ボイスを身に着けている兄さんの言葉に、ぼくは心の中で叫んだ。

（――レベルじゃんそれ！）

いや、もちろんRPGの世界だし、レベルの概念はあってしかるべきだとは思うんだけど、こうもあっさりと言われると戸惑ってしまう。

（いや、でも、レベル！　レベルかぁ！）

記憶が戻る前はなんとも思わなかったけれど、あらためてこうゲームっぽい単語を突きつけられると、ワクワクしてしまう。

（子供の頃からレベル上げしちゃって、学園入学時には無双状態になっちゃったりして……！）

いや、もちろん原作遵守は絶対の掟《おきて》。

原作を壊しかねない無茶な自己強化は絶対するつもりはないけれど、前世でネット小説をたしなんでいた身としては、そんな妄想が自然と浮かんでしまう。

ただ、黙り込んでしまったぼくを、兄さんは興味が逸《そ》れてしまったと考えたようだ。

兄さんにしてはめずらしくちょっと早口で、そのメリットを説明する。

「それで、位階を上げると強くなるし、魔力の最大値……えっと、貯《た》めておける量が増えるんだ。だから、位階を上げたらたくさん魔法の練習が出来るようになるんだよ」

子供のぼくを気遣って、優しい言葉を選んで話してくれるお兄様（八歳）。

その早熟っぷりに戦慄しながらも、レベル上げのワクワクが勝った。

「それで、どうする？　アルマは位階、上げたい？」

重ねて尋ねてくる兄さんに、

「――やりたい！」


ぼくは子供の本能のままに、元気よく叫んだ。

それを聞いて、兄さんの表情も明るくなる。

前々からぼくと一緒に魔法の練習がしたい、と言っていた兄さんだから、ぼくが魔法に興味を持ち始めたことが嬉《うれ》しいのかもしれない。

（初レベル上げだ！）

一体何をやるんだろうか。

やっぱり森に入って兎狩《うさぎが》り、いや、平原でゴブリン相手に殺すＫＡＫＵＧＯを……。

そんな妄想をたぎらせていると、レイヴァン兄さんはあっさりとうなずいて、

「——じゃあ今日料理長に頼んでおくから、明日位階を上げようか」

すごーい軽い口調で、そんな不可解なことを言ったのだった。

◇ ◇ ◇

翌日。

ぼくは何が起こってもいいように万全の態勢を整え、今日ばかりは魔法を使わずに温存して厨房《ちゅうぼう》へと向かった。

（まあＭＰ温存したって、使えるのはまだ〈ライト〉の魔法だけなんだけどね）

それでも目くらまし程度にはなるかもしれないし、その差が生死を分けることもあるかもしれない。

とにかく今日は初めての実戦。

何が起こってもいいように、覚悟の準備をしておかなくては。

（厨房で初戦闘ってことは、やっぱり食材と戦うのかな）

あまり意識したことはないけれど、この世界では魔物の肉も普通に食卓にあがるし、厨房の奥にでっかい水槽があるのも知っている。

ぼくの「はじめて」の相手は殺人ピラニアとかになるのかもしれない。

なんとも言えない高揚感と不安感を胸に、ぼくは待ち合わせ場所の厨房に向かった。

「たのもー！」

ぼくが気合と共に足を踏み入れると、そこにはすでにレイヴァン兄さんとクマみたいな大男がいた。

「おはようございます、兄さん、ドリッツさん！」

「おう、アルマ坊ちゃん！　よく来やしたね！」

ぼくのあいさつに、ニヤリと口元を上げてあいさつを返してくれたこのドリッツさんは、うちの厨房を一手に引き受ける料理長だ。

シェフというよりは板前さんみたいな見た目だし、敬語はちょっと怪しいけれど、その腕前は確か。

「アルマ坊ちゃんのために、とびきり活《い》きのいいのを選んでおきましたぜ」

そんなドリッツさんが人を何人かヤってそうな笑みを浮かべて示したのは、食材倉庫の片隅に置かれた大きな壺《つぼ》だった。

「あれって……」

「ま、百聞は一見に如《し》かず。まずは覗《のぞ》いてみてくだせぇ」

その笑みに不安になってレイヴァン兄さんを見ると、優しげな顔をしてそっと僕の背中を押してくれた。

これ裏切られる奴《やつ》じゃないよね、信じていいよね、と石影　明シンドロームに陥りながらも、ぼくはおそるおそる壺に近付いた。

（おっきい……）

成人男性の胸くらいまであるその壺は、当然六歳のぼくには大きすぎた。

それを見越して、だろう。

横に設置してあった脚立を使って、壺の縁にまで頭を持ち上げる。

ドキドキを押し殺しながら、そっとぼくが壺の中を覗くと、

「うぇ!?」

壺の底にはうねうねとうごめく大量の緑色の何かがいた。

「えっなにこれは？」

ていうかほんとに何!?

もしかしてぼくらは、知らない間にこんな気持ち悪いものを食べてたの!?

そんな戦慄と共に反射的に二人の方を振り返ると、ドリッツさんが笑いながら答えた。

「あっはっははは！　そいつぁスライムですよ、坊ちゃん！」

「スライムって、あの？」

ゴブリンと並び、数多《あまた》のファンタジーＲＰＧに出てくる超代表的なモンスター。

某国民的ＲＰＧの影響によってユーモラスな見た目で弱いというケースが多い一方、本格ファンタジーを標榜《ひょうぼう》する意識が高い作品ほどグロテスクな見た目で物理無効だったり状態異常を付与してきたりでやたらと強くされがち（個人の感想です）な魔物の王様が、これ？

そう思って見てみると、確かにスライムだ。

明かなゲル状をしていて見た目がちょっとグロいのは本格寄りだけれど、少なくとも強さに関してはそこまでのようには見えない。

「でもなんでスライムが厨房に？　やっぱ食べるの？」という疑問には、すぐに兄さんが答えてくれた。

「スライムは残飯や食材の残りみたいなゴミを食べてくれるから、厨房で飼っているんだよ。餌を与えすぎると際限なく増えてしまうし、あまり変なものを与えると毒を吐くようになるから、管理は必要だけどね」

そう言われれば、確かに合理的な気もしてくる。

「ま、慣れちまえば可愛《かわい》いもんですよ！」

なんて意見にはちょっと賛同しかねるけれど、重要なのはそこじゃない。

「え、えっと、もしかして、ぼくの位階上げの相手って……」

「もちろん、そこのスライムたちでさぁ！」

あ、うん。

やっぱり、そうなるよね。

不満を言える立場ではないけれど、ちょっと肩透かし感は否めなかった。

「その、てっきり水槽の魚とかと戦うのかなって思ってたんだけど……」

「あっははははは！　それもいいですがね！　せめて位階が20以上はないと一刺しで殺されちまうような魚もおりますから、流石に坊ちゃんには触らせられませんよ！」

豪快に笑うドリッツさんだったけど、こっちは青くなるばかりだ。

やっぱりこの世界、人にやさしくなさすぎるのでは。

(う、うん。まあそう考えるとスライムも、悪くはないよね)

ちょっと予定とは違ったけれど、ぼくの初めての実戦が今から始まることには変わりはない。

ぼくが気合を入れなおしていると、兄さんが近寄って尋ねてきた。

「そういえば、アルマは〈トーチ〉の魔法は使えるようになったんだっけ？」

「……ううん、まだだよ」

むしろそのためにレベル上げをしたいんだけど、やっぱり早かっただろうか。

けれど、そんなぼくを安心させるように兄さんは微笑《ほほえ》んだ。

「あ、いや。心配しなくても大丈夫だよ。そのために秘密兵器があるんだ」

そう言って、兄さんが取り出したもの、それは……。


「……え」

どこからどう見ても、マッチ箱だった。

◇　◇　◇

「坊ちゃん！　ここが気合の見せどころですぜ！」

「アルマ！　僕は君ならやれると信じているよ！」

ぼくは二人に見守られながら、マッチ箱からマッチを一本取り出し、箱の脇をシュッとこする。

火属性の精霊石の粉末がまぶされているそれは、子供の力でも一瞬で火がついた。

「おお！　流石はレオハルト家の子供！　見事な手さばきだ！」

「いい調子だよ、アルマ！　さぁ、油断せずに行こう！」

兄さんとドリッツさんの声援を無心で聞き流しながら、ぼくはマッチをぽいっと壺の中に落とす。

事前に油がまぶされたスライムたちは、マッチによって一瞬で燃え上がり……。

「おー。よく燃えますなぁ」

「マッチが、アルマの頑張りに応えてくれたんだね」

火にまみれても壺の底でただうねうねと燃え続けるだけのスライムたちを見守ること、十秒ほど。

——テッテレレレ！

クソデカ音量が突然頭に響き渡って、ぼくはレベルアップした。

「お、やったみたいですな！　これはめでたい！」

「おめでとう！　よく頑張ったね、アルマ！」

すかさず駆け寄ってきた二人の祝福にもみくちゃにされながら、ぼくは、

「……おもってたレベル上げとちがう」

と小さな声でつぶやくしかなかったのだった。

……あ、ちなみに、レベルアップでぼくの最大ＭＰはどうなったかというと、

HP	54 ／ 63
MP	6 ／ 7

「――ダメじゃん」

ぼくの楽々原作スタート計画に、暗雲が立ち込めてきた瞬間だった。

◇　◇　◇

（ど、どうしよう？　どうすればいいんだ？）

レベル上げは出来たけれど、レベルアップで上がったMPはたったの1。

これじゃ〈ライト〉の使用回数一回分にも満たない。

い、いや、でもまだ動揺するには早い。もしかするとこのゲームは、MP関連がめっちゃくちゃ渋いのかもしれない。

どうにかして他人のMPが見れれば……そうだ！

「に、兄さん！　ちょっと〈トーチ〉の魔法を使ってみてくれない？」

「え？　まあ、いいけど」

ぼくは他人のＨＰやＭＰはゲージでしか見れない。

でも、消費ＭＰの見当がつく〈トーチ〉の魔法を使ってもらえば、そこから目算で最大ＭＰが割り出せるはず。

「アルマからそんなに見られると、緊張するね」

なんて言う兄さんには悪いけど、ぼくは兄さんの魔法なんて見ていなかった。

それよりも兄さんの頭の上、満タンの状態のＭＰゲージを注視する。

「――〈トーチ〉」

わずかな集中のあと、兄さんが呪文を唱えた。

当然その瞬間、ＭＰゲージにも変動はあったんだけど……。


(――ミリしか減ってなあああああい!!)


その動きのあまりの少なさに、ぼくは心の中で絶叫した。

〈トーチ〉の魔法を使っても、明らかにゲージの端っこの部分が少し減っただけ。

この減り方からすると、少なくとも兄さんの最大ＭＰは10や20じゃ効かない。

おそらくは50以上。

場合によっては１００以上ってことだってありえるかもしれない。

(……ふぅ。ちょっと落ち着こう)

どうも感情の抑えが利かない。

まあ所詮は「大人だった記憶を引き継いだ六歳」だから、このくらいが年相応なんだろうけど、それで判断を間違う訳にはいかない。

とりあえず、これではっきりした。


(――今のぼくに、魔法の才能はない)


考えてみれば、当たり前のこと。

原作のアルマくんは、十五歳の時点でも魔法を一切使えなかった。

そんな人間《キャラクター》がMPだけ豊富という方が不自然だ。

いや、まあ何か秘めたる力がある証明としてわざとそういう違和感を残す手法もあるにはあるけど、ぼく《アルマ》はそうじゃなかったということだろう。

(まあ、ステータスの傾向を見ても魔力よりも腕力とかの方が高かったし、戦士型だよね)

これがずっと続くのか、それとも高レベルになると魔法も育つのか、あるいはイベントを経て突然覚醒するのか、それは分からない。

ただ、子供時代の育成では、あまり当てにする訳にはいかないというのは間違いない。

――だったら、今出来ることは……。

ぼくはパッと顔を上げると、ドリッツさんに向かって勢いよく飛びついた。

「ドリッツさん！　このスライムを倒すの、もっと頼んでもいい？　なんだったら、毎日とか！」

ぼくの「これから毎日スライム焼こうぜ！」宣言にも、ドリッツさんは嫌な顔一つせずに応じてくれた。

しかし……。

「お、おう！　坊ちゃんやる気だなぁ。いいぜ！　……ただなぁ」

どうも、この「スライム焼き」が有効なのは、位階が極端に低い場合だけ。

これで位階を上げられるのはレベル5くらいまでで、それ以上をスライムだけで上げようとすると、年単位の時間がかかってしまうとか。

どうやらスライムを三百年倒し続けてもレベル99は望めないような世界らしい。

おそらくは自分のレベルより弱いモンスターを倒すとレベル差に応じて入手経験値量が半減してしまう仕様なんだろうけど、やっぱりちょっと世知辛い。

「大丈夫！　ありがとう！」

とはいえ、これで安全にレベルを5まで上げられるなら十分すぎるほどだ。

なんだかんだ言ってそれだけでMPを倍近くに出来るはずだから、やらないという選択肢はない。

それに、兄さんが見かねて話してくれたところによると、レベルアップによる能力上昇には幅があるらしい。

レベルが高くなると能力上昇幅も上がることが多いほか、同じくらいのレベルでも大きく能力が上がったり、そうでもなかったりと波があるとか。

それは単に事前に設定された能力上昇に波がついているだけなのか、実は毎回、ランダムで能力上昇値を決定しているのか、ゲーマーとしてはちょっと気になる。

（ううう。セーブ&ロードして検証したい！　無駄にカーソルをころころ動かして矢印の向きで乱数消費して調整したぁい！）

ぼくの中のゲーマーの「俺」がそんなことを言って騒ぎ出すが、堪《こら》える。

ないものねだりをしても仕方ない。

……そう、「ない」ものをねだっても意味がない。

ねだるんだったら、「ある」ものにしないと。

「――よし！」

前世の記憶を取り戻し、絶対原作守護《まも》るマンになったぼくに、もはや躊躇《ちゆうちよ》なんてものはなかった。

即座に次の「獲物」に狙いを定めると、すぐに行動に移す。

「おじゃまします！」

ぼく自身の魔力最大値が低いのなら、外からそれを補填すればいいだけだ。

つまり……。

「ん？　アルマか。何か用かな？」

ぼくは父さんの執務室に飛び込むなり、こう叫んだ。

「――父さん！　ぼく、装備がほしいです!!」

◇　◇　◇

「――ふおおおおおお!!」

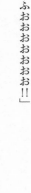

目の前に広がる光景に、ぼくは前世含めても一度もあげたことのないような声をあげていた。

完全に精神年齢が子供になっているけれど、これはしょうがない。

辺り一面に武器や防具、それから魔法の装飾品が並ぶ今の光景は、ファンタジー世界に憧れる者なら誰でも息を飲んでしまうはずだ。

「ここは昔、私が冒険者をしていた頃に利用していた店なんだ。話は通しているから、自由に見て回りなさい」

ぼくが店の入口で興奮していると、後ろから父さんの声が追いかけてくる。

「えっと、でも、高いものもあるんだよね？」

弁償とかになったら絶対に払える気がしない。

今さらになってぼくの小市民な部分がそんなことを言わせたが、そんな不安を父さんは笑い飛ばした。

「あははは！　心配しなくても、アルマくらいの力で壊れるようなやわなものはここには置いていないよ。……ああでも、魔法の品の扱いには気を付けた方がいいね。中には触っただけで手がなくなってしまうようなものもあるから、ね」

父さんがめずらしく茶目っ気を出して、パチンとダンディにウィンクしてくるけど、物騒すぎてちょっと笑ってあげられなかった。

「ぜ、ぜったいにさわらないよ、うん」

深く心に誓って、ぼくは魅惑の装備たちに向き直る。

確かに探しているのが武器なんかだったら、自分で触って使い勝手を確かめるのも必要だろう。

でも、今日のぼくの目的は、そういうものじゃない。

——ぼくの乏しいMPを底上げしてくれる装備。

それが、今のぼくに一番必要なものなのだから。

◇　◇　◇

父さんに装備をねだった日から三日。

ぼくのお願いにあっさりとうなずいた父さんは、三日後である今日に、ぼくを連れて街へやってきて、装備品を売っている店まで連れてきてくれた。

これだけ聞くと息子に駄々甘な親バカという感じだけれど、そこは流石の公爵様。

単に甘やかすだけじゃなく、装備選びに当たってぼくに三つのことを誓わせた。

・手入れをおろそかにしない
・自分に扱えない装備は選ばない
・装備に頼りきりにならない

どれも子供にも分かりやすくシンプルで、けれど重要なことだ。

流石常識人パパ、と思う一方、そんな常識人っぽい父さんですら「大人の見えないところで使わない」

とか、「絶対に人に向けない」みたいな条件を一切考慮に入れないところがこの世界って地味に狂ってると思う。

(ま、まあ、多少の怪我《けが》は魔法でなんとかなるし、レベル上げてパンチで殴ればそれで一般人くらい消し飛ぶからなぁ。武器とかもう関係ないか)

あ、あとついでに、金銭面についても全く制限してないのは、貴族ってやっぱりお金持ってるんだなーと思いました(小並感)。

(というか、この店もずいぶんとすごい品揃《しなぞろ》えだよね)

内装や店員も含めて、見るからに質がよさそうというか、ぼくが想像する街の武器屋さん、みたいなイメージとは一線を画している。

試しに、目の前に置かれた商品の値札を見てみると……。

「んぴゃっ!?」

思わず変な声が出るほどの値段が、そこには書かれていた。

(ご、五十万ゴールド……)

確か、宿屋の値段が大体一泊百ゴールドくらい。

駆け出しを卒業した剣士が使う一般的な鋼の剣が、大体三千ゴールドとかいう話だったはず。

それが、五十万ゴールドとは……。

(――間違いなく、ここは超高級店だ)

ゴクリ、と唾を飲む。

緊張してきたというのもあるし、それよりもぼくがこの店に来られたことに、最初とは違う興奮が襲ってきたのだ。

根っからの原作厨（なお原作ミリしら）なぼくはもちろんそんなことはしないが、もしかするとここの武器を使えば原作序盤なんてそれだけで無双出来てしまうのでは？

そんな予感を覚えるほどに、この店に並べられた武器は圧倒的で、いかにも強そうなオーラを放っているように見えた。

そんな欲望と好奇心に突き動かされ、ぼくが目の前の五十万の剣に視線を集中させると、いつものようにその性能が浮かび上がってくる。

【アイスブランド（武器）：氷の魔力を帯びた剣。通常攻撃を水属性に変える。
攻撃力　：　３２０
装備条件：　腕力２００　魔力１００】

その記載を見た瞬間、ぼくは店内にもかかわらず、思わず叫びそうになった。

（装備するのに条件がいるの⁉）

ぼくの今の腕力は17で、魔力に至ってはまだ5しかない。

言うまでもなく、全然足りない。

（くっそー！　父さんがあっさりと許可を出したのは、これが理由かぁ）

この店には強力な装備も多いけれど、そういう装備は地力が備わっていないと使えない。

条件には「自分に扱えない装備は選ばない」というのもあったし、ぼくは父さんの手のひらの上だったらしい。

（……って、違う違う！）

頭を振って、煩悩を追い出す。

強力な武器を見てついその気になりかけてしまったけど、今日の目的はそうじゃないんだ。

（一応、強力な武器を扱うには使い手にも相応の能力が要求される、って本に書いてあったしね）

店に来るまでに三日の余裕があったので、この世界での装備品の扱いについては本を読んだり兄さんに聞いたりしてリサーチ済みだ。

武器については普通に両手でいいとして、防具が装備可能な場所は、頭、胴体、腕、足、首、指、指の七ヶ所。

頭、胴体、腕、足が防具で、首と指がアクセサリという分類になる。

指が二ヶ所になっているのはここだけ装備が二つ出来るようで、指輪は二つまで嵌《は》められるらしい。

無理矢理全部の指に指輪をつけたら十個の効果が一気に……みたいなことも考えたのだけど、そういう場合は最後につけた二つの効果だけが有効になるのだとか。

ちょっと残念だ。

（今ほしいのは、装備の基礎性能よりも特殊能力、なんだけど……）

装備には特殊な能力がつくことは確かにあるらしいけど、その能力は装備の種類によって割と厳密に決まってしまっているそうだ。

例えば武器なら攻撃性能、防具なら防御性能が上がる特殊能力がつくし、首装備には耐性系の能力しかつかない。

——だからぼくが狙うのは、必然的に色んな種類の能力が付く〈指輪〉一択となる。

しかも、武器や防具と違ってアクセサリには装備するのに能力が必要だとは書いていなかった。

たとえ今のぼくでも、すごい効果のついた指輪を装備出来るはずだ。

背後に父さんの視線を感じながら、ぼくは武器防具をスルーして、指輪売り場へと向かった。

思わず気圧《けお》されるほどの色とりどり、様々なデザインの指輪が並ぶ中で、

（あ、あれだ！）

その棚には、「気力量増幅の指輪」と「魔力量増幅の指輪」が並んでおいてあった。

気になるお値段は……。

「うひっ⁉」

なんと両方とも〈アイスブランド〉を超える、驚異の百二十万ゴールド。

目がチカチカしてしまうけど、これは期待出来る。

ぼくは早速、「魔力量増幅の指輪」の方を見て、その効果を探る。

その結果は……。


【マナブーストリング（指輪）：装備者のＭＰ最大値を15％増加させる】


……ＭＰ最大値の増加。

この効果は、ぼくが探していたものに間違いはない。

間違いはない……けど。

(うーん……)

いや、もちろん効果としては強い。

15%って言われると微妙に感じてしまうけど、二つつければ30%。

割合増加だからどんなに強くなっても腐ることはないし、他人より三割多く魔法の練習が出来るなら、それはアドバンテージだろう。

(でも、なぁ……)

正直、「今」欲しい効果がこれかと言われると、ちょっと首を傾《かし》げてしまう。

ならもっとほかのものは、と探したけれど、この店にはMP関連の指輪はこの一つしかないようだ。

「おや。それを買うのかい?」

父さんが追い付いてきて、ぼくの視線の先を追うと、特に気負いもない口調でそう尋ねてくる。

百万越えの品をポンと買えてしまうお父様素敵、となるところではある。

あるんだけど……。

ぼくは幾分か迷ったあと、ゆっくりと首を横に振って、言った。

「――その、別の店も見て回ってもいい?」

◇　◇　◇

少し格は落ちるけれど、と父さんが紹介してくれた店も、品揃えはよかった。

よかったけど、

「……はぁ」

残念ながら、前の店にあった〈マナブーストリング〉以上の装備はなかった。

（装備でMP補強っていうのは、いい考えだと思ったんだけどな）

どうやらちょっと、考えが甘かったらしい。

少し落ち込んでいると、ポン、と頭に手が乗せられた。

「まぁ、そういうこともある。でも私は、アルマがちゃんと自分の目的を見定めて動ける子だと知って、嬉しかったよ」

「父さん……」

言いながら頭を撫《な》でる父さんの手つきは優しかったけれど、それでも気落ちした心は隠せなかった。

ただ、そんな時。

「ん？」

肩を落としたぼくの視界に、一瞬気になるものが映った気がした。

顔を上げて、そちらに視線を向ける。

「あれって……」

目を凝らした先に、あったもの。

それは、冒険者風の青年が路上に思い思いに商品を並べている、小さな露店だった。

「……んー」

まだ原作開始前だからイベントなんかは起きないとは知っているけれど、こういう偶然にはどうしても意味を感じてしまう。

それに、ぼくが回っていた店はどれも高級店。逆に安いからこその掘り出し物もあるかもしれない。

「父さん、ちょっと行ってきてもいいかな？」

「参ったね。本来であれば、ここに露店を出すこと自体があまり褒められたことではないのだけど……」

ぼくが尋ねると、父さんはちょっと困った顔をしたけれど、最後にはうなずいてくれた。

「……でも、あまり期待しない方がいい。こういう店は、粗悪品に見合わない高値を付けて売ることも多いからね」

「うん、大丈夫！」

ぼくにはこの鑑定スキル……じゃないけど、説明文が見れる程度の能力がある。

流石にひどいぼったくりに遭うことはないはずだ。

「お、坊主！　ちょっと見ていかないか？　掘り出し物揃いだぜ」

ぼくが近付くと、向こうの方から先に声をかけてきた。

これ幸いと、近付いていく。

（あー、やっぱり質はお店と比べるまでもないなぁ）

そこには大量のアクセサリが並べられていたが、美しさも宝石の豪華さも、全体的にお店のものに劣っていた。

並べ方も雑で、明らかに商売慣れしていないことが分かる。

その視線を読み取って、冒険者っぽい男は慌てて言葉を継いだ。

「ま、まあちょっとみすぼらしく見えちまうかもしれねえけどな。ここにあるのは二年間かけてオレたちがダンジョンで手に入れた、秘蔵のお宝なんだ。ここだけの話、全部魔法の品なんだぜ？」

「魔法？　へぇー」

適当な相槌《あいづち》を打ちながら、まずは一番手前にあった木で出来た指輪に焦点を合わせる。


【ウッドリング（指輪）：木で出来た指輪。防御力が1上がる】


表示された説明文に、ぼくは顔をひきつらせた。

（……ひ、ひどいなこれ）

お店で見た指輪にも防御力を上げるものもあったが、低くても30、高ければ100近く上昇するようなものばかりだった。

しかも値札を見る限り、これを二千ゴールドで売ろうとしているというのだから面の皮が厚い。

（やっぱり露店に来たのは間違い……あれ？）

ただ、そこでぼくは、店では一行しか表示されていなかった指輪の説明文に、まだ続きがあることに気付いた。

（なんだ、これ？）

内心で首を傾げながら、説明文の二行目を見る。


【敏捷《びんしょう》増加《ぞうか》Ⅰ（コモン）：装備者の敏捷が5増加する】

「……え？」

今まで見たことのない文言に、ぼくはわずかに固まった。

「ん、どうした坊主？　気に入ったならちょいと手に取ってみても構わんぞ」

そこに声をかけられ、ぼくは我に返った。

声に動揺が乗らないようにしながら、尋ねる。

「ねーねー、これが魔法の品っていうのは本当なの？」

「なんだよ、疑ってんのかぁ？」

冒険者の青年は少しだけ身を乗り出すと、こちらを丸め込むように調子よく語り始めた。

「坊主も〈エンチャント〉って聞いたことねえか？　ダンジョンで手に入るアイテムなんかにゃ、たまーに魔法の力が宿っててなぁ。その装備の本来の効果とは違う、まったく新しい能力がついていたりするワケよ！」

「へぇー。じゃあこれにはどんなエンチャントがついてるの？」

ぼくがさっき説明文を見た木の指輪を指さすと、男の言葉の勢いは弱くなった。

「そりゃ……まあ、買ってからのお楽しみだよ」

「まさか、知らないの？」

ぼくがあえてジト目を作って尋ねると、男はばつが悪そうな顔で視線を逸らした。

「か、鑑定士でも〈エンチャント〉までは読めねえし、その、まあ、あれだよあれ！　坊主もくじ引きは知ってるだろ？　あんな感じで、なんのエンチャントが当たるか、そのワクワクを楽しんでほしいんだよオレとしちゃあよ！」

男は言っている間に興奮してきたようだ。

「ほら、よーく見てみるとなんとなく魔力を帯びてんのが分かるだろ！　どんな効果があるのかは分からねえけど、絶対なんかの効果があるのは間違いねえんだって！　なのにあの石頭のオヤジめ、どうせ鋳潰すだけだから全部定額で買い取るとか言いやがってよぉ！」

……なるほど、話が読めてきた気がする。

魔力を帯びているからエンチャントがかかっているのは確実だけど、その効果は分からないから店では定価でしか買い取ってもらえなかった。

だから不満に思ったこの人はエンチャント付きのものだけは売らずに残して、貯まったところで露店で並べて高値で売り払おうとした、と。

（だとしたら、さっきのお店にこういう装備がなかったのも分かるし……）

おそらく、さっきの高級店はまさにゲームで言う店売り品、人間の職人が作った品を主に並べていたんだろう。

このエンチャントというのはダンジョンのランダムドロップにしかつかないなら、店になかったことも納得出来る。

（こんな商売、普通だったら成立しないもんだと思うけど……）

ぼくならその効果が分かる。

いい効果がついているものなら、多少、いや、かなり割高でも買って損はないかもしれない。

……いや、それどころか、めちゃくちゃ条件としてはいいんじゃないか？

この人は、二年もかけてこの装備たちを集めたと言っていた。

ゲームではアホみたいに周回した結果手に入るような数のエンチャント品を、本編開始前に自分だけが厳選出来ると思えばお得感しか感じない。

ぼくは興奮が声に出ないように気を付けながら、あくまで興味本位、といった態度を崩さずに返答する。

「ふーん。じゃあ、ちょっと見てもいい?」

「お、おお? あ、ああ、いいぞ。なんだよ坊主、話が分かるじゃねえか」

それに気をよくしたのか、冒険者の男の機嫌が一気によくなった。

ぼくはその隙に、商品の検分を始める。

(流石に二年かけて集めただけのことはある。数だけは相当なものだけど……)

並んでいる指輪は主に三種類。

先ほどの〈ウッドリング〉と鉄で出来た〈鉄の指輪〉、それから〈鉄の指輪〉とデザインは同じだけれど一面に錆《さび》が広がった〈錆《さ》びた指輪〉だ。

また、数は少ないものの、それからちょっと離れた場所に、その三つよりも少し上等な〈綺麗《きれい》な指輪〉も置かれていた。

それぞれの性能はこんな感じ。

ウッドリング(指輪):木で出来た指輪。防御力が1上がる
鉄の指輪(指輪):なんの変哲もない鉄製の指輪。防御力が2上がる
錆びた指輪(指輪):本来の効果を失ってしまった指輪。価値はない
綺麗な指輪(指輪):シンプルな装飾の指輪。魔法防御力が5上がる

どれも大した性能ではなく、一番マシな〈綺麗な指輪〉ですら正直これ単体ではあまり意味はなさそうだ。

ただ……。

【腕力増幅Ⅰ（レア）：装備者の腕力が５％増加する】

確かに、どれにもエンチャントがついているようだ。

ぼくは最初は特に狙いを定めるようなことはせず、片っ端からその効果を探っていく。

【魔力増加Ⅰ（コモン）：装備者の魔力が５増加する
敏捷増幅Ⅰ（レア）：装備者の敏捷が５％増加する
魔力増加Ⅰ（コモン）：装備者の魔力が５増加する
致命攻撃Ⅰ（ベリーレア）：クリティカルヒットの確率が５％上がる
精神増加Ⅰ（コモン）：装備者の精神が５増加する
腕力増加Ⅰ（コモン）：装備者の腕力が５増加する】

数々の指輪を調べていき、十個ほどの指輪の効果を見たところで、

（――あった！）

ぼくはついに、お目当ての効果を見つけた。

【ＭＰ増加Ⅰ（コモン）：装備者の最大ＭＰが10増加する】


念願のＭＰ固定値アップ装備！

しかも腕力や敏捷と違って上昇値が10もある！

これだけで今のぼくのＭＰは倍以上、魔法を撃てる回数も当然倍に増える！

興奮も冷めやらぬまま、次の指輪を調べてみると、

（お、おお!?）

なんと、その指輪がいきなりの〈ＭＰ増加Ⅰ〉だった。

コモンとあるからかなり出やすいものだとは思うけれど、一発で引くのはかなりの豪運。

まるで指輪が、ぼくに買ってほしいと訴えているようにも思えた。

そして、そんな気配を察した男が、すかさず話しかけてくる。

「お、その指輪が気に入ったのか？　二つセットなら特別に三千ゴールドでいいぜ？」

なんと、千ゴールドもお得！

これは買わない手はないと、ぼくは一瞬だけ腰を浮かしかけて……。

（……ま、まあでもせっかくだから、ほかの指輪も見てからにしようか）

すぐに愛想笑いと共にＭＰ増加の指輪をさりげなく手元の方に置き直すと、指輪の物色を続けることに

したのだった。

◇　◇　◇

よさそうなMP増加指輪を見つけたので、もはや当初の目標は達成している。

ただ、これだけ面白いものを見せられると、これ以上のものを望んでしまうのが人の性《さが》だ。

（あ、そういえば……）

これまで調べていなかった〈綺麗な指輪〉の方にも視線を伸ばしてみる。

【HP増幅II（コモン）：装備者の最大HPが10％増加する
腕力増幅II（レア）：装備者の腕力が10％増加する
MP増加II（コモン）：装備者の最大MPが20増加する】

（お、おお？）

それほど期待していなかったのだけど、早速最適装備が更新されてしまった。

（あ、慌てて買わなくてよかったー！）

この〈MP増加Ⅱ〉はさっきの〈MP増加Ⅰ〉と比べると倍の効率。

当然ながら、この〈MP増加Ⅱ〉を一つつけるだけで、ぼくのMPは三倍以上になる。

とんでもない掘り出し物を見つけてしまったもんだ。

「お、おい坊主？　そろそろいいだろ？　どれか買ってかないか？」

「待って！　今いいところだから！」

「え、あ……すまん？」

こうなると、もう止まらない。

ぼくはここにある大量の指輪全部を調べ尽くそうと、さらに本腰を入れて指輪をにらみつけるように視線を集中させる。

まるでソシャゲのガチャを回すような感覚で、ぼくはたくさんの指輪を調べていった。

現実のガチャと同様、八割以上は、能力値を固定値で上昇させる「コモン」か、能力値を％で上昇させる「レア」だったけれど、ごくごく稀《まれ》に変わったものも見つかった。

攻防増幅Ⅰ（ベリーレア）：装備者の腕力と体力が５％増加する
致命攻撃Ⅰ（ベリーレア）：クリティカルヒットの確率が５％上がる
麻痺耐性《まひたいせい》Ⅰ（ベリーレア）：麻痺の状態異常になる確率が50％になる（重複不可）
消費ＭＰ軽減Ⅰ（ベリーレア）：武技や魔法使用時のＭＰの消費が10％軽減される（重複不可）
ダブルアタックⅠ（エピック）：通常攻撃が５％の確率で二回攻撃になる（重複不可）
毒無効（エピック）：毒の状態異常になる確率が０％になる（重複不可）

……たくさんの指輪を調べてみて、いくつか分かったことがある。

まず、エンチャントにはいくつかの「レア度」があって、コモン↓レア↓ベリーレア↓エピックの順に珍しくなるようだ。

特に「ベリーレア」辺りになると効果もなかなか珍しいものが多くなるようでワクワクする。

次はどんな効果が出るか、いつレアものが出るのかというこの興奮は、まさにガチャそのものの楽しさかもしれない。

（うん！　他人の努力で回すガチャって最高だね！）

なんて割と最低なことを考えてしまうが、ちょっと残念な要素もある。

エンチャントの名前の最後についているローマ数字は、おそらくそのエンチャントの「ランク」。

そしてこの「ランク」は言ってみれば効果の強度で、これは装備品の元の性能に依存するようなので、この露店にある指輪からは低ランクのエンチャントしか絶対に出ないようなのだ。

具体的に言えば、〈ウッドリング〉や〈錆びた指輪〉からは〈○○増加Ⅰ〉はたくさん出てくるのに一個も〈○○増加Ⅱ〉が出てくることはなかったし、逆に〈綺麗な指輪〉の方は〈○○増加Ⅱ〉は出てきても〈○○増加Ⅰ〉が出てくることは一度もなかった。

（本当に強いエンチャントを厳選するには、この人が行ったよりももっと強いダンジョンに潜って、そこで強い指輪を取ってこなきゃいけないってことだよね）

ただ、〈毒無効〉のようにごく一部のレアなエンチャントにはこの数字が付かないものもあって、これはランクによって効果を上げようがないものや、上げるとゲームバランスが壊れるようなものなんだと思う。

（低ランクとはいえ、色々と面白そうなのがあったけど……）

ぼくがまず注目したのは〈消費MP軽減I〉だった。

「ねえお兄さん。ちょっとこの指輪、嵌めてみてもいい?」

「え? あ、ああ、構わんが……」

返事を待たずに指輪を指に通して、そこで魔法を使う。

使う魔法は〈トーチ〉。

今の成功率だったら魔法はほぼ確実に失敗するけれど、それでもMP消費自体はあるからそれで効果は見られる。

(MP消費は……2。流石に変わらないか)

計算方式によっては消費MPが減るかと思ったけれど、いくらなんでもそんなにうまい話はないらしい。

消費MP10以上の魔法があったら、きっと効果は出るんだろうけど……。

(それでも、10が9に変わった程度じゃ、焼け石に水か)

MP消費を減らすのは最大MPを増やすよりも汎用性《はんようせい》は高いと思うんだけど、少なくともランクがIのものでは、まだ装備するメリットは薄そうだ。

ぼくが指輪を嵌めたまああでもないこうでもないと悩んでいると、焦《じ》れた男が話しかけてきた。

「ど、どうだ坊主? 買う気になったか?」

「……んーっと」

正直この指輪はそれほど欲しくないんだけど、これ以上思わせぶりな態度を取りすぎるのもよくなさそうだ。

ぼくは意識して明るい顔を作ってうなずいた。

「うん！　面白そうだし、これだけと言わずに何個か買うよ。でも、買うものはよく選びたいから、もうちょっと見ててもいいかな？」

「おお、マジかぁ！　いいぞ、買ってくれるなら坊主はお客様！　お客様は神様だ！　存分に見てってくれ！　あ、ついでに嵌めてみてもいいぞ！」

急に男の態度が変わって、ぼくは苦笑いした。

でも、これでゆっくり調べられる。

それからは、残った指輪を全部調べるつもりで端からどんどん調べていると、

（お、おおおお！　これは!?）

なんだか、とんでもないものを見つけてしまった。


【火の極意（レジェンド）：火属性の適性を上げる】


レジェンド来ちゃったよ！

というか、エピックの上があったのか！

しかもこの効果は分かりやすくやばい。

装備時限定とはいえ、まさか魔法の適性をこんなお手軽に上げる方法があるなんて……。

（でもこんなもの、ぼくじゃなかったら絶対に分からなかっただろうな）

おそらく、素質の値は魔法の威力なんかには直接は影響しない。

属性魔法の成功率と、熟練度の成長率に影響する能力値だ。

もちろん長期的に見ると大きな差が生まれるけれど、嵌めてちょっと魔法を試したくらいじゃ目に見える変化なんて出るはずもない。

メニューが見える人間でもなければ、絶対に効果は見抜けないだろう。

（これは絶対に買い、だ！）

ぼくはそっとその指輪を脇によけると、残りの指輪の効果も流し見る。

ただ、そこからはあまりめぼしい効果のものはなかった。

（腕力増幅Ⅰ、敏捷増加Ⅰ、ＨＰ増加Ⅰ、消費ＭＰⅠ、精神増加Ⅰ、精神増加Ⅰ、致命Ⅰ、魔力増加Ⅰ、敏捷増加Ⅰ、腕力増幅Ⅰ、消費ＭＰ、精神増加Ⅰ、毒半減、魔力増幅Ⅰ、消費ＭＰⅠ……）

まるで機械のように、判別作業を続けて、

「……ん？」

そこで、自分で自分が唱えた言葉に違和感を持った。

機械的に読み上げていた言葉のどこが一体おかしかったのか、数秒考えて、やっと理由に思い至る。

（消費ＭＰ、だ！「消費ＭＰ」と「消費ＭＰⅠ」が混在してる！消費ＭＰ軽減に、数字がついてないものがあったのか？）

同じ効果なのに、ランク付きとランクなしがあるなんて、どう考えてもおかしい。

何かミスがあったのかも、と今まで調べたものをもう一度調べ直すと、

（あ、これ違う効果か！）

よくよく見ると、片方が〈消費ＭＰ軽減Ⅰ〉で、もう一方が〈消費ＭＰ削減〉になっていることに気付いた。

(ま、紛らわしい……!)

どちらも同じレア度、しかも言葉も一文字違いなだけだから、特にひっかかることなく流してしまっていた。

しかも、〈消費MP削減〉はランクの表記がないということは、強い装備を見つけてもこれ以上効果は上がらないということ。

〈消費MP軽減〉もランクIではほとんど意味がなかったし、これは完全な外れ効果じゃないだろうか。

そう思いながらも、ぼくは念のためにその効果を確認して……。

「……え?」

思わず、声を出してしまった。

一見すると大したことのない、ベリーレアにふさわしいかもよく分からないような簡素なテキスト。

でも、

(え? これ、やばくない?)

ぼくにとってはレジェンドの効果すら霞《かす》むと思えるほどの、見ただけで鳥肌が立ってしまうような文言が、そこには表示されていた。


【消費MP削減（ベリーレア）：武技や魔法使用時のMPの消費が1減少する】

眠らずの姫

——それからは、父さん無双だったんだよなぁ。

僕は指輪を手に入れた顚末を思い返し、こっそりと笑みをこぼした。

買うべき指輪に当たりをつけた僕は、その時のスポンサー様である父さんにすぐさま購入の許可を求めた。

しかし、事情を聞いた父さんは、

「アルマ。君が装備のエンチャントを見抜けることは、家族以外に誰にも話してはいけないよ」

と僕を諭すと、颯爽《さっそう》と露店の店主との交渉に赴いてしまった。

露店の男の人は、僕がここの領主である公爵様の息子だと知った時は、遠目でも分かるほどに顔色が青くなっていたけれど、無理もない。

露店をやっていた冒険者にとっては「子供相手にグレーな商売をしているところを、その子供の親でもある領主様に見られていた」とかもう悪夢以外の何物でもないシチュエーションだったと思うけれど、そこからが父さんの本領発揮だった。

父さんは、勝手に露店を開いていることをやんわりと注意した後で、「息子が商品を気に入っていたようだし、飯の種を無慈悲に取り上げるのも忍びない。ここにある指輪全てを一括して十万ゴールドで買い取ろう」と持ちかけたのだ。

それを聞いた冒険者は地獄から天国。

涙を流さんばかりに喜んで、父さんに何度も感謝しながら即座に指輪を全て譲り渡した。

……まあ、それはそうだろう。

もちろん一個二千ゴールドのぼったくり価格で全ての指輪が売れれば総額十万ゴールドくらいは超えるだろうが、現実的じゃない。

むしろ大したお咎《とが》めもなく、明らかに店に持ち込むよりは高い値段で全ての指輪が捌《さば》けたのだから、店主としては万々歳。

一方で父さんの方はと言えば、そもそも百五十万ゴールドもする指輪をポンと買おうとしていたのだ。

十万ゴールド程度で懐が痛むはずもなく、むしろ百五十万の指輪を遥《はる》かに上回る価値のものをたったの十万ゴールドで大量に手に入れられたのだから、丸儲《まるもう》けもいいところ。

まさにお互いウィンウィンの取引だったと言えるだろう。

オマケに「僕が特定の指輪を買った」のではなく、「貴族が善意で売り物を全て買い取った」という形に収めることで、僕がエンチャント効果を見抜けるという痕跡も消してみせた。

この辺りの手腕は、流石《さすが》は大貴族という感じだろうか。

そのあとも、父さんに頼んで「エンチャントの研究のため」という名目でエンチャント装備の買い取り窓口を設置してもらったりして、僕はエンチャントのついた装備を収集し、ついには目当ての指輪を揃《そろ》えることが出来たのだけど……。

「――ま、待ってほしい！〈エレメンタルマスター〉製造機、って……」


その辺りの詳細は、ファーリさんにとってはどうでもいいことだろう。

突然の言葉に動揺している彼女を落ち着かせるように、僕は口を開いた。

「その指輪には特別な効果があって、兄さんも同じものを使って訓練してたんだよ」

「あの、〈エレメンタルマスター〉が……」

呆然《ぼうぜん》とつぶやく。

友達がいないと自認する彼女が知っているくらいだから、やっぱり兄さんは魔法の世界では相当に有名人なんだろう。

……じゃあここに来るまで、兄さんの噂《うわさ》一つ聞いたことがなかった僕って一体、という話にもなってくるけれど、今は蓋をしておく。

「な、なら、これはレオハルト公爵家の秘宝？」

「……まあ、そうかな」

一応それは父さんが買ってくれたものだし、僕の家族くらいしか今のところ知らないし、嘘《うそ》ではないだろう、たぶん。

何より、「僕が見つけてきた」なんて話になったら面倒だし、きっとそういうことにした方が都合がいい。

「あ、だから、この指輪のことは、誰にも……」

「ぜ、絶対に言わない！」

一応口止めもしとこうかなと思ったら食い気味で反応されて、ちょっとビビる。

「そ、そう？　ま、まあどうせならさっきみたいに裸にでも誓っ――」

「命を懸ける！」

「へぁ!?」

覚悟ガンギマリすぎてて怖い。

い、いや、家の秘術とかもしかするとそういうものなのかもしれないけど、僕の第十三階位魔法の時とあまりにも温度差がありすぎる。

別に僕としては世間に公表したって構わないくらいの気持ちだから、そこまで思い切られるとむしろこっちの方が困ってしまう。

「そ、そこまではしなくていいよ。父さんも、僕が話したいと思ったら話していい、って言ってたし」

「ん。なら、命は懸けない。でも、魔法使いの誇りに懸けて誓う」

なんで譲歩されたそっちが不服そうなのか。

そんな謎の一幕を繰り広げたあと、ようやく効果発表タイムだ。

「そ、それで、この指輪にはどんな効果が？　も、も、もしかして、魔法の素質が上がるとか……」

ソワソワと何度も何度も指輪を触りながら、ファーリさんが尋ねる。

期待と不安がせめぎ合って落ち着かないようだけど、その姿には先ほどまでの悲愴感はない。

「やっぱり魔法が好きなんだな」と微笑《ほほえ》ましく思いながら、種明かしをする。

「その指輪は一見二つとも違うものだけど、二つには同じ効果がついていてね。なんと、その指輪を嵌《は》めていると、魔法に消費する魔力が少なくて済むんだよ」

「!? た、試してみる！」

止める間もなかった。

言うが早いか、ファーリさんは練習場の方に駆け出して、

「――〈ウォーターボール〉」


慣れた様子で、水の第六階位魔法を唱えた。

魔法は無事に発動して、的を打つ。

ただ……。

「確かに、少しだけ魔力の消費は減った気がする。……けど、このくらい、じゃ」

その結果はとても満足いくようなものではなかったようで、ファーリさんはそこまで口にしたきり、気落ちしたように肩を落としてしまった。

最後の希望が絶たれたかのような、あまりにも消沈した表情。

けれど、僕はその微笑ましい勘違いに笑ってしまった。

「ああ、違うって。いや、確かにそういう効果もなくはないけど、もっと有効な使い方があるんだ」

確かに第六階位魔法なんて使えば、そう思ってしまっても無理はない。

だけど、その指輪の真価はそんなところにはないのだ。

「……どういう、こと?」

ファーリさんの、縋《すが》るような視線が僕の目を捉える。

その期待を裏切らないように、僕はあえて自信のある態度を装った。

「簡単に言うとさ。その指輪をつけてると――」

そして、僕は意外とそそっかしいファーリさんが勘違いする余地のないように、端的に告げる。

「――初級魔法が、無限に使えるようになるんだよ」

その言葉に、ファーリさんは思わず「えっ？」と驚きの声を漏らして、そして数秒後、

「……………………えっ！？！？」

何か信じられないものを見るような目で僕を見て、もう一度驚きの声を発したのだった。

◇　◇　◇

ファーリに指輪を渡した後、休日を挟んだ次の登校日。

午前の退屈な授業を乗り切った僕たちは、いつも通りにトリシャが借りた空き教室に集まっていた。

「……で、レオっち。一体何があったの？」

いそいそと昼食の準備をしてくれるレミナさんを尻目に、目を三角形みたいに尖《とが》らせたトリシャが僕に迫ってきた。

「何が、って？」

「もう、とぼけないでよ！　朝に言ってた『協力者が増えるかも』っていうのも気になるし、何よりあんなの、絶対おかしいでしょ！」

まあ、本当はトリシャが何を言いたいのかは分かっている。

今朝登校するなり教室を騒がせたのは、〈眠り姫〉こと、ファーリ・レヴァンティンだ。

いつもは眠たげでどこか浮世離れした様子の彼女が、今日は全く雰囲気が違ったのだ。

目の下に大きな隈《くま》を作り、髪もボサボサで登校した彼女は、時折思い出したかのように自分の指を撫《な》でては、「デュフフフ」とばかりの不気味な笑みを浮かべていた。

トリシャじゃなくても、気になってしまうのは当たり前。

……正直僕も、どうしたもんかと思っている。

「ま、まあ、もう少し待ってよ。たぶん、もうすぐ……」

と、ちょうど僕がそこまで言った時だった。

——ガン！　ガンガン！

突然、教室のドアがすごい勢いでノックされる。

「ひっ⁉」

その音に、僕に詰め寄っていたトリシャが悲鳴を上げた。

そして、

「早く！　早く入れて、レオ！　わたし、もう我慢できない！」

ドアの向こうから何やら切羽詰まったような声が聞こえてきて、

「えっ？　こ、この声ってやっぱり……えぇ!?」

その正体に思い至ったトリシャが、さらに混乱する。

ただ、僕としては予想通りだ。

「あー、はいはい。ちょっと待ってね」

混乱して動けないトリシャに代わって鍵を開けると、転がり込むようにして一人の少女が部屋に飛び込んできた。

「──やった！　ありがと、レオ！」

そう言って僕に微笑んだのは、もちろん今日の渦中の人物。

──隈が出来た目に爛々《らんらん》とした光を宿した青髪の少女、ファーリ・レヴァンティンその人だった。

◇　◇　◇

空き教室に、食器が奏でるカチャカチャという金属音だけが響く。

これは、部屋に入るなり魔法の練習を始めようとしたファーリを止めて、無理矢理に食事を勧めたせいだ。

「……レオは、意地悪」

とファーリにはむくれられたが、そこは断固として譲らなかった。

あ、ちなみに「レオ」というのは僕のこと。

最初は予想外の呼び名に戸惑ってしまったけれど、

「ダメ？　かっこいいと思って」

なんて言われてしまったら、断れるはずもない。

向こうにも好きに呼んでいい、とは言われたけれど、原作厨的にそういう訳にもいかない。

本人の希望もあって「さん」は取れたけれど、僕は普通に「ファーリ」と呼ぶようにしている。

ついでに言うと、ファーリはレミナとトリシャのこともきちんと認識していたらしい。

クラスメイトのことなんて眼中にないんじゃ、と失礼なことを思っていたけれど、僕がレミナとトリシャを紹介しようとすると、

「ファーリ、この二人は……」

「ん、魔法が上手《うま》い人の名前は、憶えてる。レミナ・フォールランドに、トリッピィ」

と、いきなりトリシャを愛称で呼ぶという意外なコミュ力を見せ、僕を驚かせた。

この分なら友達が出来る日も近いんじゃないか、と思ったりもしたのだけど、

――カチャ、カチャ、ズズズ……。

ひたすら食器がぶつかる音だけが響くこの食事の風景を見ると、どうやら先は長いようだ。

（というか、もうファーリは食事のこと頭にないな）

腐っても貴族ということか、ファーリはかろうじて食事のマナーは守っているが、あからさまに気もそぞろ。

とにかく早く食べ終わることだけを考えているようだ。

「ごちそうさまでした」

案の定、一番早く食べ終わったのはファーリだった。

食器を置くと、いいよね、もういいよね、という副音声が聞こえてきそうな様子で、早速部屋の床に座り込んで魔法の練習を始めようとする。

「あ、ちょっと待った」

そう言って僕が呼び止めると、まるで親の仇《かたき》を見るみたいな目でこっちを見たけれど、

「これ、魔法の訓練の効果を上げられる装置なんだけど」

「やる！」

クールビューティに見えて、どこまでも欲望に忠実なのがファーリの可愛《かわい》いところだ。

僕が渡した円筒形の装置のスイッチを押すと、ご満悦な表情で床に女の子座りで座り込み、

「〈ブリーズ〉！　……〈ブリーズ〉！　……〈ブリーズ〉！　……〈ブリーズ〉！」

颪の初級魔法を使い続けるだけの機械となり果ててしまった。

（せっかくだから、トリシャたちと友達になったら、って思ったんだけどな）

どうも、今のファーリには友達よりも魔法の方が大切らしい。

やれやれと思いながら、食事の方に戻ろうとすると、

「って、レオっちは何をふつーに食事にもどろうとしてるのかな?」

そこには混乱を通り越して、もはや完全に目が据わったトリシャがいて、

「――わたしが何回話しても相手にもされなかったファーリ様がここにいる理由、ちゃぁんと説明、してくれるんだよね?」

涙目で縋りつきながら脅す、という器用な真似《まね》を僕にしてきたのだった。

◇　◇　◇

「……つまり、ファーリ様に魔法の練習に役に立つ指輪を贈って、それで仲が良くなった、と?」

「まあ、そんな感じかな」

トリシャに概略を説明した僕は、ちらりとファーリの方を振り返った。

(のめり込んでるなぁ……)

僕らが話していても何も気にせず、ファーリは一心不乱に初級魔法を使い続けている。

これは、指輪を貸す時の「約束」として、「授業はちゃんと受けること」「人前では練習しないこと」、それから「指輪で水魔法の練習はしないこと」を条件としたせいだ。

この約束のせいで学校では満足に練習が出来ないことをストレスに感じたのか、今は鬼気迫るくらいの表情で風の初級魔法を唱え続けている。

そして、そんなファーリを見て、トリシャもようやく気付いたようだ。

「あ、あの、レオっち？　わたしの目が正しければ、今の説明をしている間中、ファーリ様がずっと魔法を使い続けているように見えるんだけど……」

おそるおそる、「そんなことはないよね」と言いたそうな顔で、僕にそう尋ねてきた。

でも、残念ながら自分の目で見たものが真実だ。

「うん、そうだね」

僕があっさり肯定すると、ハッと息を飲む。

それからキュッと目を細めて、真剣そうな顔で、トリシャは言った。

「じゃ、じゃあ、もしかしてレオっちがファーリ様に贈った指輪って……」

「トリシャの、想像の通りだよ」

だから僕はうなずいて、彼女の推論を肯定する。

そして、あの時にファーリに言ったのと同じ台詞《せりふ》を、彼女にも伝えた。


「――あの指輪をつけてると、初級魔法が無限に撃てるんだ」

◇　◇　◇

無限に初級魔法が使える仕組みは単純。

ファーリに渡した指輪には両方、〈消費ＭＰ削減〉のエンチャントがついている。


【消費ＭＰ削減（ベリーレア）：武技や魔法使用時のＭＰの消費が１減少する】


ここで注目するべきは、ほかの貴重な効果についている（重複不可）の記述がここには存在しないことだ。

要するに、〈消費ＭＰ削減〉を二つつけると魔法の消費ＭＰが２減少することになる。

そして、〈トーチ〉や〈ライト〉などの第零階位魔法、分かりやすく初級魔法と呼ばれる魔法の消費ＭＰは一律で２。

この指輪をつけていれば、〈トーチ〉などの初級魔法をコスト０で使えることになる。

僕も最初は「まさか」と思った。

この指輪をつけて使いまくれば熟練度は稼ぎ放題。

まともなゲーム開発なら、そんな穴は真っ先に潰すだろう。

ただ、色々と検証していくうちに、気付いたことがある。

——まず、おそらくゲームでは戦闘中以外には初級魔法は使えなかったんじゃないだろうか、ということ。


火属性の〈トーチ〉。

水属性の〈ドロップ〉。

土属性の〈ストーン〉。

風属性の〈ブリーズ〉。

それから光属性の〈ライト〉と闇属性の〈ダーク〉。

世界観的な話をするなら、これらの初級魔法は生活に便利な魔法だ。

実際、日々の暮らしの中で使われていたりもするんだけど、ゲーム上では違う。


【トーチ（攻撃魔法）：消費MP2。松明《たいまつ》のような小さな炎を生み出して近くの敵を攻撃する。辺りを照らすことも出来る】


このように、ゲーム内分類上はガッツリ攻撃魔法なのだ。

同じく〈ライト〉についても目くらまし用の魔法と書かれていたし、明かり要素はいかにもフレーバーというか、たぶんゲームシステム上は明かりって概念はなかったんじゃないかと思う。

RPGで非戦闘時に使えるのは、専用の探索用魔法と回復魔法だけ、もしくはそれに加えて補助魔法まで、というのが一般的だ。

少なくとも世紀末系のゲームでもなければ、街や学園を歩いているところで主人公がいきなり街中で攻撃魔法をぶっぱなし始める、なんてテロ紛《まが》いのことは起こせないだろう。

僕がいつでもメニューから攻撃魔法を使えるのはゲームが現実に即して変化した結果であり、正確には平常時でも戦闘時のＵＩを使えるようになっているのではないか、とにらんでいるのだけど、とにかくゲームが現実化したことでその辺りの制限が緩んだことが影響していると考えられる。

――つまり「無限初級魔法連打」はいわば、ゲームが現実化したことによって出来るようになった裏技なのだ！

「ま、待って！　待って待って待って!!」

ゲームと転生の要素だけを伏せて指輪の効果について話していると、トリシャが急に話を遮ってきた。

僕の説明をぽーっと聞いて、よく分かってなさそうなのにとりあえず相槌《あいづち》だけを打ってくれるレミナを見習ってほしい。

「ちょ、ちょっと頭がついてかないんだけど！　無限？　無限って、何？」

何やら突然答えにくいことを尋ねてくる。

「え、えぇ……。無限は、無限だよ」

「そうだけど、そうじゃなくて！　あ、あの指輪の効果って本当に初級魔法の魔力消費をゼロにするの!?」

僕がそう答えると、彼女はもどかしそうに首を振る。

「うん。トリシャもさっきそう言おうとしてたでしょ」

「言おうとしてないよ!! わたしはただ、魔法に使う魔力を減らしてくれる指輪なのかなって……」

「だから、魔法に使う魔力を減らしてくれる指輪で合ってるけど？」

「そうだけど、そうじゃなくてぇぇ!!」

そう口にする彼女の言葉は、最後の方にはもう悲鳴のようになっていた。

そのまま頭を抱えると、独り言のようにぶつぶつとつぶやき始める。

「待って、待ってよ！ こんな話が急に飛び出してくるなんて思わなかった！ か、軽い気持ちで聞いちゃったけど、アレがあったら魔法の熟練度が上げ放題ってことでしょ？ だ、だったら……」

自分で自分を追い込むかのように、自分の台詞でどんどん顔色を悪くさせていくトリシャ。

それで、ようやく彼女が何を誤解しているのか分かった。

「ああ、いや、そこまでうまい話はないよ。あの指輪は確かに魔法の練習に役には立つけど、あれが一番効率いいのは魔法レベルが低いうちだけなんだ」

「え……？」

魔法レベルが高くなるにつれ、初級魔法連打では熟練度がほとんど変動しなくなる。

これは、スライム焼きでレベルを6以上に上げるのが難しくなるのとおそらく同じ仕組み。

魔法のレベルが高くなればなるほど、低ランクの魔法で手に入る熟練度はどんどん半減してしまうのだ。

「だから、最終的には指輪で初級魔法を使い続けるより、その時間はぐっすり寝て回復して、ほかの魔法を使った方が効率がよくなるんだよ」

そしてこれが、僕がファーリに「指輪で水魔法の練習はしないこと」と言った理由の一つであり、僕が今はあの指輪をつけていない理由だ。

いわばあの指輪は、自転車の補助輪。

魔法に慣れていない初心者のうちは役に立ってくれるけれど、自分できちんと魔法が使えるようになると、次第に必要がなくなってしまう。

「そ、そっか。あ、でも、初級魔法の熟練度を上げて実戦で使うとか……」

「いや、それは無理だよ」

もちろん、初級魔法も使えば使うだけ初級魔法自体の熟練度は上がるけど、ここで前にも述べた「初級魔法はいくら熟練度を上げても威力が変わらない」という特性が効いてくる。

「これは〈ファルゾーラ〉ではない、〈トーチ〉だ」は、絶対に出来ない仕様になっているのだ。

「な、なるほどぉ……」

僕がそこまで説明すると、トリシャはやっと人心地ついたかのように、息を吐きだした。

「び、びっくりしたけど、それならそこまでの影響はない……のかな」

「残念ながら、ね」

もしあの指輪がつけただけで本当に無限に熟練度を上げられるようなものだったら僕もずいぶんと楽を出来たんだけど、〈フォールランドストーリー〉というのはそこまで甘いゲームじゃない。

まあだからこそ、やりがいがあるとも言えるんだけど。

「はぁぁぁぁ！　あ、焦ったぁ！　わたし、てっきり軽い気持ちの質問で、レオハルト家が秘匿してる機密を踏み抜いちゃったのかと思って……」

「大げさだよ、トリシャは」

言うなりへなへなとテーブルに突っ伏すトリシャを見て、僕は苦笑した。

でも、こういうところがあるからトリシャのことを信用出来るとも言える。

やっぱり長く付き合っていきたいな、と考えて、僕は言葉を継いだ。

「あ、でもまだレベルが低い属性に関して言えばすごく役に立つから、トリシャとレミナにも今度貸すよ」

僕が言うと、トリシャだけではなく、レミナも嬉《うれ》しそうに表情を輝かせた。

「ほんと!? わたし、苦手な属性多いからそれは嬉しいな! あ、ちなみに、どのくらいまでならあの指輪で鍛えられるの?」

「んー。無理なく出来る範囲だと、そうだなぁ……」

そこでようやく表情を緩め、今まで手付かずだったお茶に手を伸ばすトリシャに僕もつられて笑顔を見せながら、少し考えてから答えた。

「――せいぜい、第六階位魔法を覚えられる程度かな」

そうして僕が答えを口にした瞬間、トリシャはお茶を綺麗《きれい》に逆噴射したのだった。

◇　◇　◇

(――本当なら、もう少しあとにする予定だったけど)

ファーリの目の下の隈を見る限り、どうも彼女は僕と別れたあとに相当に無理をしたようだ。

これならもうやれそうだと判断した僕は、手のひらに指輪を一つ握りこむと、

「け、消される？　わたし、消されちゃうの？」

突然何かの発作に襲われたように騒いでいるトリシャを置いて、ファーリのもとへと向かう。


「……〈ブリーズ〉！　……〈ブリーズ〉！　……〈ブリーズ〉！」


あいかわらずファーリはこちらの騒動に目もくれず、一心不乱に魔法を使い続けている。

もはや取りつかれたように、と言ってもいいほどの様子だけど、その顔がどこか楽しそうなところが救いだろうか。

「ファーリ、ちょっといいかな？」

それでも僕が声をかけると、

「ん、なに？」

と明るい顔でこっちを見てくれる。

……まあ、本音ではまだ魔法の練習に未練があるのか、手元に視線を落としては慌てて戻しているのがバレバレだけど、気付いていないフリをしてあげることにする。

まあそれよりも、本題だ。

「ちょっと試してもらいたいことがあってさ。その指輪、一つだけ外して……」

そう、口にした瞬間、

――ズザザザザザザァ!!

という擬音が聞こえるような速度で、ファーリが座り込んだ姿勢のまま逃げ出した。

「え、えぇぇ……」

僕が目を見開く前で、ファーリは背中が壁にぶつかるまで後ろに逃げて、それでも足りないとばかりにずりずりと部屋の隅まで逃げ続ける。

そうして部屋の隅に張りついた彼女は、まるで虐待でも受けた子供のようにプルプルと震えながら、右手に収まった指輪を必死に隠そうとしていた。

予想を超えた反応に、流石の僕も対応に困る。

「あ、いや。別に、取り上げようって訳じゃないんだよ?」

とりなすように僕は言うけれど、ファーリの怯《おび》えようは変わらない。

ただ、覚悟を決めたように小刻みに首を横に振って、

「だ、だい、だいじょうぶ。これは、レオのもの。か、返せというのなら、従う、から」

どう見ても大丈夫じゃなさそうな顔色をして、それでも彼女は震える手で右手から指輪を一つ抜き去ると、ギュッと目をつぶってそれを僕に差し出してくる。

まさに断腸の思い、とでも言うべきその態度に、なんだかいじめているような気分になってしまったけど、少しだけ嬉しく思ったのも確かだった。

（――やっぱり、いい子なんだよなぁ）

渡した指輪をそれだけ大事に使ってくれているというのも貸した側としては気分がいいし、そんな重要なものでもごねずにきちんと筋を通して僕に返そうとしてくれる辺り、根が善良なんだろうと思う。

（ごめんね）

と心の中で謝りながら、差し出された指輪を受け取って、代わりに持っていた指輪を彼女の指に嵌め込んだ。

「あ、れ……？」

目を開けたファーリは、新しく自分の指に収まった指輪を見て、首を傾《かし》げる。

さっき渡してもらった指輪も、今つけてもらった指輪もどちらも同じ〈ウッドリング〉だから、区別がつかなかったんだろう。

物問いたげな視線にはあえて答えず、僕は口を開いた。

「さっき言った通り、試してもらいたいことがあるんだけどいいかな？」

一方的な言葉にファーリはちょっと戸惑ったようだけど、

「ん、まかせて。レオの頼みなら、全力でやる」

すぐに瞳に炎を宿して、大きくうなずいてくれた。

そこまで気合を入れるようなことじゃないんだけど、まあちょうどいいと言えばちょうどいい。

「じゃあさ。ちょっと〈トーチ〉を使ってみてほしいんだ」

僕が言うと、ファーリは大きく目を見開いた。

それから、目を伏せる。

「……ごめん、なさい。わたしは、火魔法だけは使えない」

前に少しだけ、彼女からも話は聞いた。

火こそがレヴァンティン家の主属性であり、幼少期の体験で属性が水に偏ってしまったことによって、火魔法が全く使えなくなってしまった、と。

そしてそれ以来、家の中での彼女の居場所はなくなって、日陰の生活を強《し》いられてきたことも。

実際、初級魔法を無限に使えるようになってから、彼女が火の魔法を何度も試して、そしてその全てで失敗していたのも目にしている。

「いいから、いいから。物は試しってことで」

それでもゴリ押ししてくる僕の言葉に何か感じるものがあったのか、ファーリは躊躇《ためら》った末にコクンとうなずいた。


「――〈トーチ〉」


小さな声で、魔法の詠唱を行う。

けれど無慈悲にも、魔法が発現することはなく……。

「もう一回、お願い」

それでも僕は譲らない。

思いがけない指示に、彼女は一瞬だけ傷ついたような顔をするが、

「――〈トーチ〉」

すぐにそれを押し殺すように、二回目の詠唱を始めた。

……結果は、沈黙。

何も起こる気配のない自分の手のひらをファーリはしばらく見つめて、静かに首を振る。

そして、「これで分かったでしょ」と言いたげな濡《ぬ》れた瞳で、僕を振り返った。

「もう一回」

それでも、僕の返答は変わらない。

彼女は何かを堪《こら》えるみたいに唇を噛《か》んで、三回目。

「――〈トーチ〉」

かぼそい声で、彼女が魔法名を口にした、その時……。

「…………え？」

その手のひらには、確かに小さな明かりが光っていた。

「う、うそ。そんな、はず……」

彼女は慌てて魔法の火を消して、もう一度、

「〈トーチ〉！」

と唱える。

すると当たり前のように、彼女の手元には魔法の明かりが現れて……。


「……つか、えた？」


火を見つめたまま、彼女は呆然とつぶやいた。

「ファーリ……」

じっと自らの生み出した魔法の火を見る彼女の心の中で、一体何が起こっていたのか。

それは分からない。

ただ、凍り付いていた気持ちがゆっくりと溶け出すみたいに、彼女の頬をつぅぅ、と一筋の涙が伝う。

けれど彼女は、すぐにその涙をゴシゴシと乱暴に拭うと、まるで太陽みたいな笑顔を見せて、

「つ、使えた！　わたし、火の魔法が使えたよ、レオ！」

湧き上がる興奮のまま、彼女は本当に嬉しそうに前のめりになって僕にそう叫んで、そして……。

「――ファーリ!?」

ふらり、とその身体《からだ》がかしぐ。

まるで突然電池が切れてしまったように、明らかに受け身も取れないだろう体勢で倒れ込むその身体を、間一髪で受け止めた。

「ファーリ!? 大丈夫、ファーリ!?」

とっさに魔力切れを疑ったけれど、彼女のMPゲージにはまだ魔力が残っている。

まさか何かしらの攻撃でも受けたのかと思った瞬間に、気付いた。

僕の腕の中、目の下に大きな隈を作ったその少女はしかし、どこか嬉しそうな顔をしていて、

「すぅぅ、すぅぅ……」

と、安らかな寝息を立てていたのだった。

◇ ◇ ◇

「ん、う……?」

耳に届いた小さな声に視線を向けると、ファーリがぼんやりと薄目を開いたところだった。

「……れお?」

「うん。おはよう、ファーリ」

彼女はしばらく、状況を理解出来ないようで、焦点の合わない目でこちらを見ていたけれど、やがてぽつりとこぼす。

「……変な夢、見た」

「夢？」

僕が聞き返すと、彼女はどこかぼんやりとした調子で、答えた。

「……わたしが、火の魔法を使った夢」

なんだか残念そうにも聞こえたその言葉を、僕はやんわりと訂正する。

「それ、夢じゃないと思うよ」

「え？」

僕が「もう一度やってみたら？」と促すと、彼女は〈トーチ〉と唱え、今度は一発で魔法を成功させていた。

「ほ、ほんとに使えた!?　でも、どうして？」

それではっきりと目が覚めたのだろう。

答えを求めるようにファーリは僕を見た。

「えーっと、ぬか喜びさせたらかわいそうかと思って、詳細は言わなかったんだけど」

だから僕はファーリが嵌めている新しい方の指輪を指さして、

「――その指輪は、火の魔法の適性を一段階上げられるんだ」

今回のカラクリの解説を始めたのだった。

◇　◇　◇

最初に自分のステータスを見た時、僕は自分の魔法の素質を見て驚いた。

――光だけがSで、残りは全部E。

明らかにレアな属性の光だけが最強で、残りは最弱なんて、なんて主人公らしい、とそう思ったのだ。

だけど、おそらく魔法の素質はEが一番下ではなかったんじゃないかと思う。

もちろん適性がEだと魔法がなかなか成功しないし、成功しても伸びがおっそいしで、育成に苦労はする。

苦労はするが、まあ無限初級魔法なんかの補助があったりで、気が遠くなるような努力をすれば一応伸ばせなくもない、というのがE適性だった。

だけどたぶんそのさらに下……。

Fか、もしくはG適性というのが存在していて、その適性では「どんな手段を用いても100％魔法が成功しない」のではないか、というのが僕の推論だ。

だって、光魔法を数回使っただけの僕でも、E適性の〈トーチ〉の成功率が1％もあった。

なのに水魔法で第七階位まで覚えて〈魔法詠唱〉のレベルが相応に高いはずのファーリが、一度も〈トーチ〉の魔法を成功させられないのは、適性の下限がEだとすると理屈に合わないからだ。

それに、Eよりも下の適性が存在すると仮定すれば、「得意属性の反対属性の魔法は絶対に覚えられない」というトリシャの言葉も理解出来る。

推定ではあるけれど、ファーリの素質は、

〈魔法適性〉

火	—	G
水	—	S
土	—	E
風	—	E
闇	—	G
光	—	G

という感じになっていたんじゃないだろうか。

いや、まあ他人の素質は見られないし、ちゃんと検証していないのであくまで想像だ。

ただ、そう大きく外れてもいないだろうと思う。

あ、ちなみにほかの属性についてはあくまで勘。

土と風はなんとなく僕と同じくらいかなって思っただけで確証はないし、水だってよく見てないからAかもしれないし、Sより上だったりってことも考えられる。

ただ、光と闇についてだけは初日に試してもらったら使えなかったから、流石に伝説の二属性は普通の人は使えない、という認識でいいんだと思う。

そうじゃないと、流石に主人公（アルマくん）の特別性が薄れちゃうからね！

――けれど、その法則をある意味でぶっ壊す装備。

それが《火の極意（レジェンド）：火属性の適性を上げる》というエンチャントのついた、この木の指輪なのだ。

「適性を上げる、装備……。そんなものが……」

と目を見開いているファーリに、僕は頭を下げた。

「だから、ごめん。ファーリが火の魔法を使えるのは、もしかするとこの指輪をつけてる時だけかもしれない。たとえこれからどんなに火属性魔法の熟練度を上げても、指輪を外したらまた……」

けれどファーリは、そんな僕に穏やかな顔で首を横に振った。

「大丈夫。別に、今さらこれでお父さんに認めてもらおうとは思ってないし、わたしにはもう必要ないものだって分かってる」

それから、ちょっとだけ表情を緩めると、

「――でも、なんだかすごく、スッキリした。……ありがと、レオ」

胸のつかえが取れたように晴れやかな顔で、僕に笑いかける。

（……もう、大丈夫そうかな）

その姿からは、学園を辞めると言っていた時の無気力さなんて微塵《みじん》も感じられない。

ただ魔法が大好きなだけの一人の女の子の姿が、そこにはあった。

……と、思ったんだけど、

「だ、だから、その……。無限の指輪、また貸してほしい」

もじもじした様子でそんなことを言いだした時には、僕は別の意味で意表を突かれた。

火の魔法への執着が薄れたのはいいんだけど、なんだかちょっと、のめり込みすぎなような……？

「え、あ、うん。それはまあいいけど……」

そのまま指輪を取り出そうとして、ふとその手が止まる。

「もしかして昨日も魔法の練習で夜更かししてた？　なんだか寝不足だったみたいだけど」

「う……」

僕の指摘に、ファーリは露骨に動揺した。

「よ、夜更かし、というか……」

「もしかして、昨夜《ゆうべ》は全然寝てなかった、とか？」

その言葉に、彼女は首を横に振った。

振ったんだけど……。

「……三日」

「え？」

おずおずと僕を見ると、悪戯《いたずら》がバレた子供のように僕から少し視線を逸《そ》らし、

「——指輪をもらった三日前からずっと、寝てなかった、かも?」

てへへ、とばかりに打ち明ける元眠り姫の姿に、僕の脳裏にはなぜか「ダメ人間」という言葉が思い浮かんできてしまったのだった。

◇　◇　◇

「とりあえず、指輪は夜の十二時を超えたらもう使わないでちゃんと寝ること」

「そ、そんな……」

まさかの三徹が発覚したファーリに追加の条件を言い渡すと、彼女は絶望したような顔になった。

ちょっとかわいそうな気もしたけど、ファーリは放っておいたら何度でも同じことを繰り返しそうな危なっかしさがある。

僕は心を鬼にして続ける。

「寝ないと危ないし、しっかり寝て魔力を回復させて、普通の魔法の練習をするのも大事だからね?」

目線を変えて魔法訓練の観点から諭すと、ファーリは渋々とうなずいた。

「ううう。授業中に寝れば全部解決なのに……」

なんて、ダメすぎる不満の声が聞こえてきたけど、聞かなかったことにする。

(いい子なんだけど、やっぱりどっかネジが飛んでるんだよなぁ)

とはいえ、魔法を引き合いに出せば割と従ってくれるから、扱いやすいと言えば扱いやすい。

「あ、そうだ。今日はこっちの指輪を渡すけど、また火の魔法も機会を見て練習した方がいいと思うよ」

「え？　でも……」

戸惑うファーリに、僕がその理由を説明しようと口を開いた時、

「──お前らぁ！　なぁに授業サボってイチャコラしてやがる！」


空き教室のドアが勢いよく開かれて、真っ赤な髪の女性が乱入してきた。

「ネリス教官……」

僕の口から、自然と驚きと呆《あき》れが入り混じった声が漏れた。

「あ、そういえば、時間……」

ファーリが慌てて時計を見ると、もう午後の授業が始まってずいぶんと経《た》っていた。

授業時間になってもファーリが目覚めないから、トリシャとレミナに事情を説明してもらおうと先に行かせたのだけど、その気遣いが余計なものを呼び寄せてしまったようだった。

（……いや、だけど最近事件続きだし、もしかするとネリス教官なりに僕らを心配してくれたのかな？）

なんて考えも一瞬だけ頭に浮かんだけれど、

「チッ！　防音までされてっから真っ最中かと思ったけど全然じゃねえか。つっまんねえ奴《やつ》らだなぁ」

次に吐き出された最低すぎる発言に、そんな可能性は瞬時に粉砕された。

ちらり、と横目に防音の魔道具を見る。

教室の鍵は返してしまったけれど、魔道具はまだ作動させていた。

中の音が聞こえなかったのは、ネリス教官がドアを開けるまではこの魔道具が機能していたからだろう。

（いや、そんな中に堂々と踏み込む教官って……）

僕らの視線を受けて何を思ったのか、そこでネリス教官は肩を竦《すく》めた。

「ま、私としちゃお前らを探すって名目で授業サボれっからいいんだけどな」

「ほんと、教官は今日も清々《すがすが》しいくらいに最低ですね」

僕が半目でそう言うと、ネリス教官は降参と言わんばかりに両手をあげた。

「そうにらむなって、じょーだんだよ、じょーだん」

投げやりにそう言うけれど、とても信じられない。

ただ、呼びに来たのは本当のようだ。

教官は僕らの後ろに回ると、ほれほれと言いながら背中を押して僕たちを急《せ》かす。

「もう残ってんのはお前らだけなんだよ。点数なしってのもかわいそうだから、わざわざ呼びに来てやったんだぜ」

「点数？」

いぶかしげにファーリが尋ねると、ネリス教官はニヤリと笑みを見せた。

「――おう！　学生が何よりも一番好きなもの、抜き打ちの小テストって奴よ！」

◇　◇　◇

「あ、レオっちー！　こっちこっち！」

おなじみの練習場に行くと、いつものようにトリシャが僕に手を振ってくれていた。

周りの注目が痛いけど、意図して気にしないことにして、合流させてもらう。

「小テスト、やってたんだって？」

僕が小声で水を向けると、トリシャは興奮したようにまくしたてた。

「そうだよ、聞いてよ！　授業始まったと思ったら、教官がいきなり魔法の実力をテストするから各々一番得意な魔法を使えーとか言ってさ！　横暴だよ横暴！」

「うるせー！　戦場じゃ誰も準備なんて待ってちゃくれねえぞ！　そーゆー心構えを育ててやろうってんだよ私は！」

あいかわらずの地獄耳で教官はトリシャに反論したあと、すぐに隣を振り返る。

「ま、そういうことだからよ。いっちょかましてやってくれよ、眠り姫サマ」

そう促されて的の前に出てきたのは、ファーリだった。

さっきまでよりはマシになったとはいえ、まだ隈の残る目でじっと訓練場を見つめている。

あ、ちなみに、当然僕もその小テストとやらを受けようとしたけれど、

「い、いや。お前はもういいよ。どうせ満点だし……」

教官にしては歯切れの悪い口調で、何もしてないうちから拒否られてしまったのだ。

「い、いや、テストなんだったらどうせとか言わずにちゃんと受けさせなきゃダメなんじゃ……」

「う、うるせえな！　お前の兄貴ににらまれてるから、お前にはあんま無茶出来ないんだよ……」

いじけたように話した理由を聞く限り、どうやら流石の教官も我が家の誇る完璧超人には頭が上がらな

いらしい。

（きっと、教官に説教でもしたんだろうなぁ）

流石は全身正義属性みたいなレイヴァン兄さん。

声が胡散臭《うさんくさ》い以外に欠点がまるでない。

「……はじまる、ね」

つい兄さんのことに意識が向かってしまっていたが、静かなレミナの声に、視線を前方へと戻す。

「大丈夫かな、ファーリ様」

心配そうにつぶやくのは、隣に座るトリシャだった。

確かに、ファーリのＭＰはまだ回復しきっていないし、顔色を見てもまだ本調子とは言えなさそうだ。

だけど……。

「……大丈夫だよ」

僕は、確信を込めてそう言い切った。

「んじゃ、準備はいいか？」

そんな僕らの視線と思いを一身に受けながら、教官とファーリの話は進んでいく。

「一発勝負だ。ファーリ・レヴァンティン！　お前が今使える魔法の中で、一番すげえと思うもんを撃ってみろ」

「……ん」

短い返答、それからファーリは手を的に向かってかざし、じっくりと魔力を集めていく。

その異変に、最初に気付いたのはトリシャだった。

「な、なに、あれ？　入学試験の時とは、魔力の集まり方が違う……！」

大気が震えるほどの、濃密な水の魔力。

それを自在に操るファーリの姿に、クラスの連中からも次第にざわめきが漏れる。

……けれど、僕は驚いたりはしなかった。

だって、彼女は僕が指輪を渡してからの三日間、寝ることすらなく初級魔法を使い続けてきたのだ。

だったらこのくらいの結果は、想定通り。

「ど、どうして……。ね、ねえレオっち！　ファーリ様は、あの指輪でも水属性の魔法だけは練習してない、はずだよね」

彼女の手のひらでどんどんと高められていく水属性の魔力に、トリシャは動揺したようにつぶやくけれど、

「だからこそ、だよ」

そんな彼女の思い違いを、訂正する。

意味が分からないと僕を見るトリシャだけど、僕としてはその反応の方が心外だ。

僕はファーリに「指輪で水魔法の練習はしないこと」を条件に指輪を貸した。

その理由の「一つ」は、初級魔法で自分の得意属性を練習しても効率が悪いからだけど、もう一つの理由がある。

それは「指輪で訓練をしない方が、自分の変化をはっきりと感じ取れるだろう」と思ったから。

「確かにファーリの水魔法の練度は、三日前と全く変わってない。眠ってないから碌《ろく》にＭＰも回復してないはずだし、僕が禁じてたから初級魔法で水魔法を訓練することもしてなかった。……でも、三日前と今

とでは、大きく変わってるところがあるんだ」

「それって……」

その答えこそが、目の前の光景。

「――〈魔法詠唱〉のレベルだよ」


熟練度というのは、基本的に使えば使うだけ上がるけれど、魔法全体の熟練度、すなわち〈魔法詠唱〉についてはちょっと変わった算出方法がされることを、僕はステータス画面を見て学んだ。

と言っても、そう複雑なものじゃない。

この「〈魔法詠唱〉のレベル」というのは単純に、その人の「各属性の魔法レベルの合計値」になるのだ。

「あ、じゃあ、もしかして、ファーリ様が水魔法で行き詰まってたのって……」

「うん。一つの属性の魔法しか鍛えてなかったから、〈魔法詠唱〉のレベルが足りなかったんだよ」

〈魔法詠唱〉のレベルは、魔法の威力や成功率に大きく影響してくる。

たった一つの属性しか鍛えなければどうしても〈魔法詠唱〉のレベルが足りなくなっていき、素の成功率が低い上位の魔法になればなるほど、魔法の成功率が下がっていってしまう。

(ただ、最初の頃は一つの属性だけを上げるのが最適解、ってのが罠《わな》なんだよね)

強さや効率を求めれば求めるほど、実戦であまり使い道のないほかの属性を上げようとはしなくなる。

だからこそ、そこで停滞してしまうのだ。

あるいは……もしかすると、体感としてほかの属性の魔法を習得した方が得意属性の魔法も上手くなる、と理解している人はいるのかもしれない。

ただ、そのために不得意な魔法のレベルを上げるのは勇気がいる。

特に、ファーリのように一つの属性の才能に恵まれれば恵まれるほど、得意属性の何倍、下手をすると何十倍も上げることが困難な別属性を上げるのは嫌になってしまうし、非効率に感じてしまうはずだ。

MPが有限である以上、それよりも得意な魔法の方に全力を注ぎたい。

メニューやステータスが見れなければ、そう考えてしまうのも無理はない。

——でもそこで、本来の魔法属性の訓練とは別に、ノーコストでほかの属性を鍛えられる手段が手に入ったら？

その答えが今、示されようとしていた。

魔力の収束が、終わる。

ファーリは右手に集めた膨大な魔力を眺め、何かを悟ったかのように一瞬だけ、僕の方を振り向いて、

——ありがとう。

声にならない声が、僕の心に届く。

ただ、彼女が後ろを見たのは一瞬だけ。

ファーリはすぐに前へと向き直ると、躊躇いなく、穏やかにその言葉を口にした。

「——〈ウォータースパイク〉」

そしてその詠唱を契機として、恵まれすぎた魔法適性ゆえに押し込められていた天才魔法使いが、ついにくびきから解き放たれる！

「だ、第八階位魔法っ!?」

トリシャの驚きの言葉も、長くは続かない。

それを圧するほどの圧倒的な魔力、水の奔流が、まるで的を突き上げるように地面から湧き上がったからだ。


——ズゥン!!


およそ水が立てたとは思えないような、重く、お腹《なか》の底に響くような鈍い音を立てて、案山子《かかし》が根元から折れて空へと撥《は》ね飛《と》ばされる。

ガコン、という音と共に案山子の上半分が地面に落ちるまで、誰も身動きすら出来なかった。

「お、おいおい、こりゃあ……」

眠り姫の突然の覚醒に、誰もが……あのネリス教官ですら、言葉を失っていた。

そんな空気の中で……。


「——やった！　やったよ、レオ!!」


殻を破った当の本人だけが、無邪気だった。

彼女はギャラリーに目もくれずに僕に全速力で駆け寄ると、そのまま飛びつくようにして抱きついてきて……。

「うわぁっ⁉」

ファーリの身体を受け止め切れず、二人一緒に後ろに倒れながら、僕は、

（──これ、まだ原作の範囲内だよね？　ね？）

往生際悪く、そんなことを考えていたのだった。

終章

エピローグ

MILLI SHIRA TENSEI GAMER Vol.01 EPILOGUE

学園に入学してからこれまで、思えば予想外のことばかり起こってきた。

ほんとーに、「え、どうしてこんな⁉」ってことばっかり色々あったけど、うん。

「案外順調、なのかな？」

結果だけを見れば、僕は一年の一学期の時点で原作ヒロインと思われる二人と知り合って、それなりに友好的な関係を築いている。

ゲームの期間が三年間だと仮定すると、これはなかなかのペースなんじゃないだろうか。

（……まあ、むしろそれが問題なような気もするけど）

セイリアやファーリの僕への態度は、出会ったばかりの主人公キャラに対するにしてはちょっと、その、強すぎるんじゃないかな、って感じる時もなくはない。

「ま、まあ、大丈夫だよね」

僕は意識して考えないようにして、早足で校内を歩く。

（……そういえば、一人で学園を歩くのも久しぶりかも）

いつもはなんだかんだで誰かと一緒にいるんだけど、今は完全に一人。

というのも、僕が入学直後に倒した不良生徒のことで兄さんに呼ばれたのだけれど、その手紙に明確に「セイリアは連れずに一人で来てほしい」と書いてあったのだ。

（セイリアにはあまり聞かせたくない話、なのかな？）

前に兄さんから話を聞いたところによると、例の不良生徒、確かランドとかいう先輩は今は自宅で謹慎中。

処分が決まり次第、正式に退学になって、どこかへ送られることになるだろう、と言われてたけど……。

「ええと、ここ、かな？」

手紙に指定されていた教室をノックして、ドアを開ける。

ただ、予想に反して中に人の気配はなく、それどころか先もよく見えないほどに真っ暗だった。

「兄さん？」

まだ来てないのだろうかと僕が教室に数歩足を踏み入れると、「バン！」という大きな音を立てて、背後でドアが閉まる。

反射的に僕が振り返ると、同時にパッと教室の明かりが点《つ》いた。

「よぉ。待ちかねたぜ」

そうして、ドアを閉めた「誰か」が僕に声をかけてくる。

けれど、その声の主は僕を待っているはずの兄さんではなく、

「――まぁた会えたなぁ、アルマ・レオハルトォ!!」

歪《ゆが》んだ笑みでこちらを見据える不良生徒、ランドだった。

◇　◇　◇

ランドは教室の入口を背にするように立って、楽しそうに口を開いた。

「ざぁんねんだったなぁ！　レオハルトの野郎なら来ねえよ！　テメエを呼び出したのは、最初からオレだ！」

ニヤニヤと、僕をバカにするようにそう口にするランド。

でもそう考えると、納得出来ることもあった。

「あ、なるほど。あの手紙、兄さんが書いたにしてはなんか字が汚いな、と思ってたんだよね」

「ッ！　テ、メェエエ!!」

僕の言葉にランドの顔にあった笑みは一瞬でひび割れ、すぐに怒りの表情に取って代わる。

「テメエの！　テメエのせいでオレは終わりだ！　このままじゃ正式に退学が決まって、どっかの僻地《へきち》か戦場で一生飼い殺しだろう！　だがなぁ！」

激昂《げきこう》し、狂気すら孕《はら》んだその眼光が、僕を貫く。

「一人じゃ終わらねえ！　せめてテメエは、テメエだけは道連れにしてやる！」

「道連れ、って……」

それ、単なる逆恨みでは、と思うけれど、そんな理屈は今のランドには通用しそうになかった。

「へ、へへ。逃げられると思うなよ。家の宝物庫から色々持ち出してきたからよぉ！」

言いながら、ランドは見せびらかすように手にしていた豪華な装飾のついた剣を振りかざす。

「いいの？　そんなことしたら、そっちの罪が重くなると思うけど」

ランドが持っているのはいかにも宝剣といった感じで、持ち出してただで済むとは思えないし、仮にも僕は公爵家の息子。ただでさえランドは実家から脱走中なのだろうし、今のタイミングで僕を襲ったりしたら、ランドが捕まって処刑されるのは明白だ。

「はっ！　安心しろよ！　殺してやりたいが、命までは奪わねえ。そんなことをしたら、流石《さすが》にレオハルト家も引っ込みがつかなくなるだろうからなぁ」

道連れ、などと言いつつ、どうやら本当に破滅する気はないみたいだ。

でもだったらなおさら、理解出来なかった。

「ワケが分からねえってツラしてんなぁ！　言っただろ？　屋敷から色々便利なもんをパクってきたってよぉ！　あるんだよ！　記憶を奪える薬ってのが！」

そう言ってランドが取り出したのは、紫色の液体の入った小瓶。

僕はじっと目を凝らした。


【忘却の薬（消耗品）：飲むと直前の十分間の記憶を失う。ただしＨＰが残っている場合には効果が薄い】

……なる、ほどね？

イベント用アイテムだろうか。倒した相手に飲ませると、そいつの記憶を十分間だけ奪える、という感じの効果みたいだ。

（別に僕の記憶だけを奪っても、目撃証言だの状況証拠だのでバレると思うけど……）

それに気付かないほどに切羽詰まっているか、そうなってでも復讐したいと考えているか。

「は、ははっ！　それだけじゃねえぞ！」

壊れた笑みで、ランドは懐からやばそうな見た目のポーションを取り出し、ぐいっと飲み干した。

「〈強化の秘薬〉だ。ちっと重い副作用があるが、こいつを飲めば……」

まるで漫画みたいに、バン、とランドの筋肉が隆起する。

「これでッ！　オレの位階は、これから五分だけ75になった!!」

僕の位階は25だから、その差は実に三倍。

それでようやく満足したのか、ランドは手に持った剣、おそらくこれも実家から持ち出したのだろう宝剣を僕に向ける。

「ようやく！　ようやくだ！　やっとテメエに復讐出来る！」

狂気すら感じるギラついた目が、僕を見据える。

「これで、証明する！　オレは、出来損ないなんかじゃない！　オレは魔法が使えなくても、剣の武技を四つも覚えた！　オレは、天才なんだ!!」

以前よりもずっと力強い動きで、ランドが迫る。

奴《やつ》は、鬼気迫る表情で、剣を振りかぶって、

「受けられるもんなら、受けてみろよぉ！　剣技の四、〈Vスラッシュ〉!!」

自分が「殺さない」と口にしたことすら忘れているような、容赦ない斬撃が、僕を襲う。

――同じ威力の技で相殺することは、出来ない。

僕とランドでは、能力値に差がありすぎる。仮に同じ技をぶつけても、能力差で押し切られる。

だから、

「――剣技の七、〈パリィ〉」


より上位の技で、跳ね返す。

「え？　あ、え……？」

必殺のはずの一撃を弾《はじ》かれ、無防備になったランドの目が、驚愕《きょうがく》に見開かれていた。

「テ、メエ、いつのまに剣を……。いや、それより、その技……」

剣の「第七」武技である〈パリィ〉は、近接攻撃を弾くための技。

この技を前にして、多少の能力値差は意味をなさない。

「あ、りえねえ！　テメエが、そんな、ハッタリだ!!」

剣を弾かれ、よろめきながらもそう叫ぶランドに、僕は剣を振り上げた。

それを見て、ランドは笑う。

「は、は……。何やってんだ。そんなとこで剣を振ったって、届か……」

「──剣技の八、〈血風陣《けっぷうじん》〉」


振り抜いた剣から、斬撃が飛ぶ。

それは無防備なランドの身体《からだ》を捉え、

「あ、うぁあああああああああ!!」

その身体に、浅い傷をつけた。

(流石に、能力差が厳しいか)

斬撃は、完全に入った。

ただ、レベル三倍の相手には、その一撃が有効打にはならなかっただけ。

「そうだ。そうだよ！　い、いくらテメエが剣が得意だろうが、位階差がある!!」

それに力を得たのか、ランドはふたたびその勢いを増して、僕に迫ってくる。

「今度こそ死ねよ！　剣技の三、〈斬魔──」

でもまあ、関係ない。


「──剣技の九、〈ソニックブレイド〉」


反撃の刃《やいば》が、ランドの技ごとその剣を弾き飛ばす。

「な、ん……」

耐え切れずよろめくランドに、僕は近付いて、

「――剣技の十、〈ギガンティックブレイブ〉」

撃ち放った斬撃は、剣を持ったランドの身体を、そのまま吹き飛ばした。

地面に転がったランドは、はっきりと怯《おび》えを含んだ目で、僕を見る。

「オレは、オレでさえ、第四武技を覚えるのが、やっとだったんだぞ！　一年生のガキが、ただの学生が、第十武技なんて、使えるはず……」

まるで子供が駄々をこねるように、ランドは首を振った。

騒ぎ立てるその言葉を、さえぎって、

「〈忘却薬〉を持ってきたのは、失敗だったね」

「え？」

僕は、静かに言葉を紡ぐ。

「だって、何をやっても忘れさせられるなら……」

呆然《ぼうぜん》とするランドに、僕はにっこりと笑いかけ、

「――僕も本気で、『技』を見せられる」

ゆっくりと、剣を振り上げた。

「まさ、か……」

ひきつるランドの口から、何か言葉が飛び出す前に、

「――剣技の十一、〈ブレイキングアーム〉」


淡々と放たれた一撃が、あっさりとランドの身体を吹き飛ばす。

ランドが手にした宝剣は砕け散り、地面に倒れたランドは、すぐには起き上がらなかった。

「う、そだ。こんなこと、ありえない。ありえない、ありえないありえないありえない……」

まるで絶対に存在しえないものを見ているかのようにランドはつぶやくけれど、僕からするとこれは「当たり前」のこと。

――学園物のゲームの主人公は、超人だ。

ゲームスタート時、入学した時は一般人と大差ないような強さでも、ゲームも終盤になる頃には世界屈指の実力をつけ、世界最強の敵である〈魔王〉すら倒してしまう。

そう、彼らは学園在学期間の三年。たったの三年で、「普通の人」から「世界最強」になるのだ。

それに対して……。

(――「九年」だ)

自分がゲームの世界に入り込んだと気付いて、これからゲームが、魔王との戦いが始まると知ってから、僕にはその三倍、実に九年もの時間があった。

だから当たり前のように魔法くらい極めるし、当たり前のように武技だって極める。

——これはそういう、ごくごく当然の話。

（でも流石に、それを他人に理解してもらうのは、難しいか）

苦笑しながら、ランドに近付く。

「な、なんなんだよ！　なんなんだよオマエェ!!」

見苦しいほどに怯え、狼狽《ろうばい》するランドに、僕は微笑《ほほえ》んだ。

「……そう、だね」

伝わるはずのないことを、どうすれば伝えることが出来るのか。

少しだけ考えて、忘れゆく相手にだからこそ言える名乗りを上げる。

「僕は、絶対原作守護《まも》るマン。この世界を定められた平和に導く案内人で——」

もっとはっきりと、誰にだって分かるように、言うならば……。

「——この世界《ゲーム》の、主人公さ」

終章

MILLI SHIRA TENSEI GAMER Vol.01 ANOTHER PROLOGUE

もう一つのプロローグ

「――ん、選考結果のお知らせ、ってなんだろ?」

薄暗い部屋の中、ぼんやりと光るスマホ画面に映ったあからさまに胡散臭《うさんくさ》いメールのタイトルに、私は首を傾《かし》げた。

「理想の世界製作委員会? ……あー」

よくよく見ると、そのメールの差出人の欄に書かれた団体名に、見覚えがあった。

脳の端っこにかろうじて引っかかる記憶を、何とか手繰《たぐ》り寄せる。

(あ、そうだ! 転生が報酬のアンケート!)

確か、「皆さんの理想の世界を教えてください」とかいう怪しいアンケートで、一番いいアンケートを書いた人に「創った世界への転生権」がプレゼントされるとかいうとんでも企画だったはずだ。

バカらしい、と思いつつも、私はちょっとだけワクワクしながら昔めちゃくちゃハマっていたゲームについて熱く書き連ねたのだけど、今回のメールを見たところ、残念ながら結果は落選、ということらしかった。

（……ま、そりゃそうだよね）

転生なんて現実にある訳がないんだから、報酬が本当な訳がないというのもそうだし、どれだけの人間が応募したものか分からないんだから、自分のアンケートが選ばれる訳もないというのもそう。

どっちにしろ、ありえるはずがないことだった。

それに、実際にゲームの世界に行ける、なんてことになっても、この世界の全てを放り捨てるだけの勇気が自分にあったとも思えない。

ほんのちょっとだけ、楽しい夢を見れたと思えば悪くないだろう。

「まあいいや！　忘れよ忘れよ！」

せっかくの貴重な休日。

こんな訳の分からないアンケートのことで時間を無駄にするのはもったいない。

「さって、パーッと出かけるか！」

私はポイッとスマホをベッドに放り投げると、外出の支度を始めた。

◇　◇　◇

（……たぶん、この辺だと思うんだけど）

せっかくの貴重な休日。

外に行くはずの私はなぜか、埃《ほこり》まみれになりながら押し入れに頭を突っ込んでいた。

「あ、あったあった！」

朧《おぼろ》げな記憶を頼りに、積み重なった段ボール箱の中を漁《あさ》って手にしたのは、懐かしのゲームソフト。

それが今回の探し物。あのアンケートに書いた、私がこれまでの人生で一番と言っていいほどに夢中になった、魂のゲームだ。

（……まったく、何やってんだか）

外に出かける準備をしていたはずが、なぜだかアンケートに書いたゲームのことが急に懐かしくなって、衝動的に押し入れを探し始めてしまったのだ。

自分でも本当に、バカだと思う。

思っていたけど、

（……ほんと、懐かしい）

少しだけ色あせたそのパッケージを見た途端、そんな気持ちが吹き飛ぶほどに思い出があふれてきて、胸が詰まる。

（案外、覚えてるもんだなぁ……）

パッケージに書かれた男女の絵を、軽くなぞる。

ここ数年、ほとんど思い出すことすらなかったはずなのに、今でもどのキャラがどんな人物でどんなエピソードがあったのか、全部そらで言えるほどに、そのゲームは私の心に根付いていた。

「……ま、苦労させられたしね」

普段はガチなＳＬＧなんかを作っているメーカーの作品だけあって、「かんたん」モードでもめちゃくちゃ難しくて何度も投げ出しそうになった。

でもその度に魅力的なキャラに救われて、何度も何度もゲームオーバーになりながらクリアした、思い出の作品。

（たぶん、このゲームはきっと「名作」ではないんだろうけど……）

例えば知名度とか完成度で言うなら、確かにこの作品よりも、同じ会社がこのノウハウをもとにお客さんのニーズに寄せて作り上げた後継シリーズ〈遥《はる》かなるプリンスさま〉の方がずっと上だと思う。

（……でも、「面白いゲーム」と「心に残るゲーム」は、イコールじゃない）

たとえ百人のうち百人が「別のゲームの方が面白い」と言っても、やっぱり私にとっての一番は、このゲームなんだ。

だって、私がかつて誰よりもやり込み、隅々まで知り尽くした魂のゲーム、この〈フォールランドストーリー　～夢見るワタシは恋の闇夜に堕《お》ちる～〉は――

「――私が初めて遊んだ『乙女ゲーム』なんだから、ね」

貴族と魔法の学園で
平民聖女《あなた》は
魔法を使えない少年《うんめい》
と出逢う

タイトル：フォールランドストーリー
～夢見るワタシは恋の闇夜に堕ちる～
ジャンル：女性向け恋愛SRPG
対応機種：X-Station3/X-Station4
希望小売価格：7480円(税込み)
CERO：D(17歳以上対象)
開発販売：株式会社世界一ファクトリー

どうも、作者のウスバーです。

ゲームをやってるとふと気になっちゃう時があるんですが、学園モノのＲＰＧの主人公たちって、冷静に考えると成長速度がエグすぎると思いませんか？

もちろん作品によって変わりますが、学園入学時はスライムやらゴブリンだのに苦戦していたクソ雑魚《ざこ》人間が、たった三年の間にめちゃ強くなって、地形変わりかねないレベルの大技とかをバンバン使いながら神とか悪魔とかを平気で打ち倒したりするようになるの、どう考えてもやばいと思うんです！

そんなことされたら数十年研鑽を積んできたベテラン戦士とか魔法使いとか涙目ですよ！

で、「どうして主人公たちだけこんな短期間で強くなれたのか」を考えると、それはまあぶっちゃけゲームの都合で、「主人公たちが強くならないとつまんないから」が正解だと思うんですが、一応いくつか理由はつけられます。

・主人公たちのポテンシャルがもともとすごいから

・戦いが多くて成長しやすい環境にいるから

・プレイヤーが効率的に動かしているから

この辺りが有力な理由になるかと思うんですが、ここで我らが主人公アルマくんを見てください。

こいつ、この三つの「強くなれる理由」を備えた状態で、なんと「九年」もの準備期間を過ごしてしまっているんです!!

……ここまで言えば分かりますよね？

この作品の表のテーマは「ミリしら」、つまり原作を「1ミリも知らないこと」ですが、裏テーマは「やりすぎた準備」！　本来三年あれば十分強くなれるはずの世界で、原作に対する過剰な不安から九年間も自らを鍛え続けたアルマくん。彼は残念なことに加減が分かりません。だって原作ミリしらだから！

つまりこの作品の真の姿は、原作を守護《まも》りたいがために「絶対原作壊すマン」となってしまった悲しき破壊者アルマ・レオハルトの半生を描く、ダークヒーロー作品だったのです!!

とまあ適当なことを語ったところでページも埋まったと思うので、謝辞を。

まずは担当のF田さんとY口さん。今回はあんまり締め切りとか破らなかった……と思いきや、まさに今、あとがきでまたまた迷惑かけててすみません！　頑張ります！

イラストの瑞色来夏《みずいろらいか》さん！　細かい要望にまで対応してくださってありがとうございます！　色々注文つけた割に、特に注文つけなかった「ぐぬぬ」ってなってるフィルレシア皇女が個人的に一番お気に入りです！　やっぱり推定メインヒロイン（?）は格が違うぜ！

また、ギミックモリモリの表紙デザインに、イカした適性画面を作ってくれたデザイナーの騎馬《きば》さんや、ガバガバな計算ミスまで指摘してくれた校正さん。そのほか、この本を作るのに尽力してくれた全ての人と、何より、この本を手に取ってくれた（もしくは電子でポチッてくれた）読者の皆さんに感謝を!!

では、次巻でまた会えることを祈って！

ミリムラ転生ゲーマー
~1ミリも知らないゲームの世界に転生したけど
全力で原作を守護《まも》ります~
01

2024年2月28日　初版発行

| 著 | ウスバー
| 画 | 瑞色来夏

| 発行者 | 山下直久
| 編集長 | 藤田明子
| 担 当 | 藤田明子/山口真孝
| 装 丁 | 騎馬啓人(BALCOLONY.)
| 編 集 | ホビー書籍編集部

| 発 行 | 株式会社KADOKAWA
〒102-8177　東京都千代田区富士見2-13-3
電話:0570-002-301(ナビダイヤル)

| 印刷・製本 | 図書印刷株式会社

●お問い合わせ
https://www.kadokawa.co.jp/(「お問い合わせ」へお進みください)
※内容によっては、お答えできない場合があります。
※サポートは日本国内のみとさせていただきます。
※Japanese text only

ISBN 978-4-04-737825-4　C0093

>NEXT VOLUME

アルマ

色々あったけど、入学直後のイベントは乗り切った！
次のイベントは……

セイリア

武術大会だよ！
優勝目指して頑張ろうね、アルマくん！！

アルマ

あ、ごめん。僕は大会出ないから

セイリア

えええええええええ！！

ファーリ

やっぱりレオは分かってる。武術は邪道、魔術こそ王道。
レオも大会を抜け出して、一緒に魔法訓練を……

アルマ

やらないよ！？　というか大会はサボっちゃダメだよ！

ファーリ

ガーン！

アルマ

二人には悪いけど、原作から外れることは出来ないからね。
まだゲーム序盤なのに大会で活躍しても変だし、今回は見送って……

え！？　あの賞品ってまさか――
魔王討伐のキーアイテム！？

ミリしら転生ゲーマー 02

～1ミリも知らないゲームの世界に転生したけど全力で原作を守護《まも》ります～

著｜ウスバー　画｜瑞色来夏

2024年秋発売予定!!

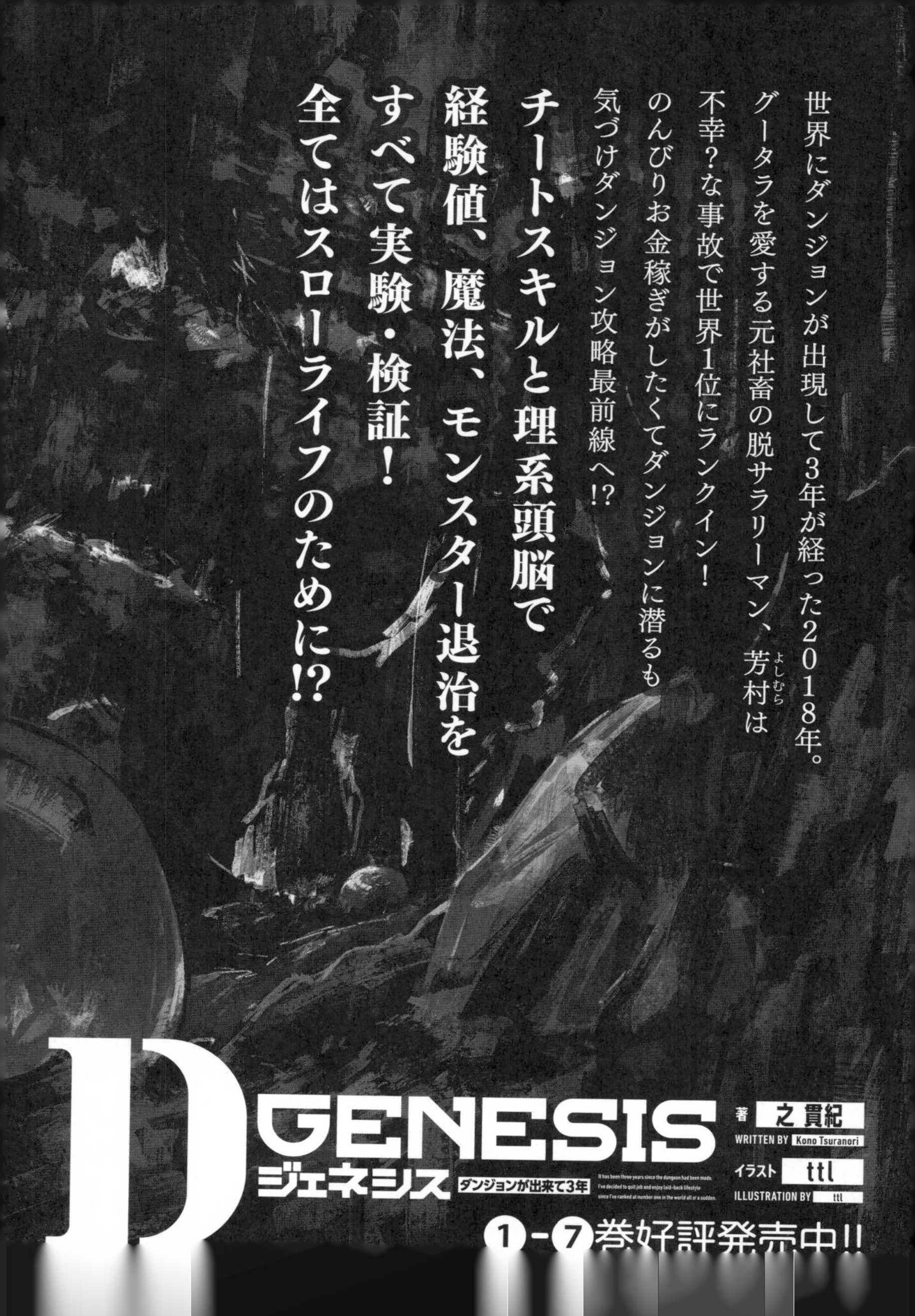

これぞ
インテリ式
ダンジョン攻略!!